D1746715

ALBERT R. BROCCOLI'S EON PRODUCTIONS Presents

PIERCE BROSNAN

As IAN FLEMING'S JAMES BOND 007 in

THE WORLD IS NOT ENOUGH

SOPHIE MARCEAU   ROBERT CARLYLE

DENISE RICHARDS   ROBBIE COLTRANE and JUDI DENCH

Costume Designer	LINDY HEMMING
Music by	DAVID ARNOLD
Editor	JIM CLARK
Director of Photography	ADRIAN BIDDLE BSC
Production Designer	PETER LAMONT
Line Producer	ANTHONY WAYE
Story by	NEAL PURVIS & ROBERT WADE
Screenplay by	NEAL PURVIS & ROBERT WADE and BRUCE FEIRSTEIN
Produced by	MICHAEL G. WILSON and BARBARA BROCCOLI
Directed by	MICHAEL APTED

The World is Not Enough © 1999 Danjaq LLC and United Artists Corporation
ALL RIGHTS RESERVED
007 Gun Symbol Logo © 1962 Danjaq LLC and United Artists Corporation
ALL RIGHTS RESERVED

DISTRIBUTED BY MGM DISTRIBUTION CO AND
UNITED INTERNATIONAL PICTURES

www.mgm.com

Ian Flemings James Bond 007
in

DIE WELT IST NICHT GENUG

Der Roman zum Film
von Raymond Benson
nach dem Drehbuch von
Neal Purris & Robert Wade
und Bruce Feirstein

Aus dem Englischen
von Bernhard Liesen

WILHELM HEYNE VERLAG
MÜNCHEN

HEYNE ALLGEMEINE REIHE
Nr. 01/20047

Titel der Originalausgabe
THE WORLD IS NOT ENOUGH

Umwelthinweis:
Das Buch wurde auf chlor- und säurefreiem
Papier gedruckt.

Redaktion:
Verlagsbüro Dr. Andreas Gößling/Olvier Neumann GbR, München

Deutsche Erstausgabe 12/1999
Copyright © Ian Fleming (Glidrose) Publications Ltd as Trustee 1999
Copyright © für den Titel ›The World Is Not Enough‹
1999 Danjaq. LLC and United Artists Corporation.
ALL RIGHTS RESERVED
Copyright © der deutschsprachigen Ausgabe 1999
by Wilhelm Heyne Verlag GmbH & Co. KG, München
Printed in Germany 1999
Umschlagillustration: © 1999 Danjaq LLC
and United Artists Corporation
All rights reserved
Innenillustrationen: Mit freundlicher Genehmigung der
United International Pictures, Frankfurt
Umschlaggestaltung: Nele Schütz Design, München
Satz: Buch-Werkstatt GmbH, Bad Aibling
Druck und Bindung: Ebner Ulm

ISBN 3-453-16828-3

http://www.heyne.de

Danksagung

Für ihre Hilfe bei den Vorarbeiten zu diesem Buch
dankt der Autor:

Bruce Feirstein
Peter Lamont
James McMahon
Moana Re Robertson

1
Der Laufbursche

Als das Taxi den Flughafen von Bilbao verließ, erinnerte sich James Bond deutlich an M's Befehl: *Bringen Sie Sir Roberts Geld zurück.*

Doch Bond hatte einen Hintergedanken, und diese Angelegenheit konnte sich als etwas riskanter erweisen. Anfangs hatte er sich darüber geärgert, den Laufburschen für einen steinreichen Ölboß spielen zu müssen, auch wenn dieser ein britischer Landsmann war. Er mußte dafür sorgen, daß Sir Robert eine Rückzahlung für ein schlechtes Schwarzmarktgeschäft bekam. Gewöhnlich hielt Bond es für Zeitverschwendung, einem 00-Agenten einen solchen Auftrag anzuvertrauen, aber dann dachte er an die ansprechendere, mit dem Job verbundene Chance.

Okay, dachte er. Er würde das Geld zurückholen – kein Problem. Doch viel wichtiger war, daß er den Tod eines Agenten des MI6 rächen würde.

0012 war erst kürzlich vom Secret Intelligence Service rekrutiert worden, und Bond hatte ihn kaum gekannt. Trotzdem nahmen es alle Mitglieder der 00-Abteilung persönlich, wenn einer ihrer Agenten während eines Einsatzes ermordet wurde. Es war, als ob ein Familienmitglied gestorben wäre. M hatte Bond zwar gewarnt, daß der Gedanke an Rache sein Urteilsvermögen für seinen Auftrag trüben könne, aber er hielt es für seine Pflicht, die Rechnung wenn möglich zu begleichen.

Alles hatte gestern mit einem Treffen mit seiner Chefin begonnen. Für Bond war es eine willkommene Abwechslung von der Lektüre eines Stapels von Geheimdienstberichten gewesen, die er zwischen zwei Aufträgen studierte. Er hatte auf einen potentiell interessanten Auftrag in der Ferne und auf irgendeine Chance gehofft, London verlassen zu können. Mit dem Aufzug war er zu M's Büro im Gebäude des SIS an der Themse hochgefahren. Miß Moneypenny hatte keine Andeutung gemacht, was für ein Auftrag ihn erwartete, aber verraten, daß sie einen Flug nach Spanien für ihn buchen solle.

Als er eintrat, war M mit einem Dokument beschäftigt.

»Setzen Sie sich, 007«, sagte sie, ohne aufzublicken.

Im Laufe der letzten paar Jahre hatte sich Bonds Beziehung zu seiner noch relativ neuen Chefin im SIS verbessert. M – mit bürgerlichem Namen Barbara Mawdsley – hatte Bonds Respekt und Loyalität gewonnen, und er hoffte, daß es sich umgekehrt genauso verhielt.

»Sir Robert braucht einen Laufburschen, und der sind Sie.«

Bond blinzelte und war sich nicht sicher, ob er richtig gehört hatte. »Meinen Sie den Ölboß, Ma'am?«

»Genau. Morgen werden Sie für ihn nach Bilbao fliegen, um bei einer dort ansässigen Schweizer Bank einen Aktenkoffer mit Geld abzuholen. Es handelt sich um eine Rückzahlung für einen Geheimbericht, den er auf dem Schwarzen Markt gekauft hat, der aber nicht dem entsprach, was man ihn glauben gemacht hatte. Er hat sich beschwert, und die Verkäufer haben der Rückzahlung zugestimmt. Ein Vermittler hat verlangt, daß der MI6 jemanden schickt, um das Geld abzuholen. Ich möchte, daß Sie das erledigen, 007.«

Bond runzelte die Stirn. Er gehörte nicht zu denen, die sich für das Leben von Großbritanniens Reichen und Berühmten interessierten, hatte aber genug mitbekommen, um zu wissen, daß Sir Robert auf der Liste der VIPs des Vereinigten Königreichs weit oben stand.

»Außerdem würden Sie mir damit einen persönlichen Gefallen tun. Sir Robert ist ein alter Freund.«

Das überraschte Bond nicht – M hatte mächtige Freunde. Sie war durch gute Beziehungen zum SIS gekommen und konnte mit Politikern besser umgehen als ihr Vorgänger, der das auch gar nicht versucht hatte. Obwohl sie die Chefin des Geheimdienstes war, empfand M keine Abneigung dagegen, gesellschaftlichen Umgang mit Großbritanniens Elite zu pflegen, und heutzutage war das wahrscheinlich eine kluge Taktik.

Bond dachte darüber nach, was er über Sir Robert wußte. Sir Robert King, Chief Executive Officer und Chairman von King Industries Ltd., hatte vor einem Vierteljahrhundert mit einem von seinem Vater ererbten Baugeschäft ein Vermögen gemacht. Nachdem King seine zweite Frau geheiratet hatte, deren Familie die Überbleibsel eines schlecht geführten Ölimport-Unternehmens besaß, richtete er die Interessen von King Industries langsam auf die Ölförderung aus. Nach dem tragischen Tod seiner Frau rettete King im Verlauf der nächsten zehn Jahre das Vermögen des Familienunternehmens und verdreifachte sein Einkommen und Großbritanniens Ölimporte. Er wurde zu einer Art Nationalheld und geadelt. Seit dieser Zeit war King Industries auf einem weltweit umkämpften Markt ein Major Player. Ständig war King in den Schlagzeilen der britischen Presse. Bonds Ansicht nach war er eine Art charmanter Schurke, der das Leben eines sehr reichen, gealterten Playboys führte. Persönlich hatte Bond ihn nie kennengelernt, aber er hatte auch kein Interesse daran gehabt.

Und dann gab es da noch seine Tochter.

»Was ist eigentlich aus der Entführung von Elektra King geworden?« fragte er. »Heute redet man darüber wohl nicht mehr viel, oder?«

M begegnete Bond mit stahlhartem Blick. »Das ist für Ihren Auftrag völlig unwichtig, 007.«

Erneut blinzelte Bond. Hatte er einen wunden Punkt berührt?

Die Geschichte lag etwas über ein Jahr zurück. Elektra King, Sir Roberts zauberhafte Tochter, Anfang Zwanzig, war gekidnappt worden, und die Entführer hatten Lösegeld verlangt. Im Rahmen eines Auftrags hielt sich Bond damals im Ausland auf. Er wußte nicht viel über den Fall, nur, daß Kings Tochter zwei oder drei Wochen festgehalten wurde und dann auf wundersame Weise ohne fremde Hilfe entkam. Die meisten Entführer wurden getötet. Er erinnerte sich, daß die britische Presse und die BBC über den Fall berichtet hatten. Aus Rücksicht auf das Opfer hatte das jedoch überraschend schnell aufgehört.

»Bevor ich mich auf diesen Fall einlasse, möchte ich über alle Details Bescheid wissen. Besonders, wenn es um eine Schweizer Bank geht«, sagte Bond.

M fand das gar nicht lustig. »Der MI5 hat sich des Falles angenommen, weil er sich im Inland ereignet hat. Wir hatten damit nie etwas zu tun. Was die Medien angeht, so haben sie vielleicht ausnahmsweise einmal die Wünsche der Angehörigen respektiert, nicht auf einem schmerzhaften und traumatischen Vorfall herumzureiten. Zum Glück haben sie das arme Mädchen nach dieser Feuerprobe in Ruhe gelassen. Aber machen Sie sich darüber keine Gedanken. Wir haben etwas mit dem von Sir Robert gekauften Bericht zu tun. Er gehörte 0012 und wurde aus seinem Büro gestohlen, als man ihn umgebracht hat.«

»Tatsächlich?« Jetzt war Bonds Interesse geweckt. Die Nachricht von dem Mord an 0012 in Omsk hatte die ganze Abteilung schockiert. 0012 war einer der wenigen 00-Agenten gewesen, die permanent im Ausland gearbeitet hatten; vor einem Monat hatte man ihn, von Kugeln durchsiebt, in Rußland gefunden. Das Büro war durchwühlt und alle geheimen Unterlagen gestohlen worden.

»Ich möchte nicht, daß Sie an Rache denken, 007«, warnte M. »Das kann Ihre Urteilsfähigkeit trüben. Der

Mord an 0012 wird untersucht. Ihr Auftrag besteht darin, Sir Roberts Geld zurückzubringen.«

Mit diesen Worten entließ sie ihn. Moneypenny händigte ihm sein Ticket und detaillierte Reiseunterlagen aus und nannte ihm den Namen des Kontaktmannes in der Bank: Lachaise. Bevor er das Gebäude verließ, sah er noch in der Abteilung Q vorbei und nahm etwas mit, das sich als nützlich erweisen konnte.

Am nächsten Morgen bestieg er eine Maschine der Iberia Airlines, und jetzt brachte ihn das Taxi in die Hauptstadt der nordspanischen Provinz Biscaya. Auf den ersten Blick war zu erkennen, daß die in der Nähe des Flughafens gelegenen Vororte der Stadt vom Seehandel und der Schwerindustrie geprägt waren. Bond wurde zum Casco Viejo chauffiert, dem Nervenzentrum der Stadt am rechten Ufer des Río de Bilbao, wo man aufgrund der Ansammlung von Banken und modernen Bürogebäuden den charakteristischen Wandel der Metropole in Augenschein nehmen konnte. Tagsüber besaß die Stadt eine geschäftsmäßige und irgendwie elegante Atmosphäre, die der einiger französischer Provinzhauptstädte glich. Nach Sonnenuntergang war es damit jedoch vorbei: Bond kannte die berühmte Liebe der Spanier für nächtelange, laute Feiern in dieser Stadt. Er hatte in Bilbao einst mit einer temperamentvollen *señorita* eine denkwürdige Nacht verbracht. Sie war Flamenco-Tänzerin und hatte Bond mit ihren »rhythmischen Talenten« bekanntgemacht und ihm demonstriert, daß spanische Liebhaberinnen wirklich heißblütig sind.

Das Taxi bog in die Alameda de Mazarredo ein, wo das Guggenheim-Museum für Zeitgenössische Kunst jetzt die Hauptattraktion am Flußufer ist. Es wurde von dem amerikanischen Architekten Frank Gehry entworfen. Ein Kritiker hatte das spektakuläre Gebäude mit den mit Titanium beschichteten Außenwänden einmal mit den Worten

»Blumenkohl auf LSD« charakterisiert. Bond war jedoch von dem schimmernden, ikonoklastischen Bau beeindruckt, der in einer Stadt, die nicht gerade für ihre Liebe zur Kunst bekannt war, fehl am Platz zu sein schien. Es war zu schade, daß ihm keine Zeit blieb, sich die Sammlung anzusehen, aber er war schließlich nicht gekommen, um Museen zu besuchen.

Bond ließ den Taxifahrer an der Plaza del Museo halten und ging auf ein eher unscheinbares, in der Nähe gelegenes Bürogebäude zu. Auf das Messingschild am Eingang waren die Worte »La Banque Suisse De L'Industrie (Privée)« eingraviert, mit spanischen, deutschen und englischen Übersetzungen darunter. Bevor er eintrat, setzte er die Sonnenbrille mit den leicht getönten Gläsern auf, die er in der Abteilung Q abgeholt hatte. Dann überprüfte er schnell, ob die Walther PPK unter seinem Navy-Jackett und das Sykes-Fairbairn-Wurfmesser in der Scheide am Rückenende an ihrem Platz waren.

Er betrat das Gebäude und nannte einer mausgrauen Empfangsdame mit Hornbrille seinen Namen. Nachdem sie auf ein paar Knöpfe auf ihrem Schreibtisch gedrückt hatte, sprach sie auf französisch in ihr Headset und nickte dann. »Mr. Lachaise wird Sie sofort empfangen«, sagte sie auf englisch. Bond lächelte ihr zu und nahm in der gemütlichen Eingangshalle Platz. Durch ein riesiges Panoramafenster konnte man das Guggenheim-Museum in all seiner Pracht sehen.

Schließlich tauchten hinter einer Säule drei Männer in Armani-Anzügen auf, die unpassend wirkten, da sie eher wie Profiringer als wie Banker aussahen.

»Mr. Bond?« grunzte einer. »Hier entlang.«

007 stand auf und folgte ihnen in den Aufzug. Die drei Männer standen schweigend um ihn herum, einer blockierte die Tür.

»Ein schöner Tag«, sagte Bond, aber keiner reagierte.

Der Aufzug hielt im obersten Stockwerk. Die großen Männer geleiteten Bond durch einen Flur, an einer aufmerksamen Sekretärin vorbei und dann in ein luxuriös eingerichtetes Büro, dessen Blickfang ein großer Schreibtisch aus Eichenholz war. Dahinter befanden sich drei vom Boden bis zur Decke reichende Fenster, durch die man einen Balkon und die andere Straßenseite sah.

Lachaise, ein sehr eleganter Gentleman, saß hinter seinem Schreibtisch und studierte Zahlen auf einem Ausdruck.

»Mr. Bond«, verkündete einer der drei Männer. Wie auf Vereinbarung begannen die anderen beiden, Bond nach Waffen zu durchsuchen. Schnell hatten sie die Walther gefunden und legten sie auf den Schreibtisch. Ein paar Sekunden später entdeckten sie das Messer und legten es daneben.

Das Nicken des Chefs der drei Leibwächter gab Lachaise zu verstehen, daß Bond jetzt sauber war.

Nachdem diese Formalität erledigt war, sah Lachaise Bond gönnerhaft und belustigt an. »Gut. Warum setzen Sie sich nicht, wo wir uns doch jetzt alle wohl fühlen?« Er zeigte auf einen Ledersessel und lehnte sich dann zurück. »Sehr nett von Ihnen, daß Sie vorbeigekommen sind, Mr. Bond. Besonders, weil alles so kurzfristig vereinbart worden ist.«

»Wie wäre es um die Welt bestellt, wenn man einem Schweizer Banker nicht mehr vertrauen könnte?«

Lachaise lächelte milde und drückte auf einen Knopf. Als Bond sich setzte, betrat eine sehr attraktive brünette Frau das Büro, die einen Wagen mit einem großen silbernen Metall-Aktenkoffer und einer Kiste Havanna-Zigarren vor sich her schob. Sie bot Bond eine an, aber er schüttelte den Kopf und konzentrierte seine Aufmerksamkeit weiter auf den Banker. Lachaise nahm eine Zigarre und legte sie auf den Aschenbecher auf seinem Schreibtisch.

»Danke, Giulietta«, sagte Lachaise. Dann wandte er sich an Bond. »Es war nicht einfach, aber ich habe das Geld zurückbekommen. Sir Robert wird zweifellos zufrieden sein.«

Die Frau griff nach dem Aktenkoffer, legte ihn in Bonds Schoß und öffnete ihn mit einem lieblichen, verführerischen Lächeln. Der Aktenkoffer war randvoll mit Fünfzig-Pfund-Scheinen.

»Zum gegenwärtigen Wechselkurs. Hier ist die Aufstellung.«

Giulietta reichte Bond ein Blatt Papier, das er sich kurz ansah. Es war eine merkwürdige Zahl, bis zu den Stellen nach dem Komma ausgerechnet: 3.030.003,03 Pfund Sterling.

»Möchten Sie meine Zahlen überprüfen?« fragte die Frau.

»Ich bin sicher, daß alles in bester Ordnung ist«, lehnte Bond höflich ab. Diese Frau war mit Sicherheit keine Schweizerin. Mit ihrem langen, lockigen Haar und den großen braunen Augen wirkte sie eher wie eine Frau aus dem Mittelmeerraum, aus Spanien oder vielleicht aus Süditalien.

»Ich versichere Ihnen, daß sich die komplette Summe in dem Aktenkoffer befindet«, sagte Lachaise, nachdem Giulietta den Koffer geschlossen hatte und zurückgetreten war.

Bond steckte das Blatt Papier in die Tasche, nahm dann langsam seine Brille ab und blickte Lachaise an. »Ich bin nicht nur wegen des Geldes hier«, sagte er nach einer kurzen Pause. »Der Bericht, den Sir Robert gekauft hat, wurde einem Agenten vom MI6 gestohlen, der deshalb umgebracht wurde.«

Bond griff in eine andere Tasche, zog ein Foto von 0012 hervor und legte es vor Lachaise auf den Schreibtisch. »Ich will wissen, wer ihn ermordet hat.«

Lachaise hob die Augenbrauen und versuchte, Verwirrung und Überraschung vorzutäuschen, als ob er keine Ahnung hätte, wovon Bond redete. Er betrachtete das Foto. »Ach ja, genau«, sagte er nach einem offensichtlich gespielten Moment des Nachdenkens. »Eine schreckliche Tragödie.«

Bond blickte ihn unnachgiebig an und wartete darauf, daß er weitersprach.

Lachaise hob einen Finger. »Ich will ja nicht zu sehr darauf herumreiten, aber Ihr Agent vom MI6 hatte den Bericht zwei Wochen zuvor selbst einem Russen gestohlen.«

Als ob das die Tat des Killers entschuldigen könnte, dachte Bond. »Ich will einen Namen hören.«

Lachaise lächelte viel zu herzlich. »Diskretion, Mr. Bond. Ich bin ein Schweizer Banker, und Sie verstehen sicher, in was für einer Position ich ...«

»Und die wäre?« fragte Bond heftig. »Neutral? Oder nur vorgeblich neutral?«

»Ich bin eher ein Vermittler, der sich ehrenhaft verhält und dem rechtmäßigen Eigentümer das Geld zurückgibt.«

»Wie schwer das den Schweizern fallen kann, wissen wir ja.«

Jetzt lächelte Lachaise nicht mehr. Die beiden Männer starrten sich an, und Giulietta und die drei Leibwächter spürten, wie die zunehmende Spannung den Raum erfüllte.

»Ich gebe Ihnen die Chance, diesen Raum mit dem Geld zu verlassen, Mr. Bond«, sagte Lachaise schließlich.

»Und ich gebe Ihnen die Chance, diesen Raum lebend zu verlassen.« Lachaise zeigte auf die drei Männer hinter Bond. »Angesichts Ihrer augenblicklichen Situation würde ich sagen, daß die Umstände nicht gerade günstig für Sie sind.« Er nickte dem ersten Ganoven zu, der eine Browning-Hi-Power-9mm-Pistole zog.

Bedächtig setzte 007 seine Brille wieder auf und tastete

mit der Hand am Gestell entlang. »Vielleicht haben Sie meine versteckten Trümpfe nicht in Betracht gezogen.«

Der Hauch eines Zweifels huschte über das Gesicht des Bankers, als Bonds Finger einen kleinen Vorsprung am Gestell der Brille fand.

Eine im Griff seiner auf dem Schreibtisch liegenden Pistole verborgene Ladung explodierte laut und grell. Alle außer Bond waren geblendet. Die Wirkung des Überraschungseffekts hielt nur kurze Zeit an, gerade lang genug, um die Gangster zu verwirren und Bond eine Chance zu geben. Er sprang auf, traf den Mann mit der Pistole an der Kehle und nahm ihm gleichzeitig mit der anderen Hand die Waffe weg. Ein Schuß löste sich und zerstörte eines der Fenster hinter dem Schreibtisch. Der Mann wurde bewußtlos nach hinten geschleudert. Ohne auch nur eine einzige Sekunde zu verlieren, wandte 007 sich um und trat dem zweiten Bodyguard ins Gesicht. Der dritte sprang auf ihn zu, war aber zu spät dran. Bond wirbelte herum, packte ihn an den Schultern und nutzte seinen Schwung, um ihn hochzureißen und über den Sessel gegen ein Sideboard zu schleudern. Dann sprang er über den Schreibtisch und drückte Lachaise die Mündung des ausgeliehenen Browning gegen die Wange.

Das alles hatte nur sechs Sekunden gedauert, und Lachaise war keine Zeit zum Nachdenken geblieben.

»Sieht so aus, als ob es sich das Schicksal ein bißchen anders überlegt hätte«, sagte Bond. »Also, den Namen.«

»Ich ... Ich kann es Ihnen nicht sagen ...« stammelte Lachaise von Angst gepackt.

»Ich zähle bis drei. Dann können Sie, okay?« Er zog den Hahn zurück, und das Klicken ließ es dem Schweizer Banker eiskalt den Rücken hinunterlaufen. »Eins. Zwei ...«

»Schon gut!« kreischte Lachaise. »In Ordnung! Aber Sie müssen mich schützen!«

»In Ordnung. Reden Sie.«

Plötzlich riß der Bankier weit die Augen auf und erstarrte. Jemand hatte ein Messer nach ihm geworfen, das jetzt auf groteske Weise aus seinem Hals herausragte.

Giulietta hatte schnell und professionell gehandelt. Jetzt sprang sie durch das zerbrochene Fenster auf den Balkon. Bond ließ von Lachaise ab und rannte zum Fenster. Er sah, daß sich die brünette Frau an einem Seil über die Straße schwang, das sie vorher am Balkongeländer befestigt haben mußte. Bevor Bond schießen konnte, verschwand sie im Dunkel eines Gebäudes auf der anderen Straßenseite. Bereits jetzt hörte man in der Ferne Sirenen heulen – die Sekretärin vor dem Büro hatte zweifellos die Polizei alarmiert.

Bond mußte schnell handeln.

Als er sich umwandte, sah er, daß sich der erste Bodyguard erholt hatte und ihm mit der Waffe in der Hand den Weg versperrte. Er wollte gerade auf den Abzug drücken, als auf der Brust des Mannes ein roter Flecken sichtbar wurde. Ein weiteres Fenster zersplitterte, und eine Kugel durchbohrte das Herz des Killers. Bond duckte sich instinktiv hinter den Schreibtisch und spähte nach draußen, um herauszufinden, von wo die Schüsse abgefeuert wurden, aber das gegenüberliegende Gebäude hatte zu viele Fenster.

Er wollte auf die Tür zu rennen, hörte jedoch Stimmen und im Flur die Geräusche rennender Menschen. Nachdem er die Tür verriegelt hatte, blickte er schnell zu den Fenstern hinüber. Warum schoß der Scharfschütze nicht? Er sah sich im Raum um und bemerkte, daß der zweite Leibwächter sich zu bewegen begann.

Wer auch immer der Scharfschütze gewesen sein mochte, er hatte nicht auf Bond gezielt. Vielleicht war der Balkon doch der sicherste Fluchtweg ...

Ein Windstoß erfaßte die dekorativen Vorhänge, die zurückgezogen und mit einer Schnur zusammengehalten waren. Schnell riß Bond die Schnur ab und zog ein Ende durch eine Lüftungsröhre mit Ventilator unter einem der zerbrochenen Fenster. Dann ging er auf den benommenen, mit dem Gesicht nach unten liegenden Bodyguard zu und befestigte die Schnur an seinen Beinen.

Während jemand wie wild gegen die Tür hämmerte, hörte er spanischsprachiges Geschrei. Die Polizei war da.

Schnell steckte Bond seine Walther PPK und das Wurfmesser ein und griff nach dem Aktenkoffer mit dem Geld. Dann befestigte er das andere Ende der Schnur an seinem Arm und sah zum Fenster hinüber.

Er fand gerade noch genug Zeit, um eine Havanna aus der Zigarrenkiste auf dem Wagen zu nehmen und sie in die Tasche zu stecken.

Dann nahm er Anlauf und sprang durch den ramponierten Fensterrahmen. Mit einer Hand hielt er den Aktenkoffer fest, mit der anderen die Schnur. Im Büro kam der benommene Bodyguard gerade rechtzeitig zu Bewußtsein, um zu sehen, daß die an seinen Fußknöcheln befestigte Schnur aus dem Fenster führte. Er hielt sich verzweifelt an einem Bein des Schreibtischs fest, als die Schnur sich straffte.

Bonds freier Fall fand ein plötzliches Ende.

Dann brach das Bein des Schreibtischs, und Bonds Körpergewicht zog den am Boden Liegenden über die Orientteppiche auf das Fenster zu. Als die Polizisten mit gezogenen Pistolen durch die aufgebrochene Tür stürmten, krachte er gerade gegen die Wand.

Draußen ließ Bond sich langsam herab und sprang die noch fehlenden drei Meter auf den Bürgersteig. Er bog um die Ecke und verschwand in der Menge von Geschäftsleuten, die zum Essen gingen – jetzt war er nur einer von vielen anderen Männern mit Aktenkoffer, Anzug und Krawatte.

Er blickte zu dem Gebäude hinüber, in dem Giulietta

verschwunden war. Warum hatte irgend jemand dort oben ein Interesse daran, daß er das Büro lebend verließ?

Während er über diese seltsame Wendung der Ereignisse nachdachte, beschloß er, daß er sich vielleicht doch etwas um die zeitgenössische Kunst kümmern sollte. Während weitere Polizisten in das Bankgebäude strömten, verschwand Bond im Eingang des Guggenheim-Museums.

Noch vor Mitternacht war er wieder in London.

Giulietta betrat ein riesiges Zimmer mit hoher Decke in dem Gebäude gegenüber der Schweizer Bank. Sie schluckte schwer, weil sie fürchterliche Angst vor dem Mann hatte, der auf dem Balkon stand, von dem aus man die Stadt überblicken konnte.

Er war nicht groß, sondern schmächtig, dünn und drahtig, aber es bestand kein Zweifel daran, daß er schnell war, wenn es darauf ankam. Seine kalten Augen waren so dunkel wie Anthrazit. Vielleicht hatte er einst gut ausgesehen, aber die rötliche Narbe verzerrte die Proportionen seines glänzenden Kahlkopfs. Die häßliche, nässende Wunde begann bei der geringsten Veränderung seines Gesichtsausdrucks zu pulsieren und sich zu verändern, als ob direkt unter der Haut ein Insekt gelebt hätte. Sein erblindetes rechtes Auge saß etwas tiefer, genau wie der Mundwinkel auf derselben Seite. Er war unfähig zu lächeln im wahrsten Sinne des Wortes ein Mann mit zwei Gesichtern. Ein unglücklicher syrischer Arzt hatte die Diagnose einer einseitigen faszialen Lähmung gestellt.

Sie trat näher, aber der Mann rührte sich nicht. Am Türrahmen lehnte ein belgisches FN-FAL-Scharfschützengewehr mit einem Laser-Visier. Das auf einem Stativ befestigte Fernglas war auf die oberste Etage des Bankgebäudes gerichtet, wo die Polizei von Bilbao jetzt die zersplitterten Fensterscheiben des Büros untersuchte.

»Renard ...« flüsterte Giulietta.

Der Mann schien in seine Gedanken versunken. Er rubbelte und kniff sich in den Finger, mit dem er den Abzug bedient hatte, und versuchte, auf diese Weise ein Nervenende zu finden, das darauf reagierte. Einmal hob er sogar die Hand und biß in das Fleisch zwischen Daumen und Zeigefinger. Er fühlte nichts – wie immer.

Schließlich drehte er sich um und blickte sie an. »Wie heißt er?«

Giulietta hatte es die Sprache verschlagen. Der Fuchs Renard konnte sie gut und gerne auf der Stelle umbringen.

»Unser Freund vom MI6. Wie heißt er?« wiederholte er leise.

Sie schluckte und fand ihre Stimme wieder. »James Bond.«

Renard nickte, als ob er alles über den Engländer wüßte. »Aha. Einer von M's intelligenteren Zinnsoldaten.«

»Er könnte mich identifizieren ...«

Renard streckte die Hand aus und berührte ihre Wange. Giulietta fühlte die Kälte seiner Fingerspitzen.

Er blickte sie an. Sicher – sie war attraktiv, aber er spürte kein Verlangen nach ihr. Sie war eher eine brauchbare Soldatin.

»Dann nehme ich an, daß es einen Todesfall geben wird«, sagte Renard. Er wartete, bis sie die Augen weit aufriß, und ließ dann seine Hand sinken. »Er wird sterben. Ich vertraue darauf, daß Sie nicht versagen werden, wenn die Zeit gekommen ist.«

Giulietta seufzte erleichtert – er gab ihr eine neue Chance. Nachdem Renard den Balkon verlassen hatte, griff er nach einer Weinflasche auf der Bar, schenkte zwei Gläser ein und reichte ihr eins davon.

»Bis dahin wollen wir auf James Bond anstoßen.« Er hob sein Glas. »Wir sind in seiner Hand.«

2
Feuergefecht auf der Themse

Ein Westland-Lynx-Helikopter holte Bond in Heathrow ab und brachte ihn in die Londoner Innenstadt, wobei er über den spektakulären Millennium Dome flog, während er dem Lauf des Flusses folgte. Das Bauwerk, von einigen Architekturkritikern als »Mülleimerdeckel« bezeichnet, war das größte der Welt und, auf der nördlichen Halbinsel von Greenwich errichtet, an drei Seiten von der Themse umgeben. Bond sah durch das Fenster des Hubschraubers auf die mit Teflon beschichtete Glasarchitektur des Dome hinunter. Das Gebäude erinnerte ihn an einen gigantischen Roboterkäfer mit Fühlern, der aus einer Folge von *Doctor Who* hätte stammen können. Das Grundstück, Teil eines dreihundert Morgen großen Geländes eines früheren Gaswerks, war länger als zwei Jahrzehnte nicht genutzt worden, bevor es 1997 an English Partnerships verkauft worden war. Das Wembley-Stadion hätte zweimal in den Millennium Dome gepaßt, er war hoch genug, um die Nelson-Säule zu beherbergen, und bot vierzigtausend Menschen Platz. Man hatte sich für das Grundstück entschieden, weil der Erste Meridian die westliche Seite des Geländes kreuzte, das zweieinhalb Kilometer von Greenwich entfernt liegt.

Für Bond war das in der ansonsten schönen Szenerie um die Themse ein weiterer häßlicher Anblick, genau wie das protzige, an einen Kuchen aus mehreren Schichten erinnernde Hauptquartier des SIS.

Der Helikopter flog über den sich dahinschlängelnden Fluß und landete dann am Hintereingang des Geheimdienstgebäudes. 007 stieg mit dem Aktenkoffer voller Geld aus, nickte dem wachhabenden Polizisten am Eingang zu und betrat die geheime High-Tech-Welt des MI6. Obwohl ihn sämtliche Sicherheitsbeamten vom Sehen kannten, war es obligatorisch, alle Vorsichtsmaßnahmen zu beherzigen. Er ging durch den Metalldetektor, der eindeutig offenbarte, daß Bond die üblichen Waffen bei sich hatte. Ein aufmerksamer Angestellter nahm ihm den Aktenkoffer ab und stellte ihn auf einen Tisch. Bond öffnete ihn und begann, die Geldbündel herauszunehmen. Versonnen strich er über die Scheine des letzten Bündels, bevor er es zu dem restlichen Geld warf, das unter einem kalten blauen Licht untersucht wurde. Er beobachtete, wie das Geld in eine durchsichtige Plastiktüte verpackt wurde, die dann versiegelt und auf einem Wagen durch eine Reihe von Sicherheitsschranken in einen geschützten Raum gebracht wurde. Den leeren Koffer reichte er einem Angestellten.

»Lassen Sie den überprüfen. Vielleicht können Sie etwas herausfinden.«

»In Ordnung, Sir.«

Bevor man Sir Robert das Geld zurückgab, mußte es gründlich überprüft werden, und wegen der großen Summe würde das einige Zeit dauern.

Bond fuhr mit dem Lift nach oben, nickte seiner derzeitigen persönlichen Assistentin zu, und betrat sein Büro. Schnell blätterte er seine Post und die eingegangenen Nachrichten durch. Dann ging er wieder zum Lift. Oben stand Miß Moneypenny vor einem der großen Aktenschränke in ihrem Büro. Während er lächelnd eintrat, hielt er etwas hinter seinem Rücken verborgen.

Sie strahlte, als sie ihn sah. »Haben Sie mir ein Souvenir von Ihrer Reise mitgebracht, James? Schokolade? Oder einen Verlobungsring?«

007 zeigte ihr die Zigarre, die er aus dem Büro der Bank in Bilbao mitgenommen hatte und die jetzt in einem ziemlich großen, an einen Phallus erinnernden Röhrchen steckte.

»Ich dachte, daß Sie die vielleicht gern ... genießen würden.«

»Wie romantisch«, antwortete Miß Moneypenny. »Ich weiß schon, wo ich sie hintun muß.« Schwungvoll warf sie die Zigarre in den Papierkorb.

Bond seufzte. »Ach, Moneypenny. So ist unsere Beziehung. Eng, aber ohne Zigarre.«

Sie schaute ihn finster an, als M's Stimme durch die Sprechanlage auf dem Schreibtisch tönte.

»Ich hasse es, Sie bei wichtigen Angelegenheiten zu stören, 007, aber möchten Sie nicht lieber hereinkommen?«

Bond räusperte sich. »Sofort, Ma'am.«

»Sind Sie sicher, daß Sie nicht *ihr* die Zigarre geben wollen, James?« fragte Moneypenny, während er auf die gepolsterte Tür zuging.

Er warf ihr einen eindeutigen Blick zu, während er die Tür öffnete, um M's Heiligtum zu betreten.

Bond war überrascht, daß M nicht allein war. Ein distinguierter Gentleman war bei ihr, und 007 erkannte ihn sofort.

M saß an ihrem Schreibtisch und lachte über eine Bemerkung ihres Gastes. Auf dem Schreibtisch standen zwei Gläser und eine offene Flasche Bourbon. Nachdem M sich wieder gefangen hatte, stellte sie die beiden einander vor. »Sir Robert King, James Bond.«

King drückte Bond mit dem Lächeln eines Patriziers die Hand. Er war stattlich, perfekt gekleidet und schien Mitte Sechzig zu sein. »Ah! Der Mann, der mein Geld zurückgebracht hat. Exzellente Arbeit. Ich weiß gar nicht, wie ich Ihnen danken soll.«

Der Händedruck war warm und trocken. Bond bemerkte Kings glitzernde Reversnadel, die dem Glasauge einer Schlange glich und wahrscheinlich sehr wertvoll war.

King wandte sich an M. »Vorsicht, meine Liebe«, sagte er scherzend. »Ich könnte ihn abwerben.«

Bond fand seine Überheblichkeit abstoßend. »Das Baugeschäft ist nicht gerade meine Spezialität«, antwortete er trocken.

»Eher das Gegenteil«, witzelte M.

King lächelte Bond an. »Heutzutage bestimmt das Ölgeschäft den Lauf der Welt, Mr. Bond.« Er wandte sich ab und ging hinter den Schreibtisch, um M auf die Wange zu küssen. »Die besten Grüße an Ihre Familie.«

»Wir hören bald voneinander«, erwiderte M.

Dann verbeugte King sich leicht und verließ den Raum.

»Ein alter Freund, haben Sie gesagt?« fragte Bond.

»Wir haben zur gleichen Zeit in Oxford die Juravorlesungen besucht«, antwortete M, während sie aufstand und nach den leeren Gläsern und der Flasche griff. »Mir ist immer klar gewesen, daß er die Welt erobern würde.« Bevor sie die Gläser wegstellte, überlegte sie es sich anders. »Möchten Sie einen Drink?«

»Ja, gern.«

Sie nahm ein sauberes Glas von einem Regal hinter ihrem Schreibtisch, schenkte Bourbon ein und reichte es ihm. Anschließend schenkte sie sich selbst nach.

»Er ist ein sehr integrer Mann«, fügte sie hinzu, während sie ihr Glas hob, um Bond zuzuprosten.

»Der für drei Millionen Pfund gestohlene Berichte kauft.«

M runzelte die Stirn. »Entgegen Ihrer Annahme wird die Welt nicht von Verrückten bevölkert, die Vulkane aushöhlen, sie mit vollbusigen Frauen füllen und die Welt mit nuklearer Vernichtung bedrohen.«

Grinsend ging Bond hinüber zum Eisbehälter. Er nahm zwei Eiswürfel und ließ sie in sein Glas fallen.

M kam um den Schreibtisch herum und setzte sich lässig auf die Kante. »Irgendwelche Hinweise auf den Scharfschützen?«

»Nein. Das Hotelzimmer war sauber. Professionelle Arbeit.«

Während sie einen Schluck aus ihrem Glas nahm, dachte M darüber nach.

Auf ihrem Schreibtisch bemerkte Bond einen Bericht mit einem merkwürdigen Stempel. Er sah genauer hin und stellte fest, daß er vom Russischen Ministerium für Atomenergie stammte. »Ist das der gestohlene Bericht?«

M nickte und reichte ihm das Schriftstück. Bond stellte sein Glas ab und blätterte den Bericht durch.

»Geheime Informationen des Russischen Atomministeriums. Hier wird nur die Bedrohung des nuklearen Arsenals in den früheren Sowjetrepubliken durch Computervieren bewertet.«

Keiner der beiden bemerkte, daß das Eis in Bonds Glas zu zischen begann.

»Was sollte King damit anfangen?«

»Ich habe Ihnen doch bereits erzählt, daß der Bericht nicht seinen Vorstellungen entsprochen hat. Man hat ihn glauben lassen, daß es sich um einen Geheimbericht handle. Darin sollten angeblich die Terroristen genannt werden, die Anschläge auf eine neue Ölpipeline ausgeübt haben, die er in der Region baut. In Kasachstan oder Aserbaidschan ... Er hatte ziemlichen Ärger mit örtlichen Banden, die Sprengstoff besitzen und seine Anlagen in die Luft jagen. Er hat gedacht, daß der Bericht die wirklichen Schuldigen nennt und daß er damit zu den zuständigen Behörden gehen kann. Als er dann entdeckt hat, daß es in dem Bericht um Atomwaffen ging, hat er ihn sofort mir gegeben. Er hat sich aber als wertlos herausgestellt – es steht nichts drin, was wir nicht schon wüßten.«

Das Eis zischte weiterhin unbemerkt vor sich hin.

»Interessant. Sir Robert hat also diesen wertlosen Bericht dem MI6 gegeben, und *dann* hat man uns wegen des Geldes gerufen?«

»Genau«, sagte M, etwas irritiert, daß Bond über Einzelheiten Bescheid wissen wollte. »Man hat uns benachrichtigt, daß Sir Robert sein Geld zurückhaben kann. Wir mußten nur jemanden nach Spanien schicken, um es bei einem Schweizer Bankier abzuholen. Damit haben wir Sie beauftragt.«

»Das alles ist etwas rätselhaft, oder? Außer der Frau und mir sind alle in dem Büro ums Leben gekommen.«

»Erinnern Sie sich daran, daß Sie zuerst eine Waffe gezogen haben. Sie hätten mit dem Geld und *ohne* Tote aus der Sache herauskommen können. In diesem Monat habe ich bereits einen Null-Null-Agenten verloren, und ich möchte nicht, daß sich das wiederholt.«

Bond ignorierte ihren Verweis. »Aber warum wollten sie das Geld zurückgeben? Warum hatte jemand Interesse daran, daß ich das Büro in Bilbao lebend und mit dem Geld verlasse?« Bond schwieg einen Augenblick und rieb Daumen und Zeigefinger gegeneinander. Da spürte er die merkwürdige Hitze an der Stelle, wo er die Eiswürfel berührt hatte. Sein Blick wanderte zu dem Glas hinüber. Das Eis kochte mittlerweile.

»Was, zum Teufel ...?« dachte er. Er schnüffelte an seinen Fingern, erkannte den Geruch und ließ den Bericht auf den Schreibtisch fallen. »King! Das Geld! Es ist eine Bombe, M!«

Als M auf die Sprechanlage drückte, war Bond schon fast aus dem Büro. »Halten Sie King auf, Moneypenny!«

Sir Robert und die Leute vom MI6 waren sich des Alarms nicht bewußt, während sie auf die Sicherheitszone des Gebäudes zu gingen. King hatte nichts anderes als das Geld im Kopf, das immer noch in Plastik gehüllt auf dem Wagen lag. Zwischen ihnen und dem Geld befanden sich Sicherheitsschranken. Ein Beamter zeigte auf eine Tüte. »Wir sind mit der Überprüfung noch nicht fertig, Sir.«

Sir Robert winkte ab. »Ich bin sicher, daß die Summe

stimmt. Wenn man dem MI6 nicht trauen kann, wem dann?«

Der Beamte zögerte einen Augenblick, beschloß dann aber, sich nicht mit einem der mächtigsten Männer in Großbritannien zu streiten. Nachdem er das Geld in einer Stofftasche verstaut hatte, öffnete er die Schranke und reichte es King.

»Danke«, sagte der Ölboß und hievte die Tasche über seine Schulter. »Ganz schön schwer.« Dann ging er allein den Korridor hinab, durch den man ins Freie gelangte.

Bond raste durch das Gebäude und nahm eine Abkürzung durch das Labor der Abteilung Q, wo Major Boothroyd und seine Techniker eifrig an einem seltsamen, halbfertigen Boot arbeiteten, das über einem Wasserbassin schwebte. Boothroyd war erstaunt, als Bond an ihnen vorbeirannte.

»Wo brennt's denn, 007?« fragte er, aber Bond war bereits verschwunden.

Er jagte um eine Ecke, nahm bei einer Treppe drei Stufen auf einmal und stürzte in den Sicherheitsbereich. »Halt, King!«

Dort, wo sich King befand, war der Ruf nur gedämpft hörbar. King war so auf das Geld fixiert, daß er nicht einmal das leise Summen hörte, das seine Reversnadel von sich zu geben begann.

Bond erreichte die offene Tür des unteren Korridors, als eine schwere Explosion das Gebäude erschütterte und die Hölle losbrach. Flammen schossen aus dem Flur, und 007 wurde rückwärts zu Boden geschleudert. Das gesamte MI6-Hauptqartier erzitterte einen Augenblick lang, als die Decke und eine Wand eines tiefer gelegenen Raums in Rauch und Flammen einstürzten.

Giulietta saß in einem Sunseeker-Hawk-34-Boot am Ufer der Themse und beobachtete das Zerstörungswerk, das von einem kleinen, von Renard konstruierten Gerät ausgelöst worden war. Die Narren im MI6 hatten den Köder geschluckt. Sie griff nach dem FN-FAL-Scharfschützengewehr und richtete das Infrarot-Sichtgerät auf die dunkle Wolke, die aus dem Loch in dem Gebäude aufstieg.

Wie Renard vorausgesagt hatte, stolperte James Bond aus den Trümmern hervor, sah sich um und versuchte, die Quelle der Zerstörung zu finden. Sie zielte sorgfältig und aktiverte den Laser.

Bond hustete und rieb sich den Rauch aus den Augen. Er war unverletzt, aber Sir Roberts Leben und ein kleiner Bereich des Hauptquartiers des SIS waren innerhalb eines Sekundenbruchteils ausgelöscht worden. Die Schuldigen mußten in der Nähe sein und alles beobachten.

Nachdem er seine Augen vom Rauch befreit hatte, bemerkt er den roten Lichtstrahl auf seiner Brust. Instinktiv ging er in Deckung, als die gefährlichen High-Velocity-Kugeln auch schon um ihn herum einschlugen. Er kroch hinter einen Steinwall am Ufer, zog die Walther und wollte das Feuer erwidern, doch die Kugeln pfiffen weiterhin über seinen Kopf. Um besser sehen zu können, robbte er auf dem Bauch ein Stück weiter.

Er erkannte die Frau aus Bilbao sofort. Sie saß auf einem schlanken High-Tech-Boot, knapp hundert Meter vom Dock entfernt.

Als Giulietta begriff, daß sie es nicht geschafft hatte, den MI6-Agenten umzubringen, hatte sie nur noch im Sinn, lebend aus der Sache herauszukommen. Sie ließ die Waffe fallen, startete den Motor und raste über den Fluß auf den Millennium Dome zu.

Entschlossen sprang Bond auf und rannte wieder auf die Trümmer zu. Das würde Q gar nicht gefallen, aber er hatte nur diese eine Chance.

Das Boot war in das Bassin herabgelassen und zwischenzeitlich vergessen worden. Major Boothroyd und seine Männer überprüften gerade eifrig Berichte über die entstandenen Schäden, ohne zu bemerken, daß James Bond in den Raum stürmte und in das Boot sprang.

007 blickte auf die verblüffende Anzahl von Knöpfen und Schaltern auf der Konsole, versuchte sein Glück und drückte auf einen roten Knopf. Der Motor dröhnte, und das Boot schoß los.

Boothroyd blickte entsetzt auf. »Halt! Das Boot ist noch nicht fertig!«

Das für eine Person konstruierte Hochgeschwindigkeitsboot war kompakt, schlank und komplett von der Abteilung Q entworfen worden. Es schoß über die Trümmer auf die Themse hinaus und reagierte sehr gut auf Bonds Steuerung, weil es nicht viel wog. Dann drehte es sich im Wasser, aber Bond riß das Steuer energisch nach rechts, wobei es beinahe gekentert wäre. Er benötigte etwa zwanzig Sekunden, um das Boot unter Kontrolle zu kriegen, dann begann er, zu beschleunigen und die flüchtende Terroristin zu verfolgen.

In einem Seitenspiegel sah Giulietta, daß Bond sie verfolgte und schnell näher kam. Sie gab Vollgas, um alles aus dem Motor herauszuholen. Ihr Hawk-34-Boot war eine Luxusausführung mit einer Höchstgeschwindigkeit von 54 Knoten, aber Giulietta kam zu der Einsicht, daß die vielen Extras – das Sonnendeck, die Bar und der Kühlschrank – jetzt eher ein Nachteil waren. Es war ein Urlaubsschiff und kein Fluchtboot. Dennoch schoß es mit immenser Geschwindigkeit über das Wasser. Sie hoffte, daß sie vielleicht seine Größe zu ihrem Vorteil nutzen könnte.

Bond raste an zwei Schiffen der Wasserschutzpolizei vorbei, die sofort Alarm auslöste und das merkwürdige, pfeilförmig konstruierte, grüne Boot zu verfolgen begann. An Land hörte man bereits die Sirenen von Polizeiautos aufheulen. Einige Notarztwagen rasten auf das Gebäude des SIS zu, andere Autos folgten den Booten am Ufer.

Auf der Themse herrschte sehr starker Schiffsverkehr. Giulietta scherte immer wieder aus und hätte einmal fast ein kleines Boot gerammt. Bond verlor an Boden und entschied sich dann in einem haarsträubenden Manöver für eine Abkürzung. Das Boot schoß unter einen Pier, wo er es kaum steuern konnte, aber glücklicherweise hatte er danach den Abstand zu der Terroristin verringert.

Jetzt reicht's, dachte Giulietta. Nachdem sie den Motor abgestellt hatte, ging sie zum Heck und zog eine Plane von einem auf einem Stativ befestigten Maschinengewehr. Sie zielte auf Bond und eröffnete das Feuer.

Jetzt raste das Boot aus der Abteilung Q mit einer Geschwindigkeit von fast siebzig Knoten auf sie zu. Die Kugeln prallten an der Chobam-Panzerung ab, und Bond setzte seine Verfolgung fort.

Giulietta blieb ruhig und zielte genau. Warum durchbohrten die Kugeln nicht den Schiffsrumpf? Er kam näher und näher ...

Als sie begriff, daß das Boot nicht anhalten würde, riß sie die Augen weit auf, stieß einen leisen Schrei aus und fiel zu Boden, da 007 ihr Boot als Rampe benutzte und direkt über das Maschinengewehr flog. Sein Boot schoß durch die Luft und tauchte dann mit dem Bug zuerst in die Themse.

Giulietta kam gerade rechtzeitig wieder auf die Beine, um sehen zu können, wie Bond sein kleines Schnellboot wendete, um sie zu liquidieren. Sie kroch zum Bug, ließ den Motor wieder an und raste auf die Tower Bridge zu, die gerade für einen kleinen Frachter geöffnet wurde.

007 blieb zurück, behindert durch den starken Schiffsverkehr. Hilflos mußte er mit ansehen, wie ihr Boot in der Ferne verschwand. Verzweifelt sah er sich um und entdeckte am linken Ufer in der Nähe einen Fischmarkt. Mit zusammengebissenen Zähnen riß er das Steuer herum und schoß an Land. Die einfallsreiche Konstruktion des

Q-Boots gestattete es ihm, über den Bürgersteig zu rasen, und er fuhr über einen Markt auf eine stark bevölkerte Londoner Straße zu. Die Fußgänger schrien und sprangen zur Seite, während Bond mit dem Steuer kämpfte und auf ein überfülltes Restaurant am Flußufer zu jagte.

Das Boot krachte durch die Seitenwand des Restaurants, und die Gäste sprangen in alle Richtungen auseinander. Kellner brüllten ihn an, aber noch bevor sie begriffen, was geschehen war, war das Boot über einen Balkon gesegelt und wieder auf der Themse gelandet.

Jetzt sah er Giulietta wieder, die erstaunt war, daß Bond es geschafft hatte, sie einzuholen.

Die Schnellboote manövrierten durch eine Armada langsamer, überladener Lastkähne, schossen haarscharf an einem Binnenschiff vorbei und überfluteten ein anderes mit einer kleinen Welle. Dann waren sie auf einer Höhe. Giulietta versuchte, ihn zu überholen, aber Bond drückte ein paar Knöpfe auf der Konsole und schoß eine Reihe von Kanistern ab, die vor ihnen explodierten und eine riesige Feuerwand errichteten.

Giulietta riß das Steuer gerade noch rechtzeitig herum und war gezwungen, aufs Ufer zuzurasen. Ihr war klar, daß die Verfolgungsjagd fast vorbei war und daß sie verloren hatte, aber dann sah sie den riesigen, bunten Heißluftballon.

Ihre Boote waren jetzt nur noch wenige Meter vom Millennium Dome entfernt. Um den Ballon, der augenscheinlich gleich starten sollte, hatte sich eine Menschenmenge versammelt. An einem Pier in der Nähe hielt sie ihr Boot an und kletterte schnell hinaus.

Ein elegant gekleideter, reicher Prominenter war im Begriff, in den Korb des Ballons zu klettern. Er winkte der Menge zu und lächelte in die Kameras. Da zwängte sich Giulietta durch die Zuschauer und sprang in den Korb.

»He!« rief der Mann, aber sie stieß ihn zurück. Nachdem sie rasch die Gasdüsen geöffnet hatte, stieg der Ballon mit überraschender Geschwindigkeit auf.

Bond steuerte sein Boot auf eine Rampe neben dem Pier zu, drückte auf einen Knopf und schoß in die Luft. Mit offenem Mund und ungläubigem Staunen beobachteten die Zuschauer das Geschehen.

Jetzt war das Q-Boot direkt unter dem Ballon, und innerhalb des Bruchteils einer Sekunde griff Bond nach einem der herabbaumelnden Seile. Das Boot stürzte ab und explodierte am Boden. Die Zuschauer schrien und ergriffen die Flucht, doch die meisten konnten ihre Augen nicht von dem Mann abwenden, der unter dem Korb hing.

Der Ballon stieg höher und höher. Giulietta zog eine Beretta aus dem Holster und feuerte über den Rand des Korbes. Darunter schwang Bond wie ein Pendel vor und zurück, um den Kugeln auszuweichen, gleichzeitig versuchte er, sich hochzuziehen. Er betete, daß sie nicht zufällig traf.

Als sie die dröhnenden Geräusche hörte, die sich dem Ballon näherten, stellte Giulietta das Feuer ein. Verängstigt sah sie die drei Westland-Lynx-Polizeihubschrauber auf sich zukommen.

Bond befand sich jetzt fast unter dem Boden des Korbes.

Giulietta zog ein Messer aus einer an ihrem Fußknöchel befestigten Scheide und wollte das Seil kappen, aber als sie auf die Helikopter blickte, wußte sie, daß es nur noch eine Alternative gab.

Über dem Rand des Korbes tauchten Bonds Arme auf. Er blickte auf und sah Giulietta einen der Gasschläuche aufschlitzen. Als sich der Ballon nicht mit Heißluft, sondern mit Gas füllte, übertönte ein lautes Zischen alle anderen Geräusche. Sie legte ihre Hand auf das Ventil zur Regulierung der Flamme, und Bond begriff, was sie vorhatte.

»Halt!« brüllte er. »Tun Sie es nicht. Ich kann Sie beschützen.«

Die brünette Schönheit blickte Bond an und lächelte traurig. »Nicht vor *ihm*.«

Sie zog an dem Regler, und Bond ließ den Korb los, als eine fast eineinhalb Meter hohe Flamme in den Ballon schoß, der in einem riesigen Feuerball esplodierte. Das war Giuliettas Ende. Die Polizeihubschrauber konnten gerade noch rechtzeitig ausweichen und eine weitere Katastrophe verhindern.

Mit einem lauten Krachen landete Bond auf dem Dach des Millennium Dome, wobei er schmerzhaft auf der rechten Schulter aufprallte. Er konnte nicht verhindern, daß er das Dach hinabrutschte, während überall Reste des brennenden Ballons herabregneten. Schließlich beendete eine Dachrinne seine Talfahrt.

Als er sich aufsetzte, ließ ihn der brennende Schmerz in seiner Schulter zusammenzucken. Er blickte zu der riesigen Rauchwolke am Himmel hoch und verfluchte die törichte Giulietta, und daß er darin versagte hatte, sie am Selbstmord zu hindern.

Insgeheim schwor er sich, daß er den mysteriösen Mann zur Strecke bringen würde, der für den dreisten Anschlag verantwortlich war, bei dem der MI6 auf seinem eigenen Grundstück angegriffen worden war. Er war eindeutig zu weit gegangen.

3
Elektra

Der Trauergottesdienst fand auf dem riesigen Grundstück von Sir Robert Kings Landhaus am Ufer des Loch Lomond statt, dem größten See in Schottland. Er liegt gut fünfundzwanzig Kilometer nördlich von Glasgow und dem Fluß Clyde, über einer geologischen Verwerfung, die die Highlands von den Lowlands trennt. Im Laufe der Jahrhunderte hat die Schönheit des Sees viele berühmte Schriftsteller fasziniert.

Anläßlich des tragischen Ereignisses waren Trauergäste aus aller Welt zum Loch Lomond gekommen: die Mächtigen, Reichen und Berühmten, alle in Schwarz.

Der Trauergottesdienst wurde in einer Kapelle aus dem 19. Jahrhundert gehalten, die auf dem zum Landhaus gehörenden Grundstück stand. Die Beerdigung war eine große, feierliche Veranstaltung mit Dudelsackmusik und getragenen Nachrufen von Freunden und Geschäftspartnern. Sogar die Queen hatte schriftlich kondoliert.

James Bond, den linken Arm in einer Schlinge, kam etwas zu spät. Mit seinem Aston Martin DB 5 war er mit halsbrecherischer Geschwindigkeit nach Schottland gefahren, am schwerbewachten Checkpoint am Eingang des Grundstücks durchgewunken worden und in dem Augenblick eingetroffen, als die Trauergäste die Kapelle zu verlassen begannen. Er reihte sich in die Menschenmenge ein, ein paar Schritte hinter Miß Moneypenny, die von Bill Tanner und Charles Robinson begleitet wurde, M's Stabschef und Chefstrategen.

Als eine atemberaubend schöne junge Frau in der Tür der Kapelle erschien, richteten sich alle Augen auf sie. Sie war groß und gut gebaut, hatte schulterlanges braunes Haar, stechende braune Augen und einen sanften Schmollmund. Sofort war Bond von ihr fasziniert. Wenngleich er Fotos von ihr gesehen hatte, war er ihr doch nie persönlich begegnet. Mit hoch erhobenem Kopf schritt sie durch die Menschenmenge, wie eine junge Jacqueline Kennedy, die den Menschen um sie herum Trost spendet. Ganz eindeutig stand sie im Mittelpunkt der Aufmerksamkeit.

Robinson, ein junger Schwarzer, der erst vor zwei Jahren zum MI6 gekommen war, flüsterte Miß Moneypenny zu: »Ich kann mir nicht helfen, aber während des Gottesdienstes ist mir diese Frau aufgefallen. Wer ist sie?«

»Kings Tochter Elektra«, antwortete Bond für Miß Moneypenny.

Robinsons Gesichtsausdruck verriet alles – Elektra war in der Tat wunderschön.

Obwohl Elektra King Anfang Zwanzig war, hatte sie die Manieren einer zehn Jahre älteren Frau. Irgend etwas im Blick ihrer braunen Augen verriet, daß sie die Hölle durchgemacht und ihr entkommen war. Sie strahlte eine tiefe Traurigkeit aus, und Bond war klar, daß das nicht nur auf den Tod ihres Vaters zurückzuführen war.

Während sie von einem Trauergast zum anderen ging, hier eine Wange küßte und dort jemanden umarmte, konnte Bond seinen Blick nicht abwenden, und als sie M in ihre Arme schloß, empfand er ein Gefühl von Verantwortung und Trauer.

M legte ihren Arm um Elektra, und die beiden gingen allein weiter. Weil Sir Robert ein enger Freund war, war es nur natürlich, daß M so etwas wie eine Ersatzmutter für die junge Frau darstellte, deren leibliche Mutter vor Jahren an Krebs gestorben war.

007 beobachtete, wie sie auf das Ufer des Sees zu gingen. Seltsamerweise wandelte sich sein Schuldgefühl in Besorgnis, ohne daß er wußte, warum.

Am Nachmittag desselben Tages fuhren die Mitarbeiter des MI6 zur Burg Thane, der Operationszentrale des SIS in Schottland. Ursprünglich im Jahr 1220 von Alexander II. als Schutz vor den Wikingern errichtet, war das Schloß danach als Festung von den Mackenzies of Kintail – den späteren Earls of Seaforth – übernommen worden, die die MacRaes als Erben einsetzten. Im Jahr 1719 wurde es zerstört, als es als Garnison für spanische Soldaten diente, die im Dienste der Jakobitischen Sache für den Fünften Earl of Seafort kämpften. Erst zweihundert Jahre später wurde mit dem Wiederaufbau begonnen. Kurz nach der Pensionierung von M's Vorgänger kaufte der SIS einen Flügel des Schlosses mit einem schwerbewachten Privateingang, der jetzt für Touristen nicht mehr zugänglich war. M hatte eine gewisse Vorliebe für Schottland und die entsprechenden Verhandlungen mit der Regierung geführt.

Seit sich M im Lauf der letzten paar Jahre an ihre Aufgabe als Chefin des MI6 gewöhnt hatte, bestimmte sie mehr und mehr die Methoden, mit denen im Hauptquartier gearbeitet wurde. Eine ihrer jüngsten Veränderungen bestand in der Mobilität. Sie war der Stadt London überdrüssig geworden und hatte mehrfach Entschuldigungen gesucht, um an einem anderen Ort arbeiten zu können. Mit der neuen Operationszentrale in Schottland konnte sie hin- und herpendeln, wie es ihr gefiel, und die Mitglieder ihres Teams begleiteten sie.

M hatte das Treffen am Nachmittag nach der Beerdigung arrangiert, weil sie nur zu gut wußte, daß sie schnell reagieren mußten, wenn der SIS im Fall von Sir Robert Kings Ermordung aktiv werden wollte. Neben Bond waren auch alle anderen 00-Agenten anwesend, außerdem Tanner, Robinson, Moneypenny und andere wichtige Mitarbeiter. Sie saßen in einem riesigen Raum aus Stein, der von einem großen, funkelnden Lüster und elektronischen Geräten beherrscht wurde, die in dem historischen Gebäude ganz und gar deplaziert wirkten. Außer Bond hatten alle Agenten ein Paket mit Informationen vor sich auf dem Tisch liegen.

Tanners Stimme warf ein Echo in dem Raum. »Um genau herauszufinden, was in London passiert ist, haben unsere Spezialisten rund um die Uhr gearbeitet. Nach der Explosion hat der MI5 nur wenig Material gefunden, mit dem man arbeiten könnte. Das Forensik-Team hat Spuren der Tasche mit dem Geld gefunden und bei der Analyse herausgefunden, daß die Banknoten in Urea getaucht, getrocknet und fest zusammengepreßt wurden. Eine sehr kompakte Bombe.« Tanner nickte Bond zu. »Nachdem 007 das Geld berührt hatte, löste das Wasser an seinen Händen – er hatte das Eis in M's Büro angefaßt – eine chemische Reaktion aus. Das ließ ihn auf die Beschaffenheit der Bombe schließen.«

Bond erinnerte sich an den denkwürdigen Augenblick, als er die Hitze gespürt und den Bourbon im Glas hatte kochen sehen. Wenn er es doch nur eine oder zwei Minuten früher gemerkt hätte ...

»Bis wir den Transmitter in dem Boot der Frau gefunden hatten«, fuhr Tanner fort, »konnten wir nur Spekulationen anstellen, wie die Bombe gezündet wurde. Wir nehmen an, daß der als Fälschungsschutz dienende Metallstreifen bei einer der Banknoten entfernt und durch Magnesium ersetzt wurde, das als Zünder diente.«

Er griff nach Kings Reversnadel, die jetzt verkohlt und geschmolzen war. »King nannte diese Reversnadel ›Das Auge der Glens‹ – offensichtlich ein Erbstück, das er schon seit Ewigkeiten besaß. Irgendeine Art Talisman. Dies ist aber offensichtlich nicht das Original. Kings Reversnadel wurde mit einer Kopie vertauscht. Wir hatten großes Glück, daß der MI5 dieses Beweisstück in den Trümmern gefunden hat. Es enthielt einen Funk-Transmitter und -Receiver, der die Explosion ausgelöst hat. Mit anderen Worten – die Frau hat mit dem Gegenstück des Transmitters, den wir auf ihrem Boot auf der Themse gefunden haben, die Bombe gezündet, die Sir Robert getötet hat. Sie mußte ihn nur noch einschalten und die Antenne auf das Gebäude des SIS richten. Das Signal hat den Receiver in Kings Reversnadel aktiviert, die dann ein elektronisches Signal an den Magnesiumstreifen in dem Geld übermittelt hat.«

Auf einem Bildschirm erschien ein Foto von Giulietta.

»Man hat sie als Giulietta da Vinci identifiziert, eine italienische Staatsangehörige, die auf der Interpol-Liste bekannter Terroristen stand, die im Mittelmeerraum aktiv sind. Weitere Informationen über sie besitzen wir nicht, und wir wissen nicht, für wen sie gearbeitet hat.«

Robinson trat neben Tanner. »Uns ist klar, daß irgend jemand aus Kings engster Umgebung die Reversnadel ausgetauscht haben muß. Die einzige Person, die uns hätte weiterhelfen können, hat aber in dem Ballon Selbstmord begangen. Angesichts der Größe von Kings Unternehmen kann es sonstwer gewesen sein. Irgendwo.« Er wandte sich an M und bedeutete ihr mit einem Nicken, daß Tanners und sein Vortrag beendet war.

M stand auf und blickte ihre Mitarbeiter einen Augenblick lang an. Noch bevor sie zu reden begnn, wußten alle Anwesenden, daß sie deutliche Worte finden würde.

»*Dabei wird es nicht bleiben*«, sagte sie mit fester Stimme und wartete einen Augenblick, um ihre Worte wirken zu lassen. »Wir lassen uns nicht von Feiglingen terrorisieren, die einen unschuldigen Mann ermorden und uns dabei als Mittel zum Zweck benutzen.«

M blickte von einem zum anderen. »Sie alle haben einen Auftrag. Wir werden die für diesen grausamen Akt Verantwortlichen finden. Gemeinsam werden wir sie jagen und sie wenn nötig bis ans Ende der Welt verfolgen. Wir werden sie vor Gericht bringen.«

Einen Moment lang schwieg sie, wandte sich dann auf dem Absatz um und verließ mit hoch erhobenem Haupt den Raum.

Die Agenten öffneten nun ihre Pakete mit den Informationen. Bond sah sich um und begriff, daß er nicht mit von der Partie war. Als Tanner an ihm vorbeiging, hielt er ihn an.

»Bill ...«

Tanner zeigte auf die Armschlinge. »Tut mir leid, James. M sagt, daß du so lange nicht auf der Liste der einsatzbereiten Agenten stehen wirst, bis du gesundheitlich wieder auf dem Damm bist.«

Bonds verärgerter Gesichtsausdruck stellte die Weisheit dieser Entscheidung in Frage. Tanner hob die Hände, als ob er sagen wollte, daß er nichts daran ändern könne. Dann verließ auch er den Raum.

007 setzte sich einen Augenblick lang und beobachtete, wie seine Kollegen konzentriert ihre Unterlagen studierten. Nun gut! dachte er. Er mußte sich eben in ärztliche Behandlung begeben, damit man ihn gesund schrieb. Und er wußte auch schon, wie er das anstellen mußte.

Bond lehnte es ab, Dr. Molly Warmflash wegen ihres Namens zu hänseln, aber die attraktive junge Ärztin des SIS machte diesem Namen alle Ehre. Seit sie vor drei Monaten eingestellt worden war, war er bei den Männern im Hauptquartier zum Anlaß unzähliger Witze geworden. Das Problem bestand darin, daß sie die Männer dazu ermutigte. Man flirtete mit ihr, und sie genoß es. Bei verschiedenen Gelegenheiten hatte sie sich besonders um Bond bemüht und ihm zu verstehen gegeben, daß sie ihn gerne einmal genauer untersuchen würde, als das im beruflichen Umfeld möglich war. Bond fragte sich, wie lange eine Frau wie sie beim Geheimdienst bleiben würde, aber bis jetzt hatte sie sich in medizinischen Angelegenheiten als kompetent erwiesen.

Dr. Warmflash war blond, klein und drall. Ihr Stethoskop hing nicht einfach an ihrem Hals, sondern baumelte wie eine Medaille herab, die sie bei einem Leichtathletikwettkampf gewonnen hatte. Ihre blauen Augen waren sehr lebendig, verzaubernd und blickten zuversichtlich drein.

Bond konzentrierte sich auf all diese Merkmale, während er mit entblößtem Oberkörper auf dem Untersuchungstisch saß und sie seine linke Schulter bearbeitete. Er gab sich alle Mühe, nicht zusammenzuzucken, aber der Schmerz war höllisch.

»Bei einem ausgerenkten Schlüsselbein dauert es eine Weile, James«, sagte sie. »Seit ich Sie zum letzten Mal untersucht habe, ist es nicht besser geworden. Wenn weitere Sehnen ...«

Sie wußte, daß er seinen Schmerz nicht zeigen wollte. Um die Richtigkeit ihrer Diagnose zu beweisen, bohrte sie einen Finger in einen besonders empfindlichen Bereich.

»Au.«

Dr. Warmflash schüttelte den Kopf. »Tut mir leid, aber Sie werden noch wochenlang nicht einsatzbereit sein.«

»Ich brauche eine schriftliche Diagnose, daß ich fit bin. Sie müssen mich gesundschreiben.«

Diesmal legte sie ihre Finger sanft auf das Schlüsselbein, über dem sich die Haut bläulich verfärbt hatte. »James, es wäre wirklich nicht ...«

Bond legte eine Hand auf ihre Taille. »... sittlich?«

Sie bedachte ihn mit einem Blick.

»Können wir die Sache nicht auf sich beruhen lassen?« fragte er lächelnd.

Sie blickte auf seine Hand und lächelte dann ebenfalls. In ihren Augen war die Versuchung zu lesen. »Sie müßten mir versprechen, mich anzurufen«, antwortete sie, nachdem sie ein paar Sekunden darüber nachgedacht hatte. Dann bohrte sie erneut ihren Finger in seine Schulter, und Bond zuckte zusammen.

»Was immer die Ärztin befiehlt ...« Sie kam näher, und Bond konnte ihr Parfüm riechen. »Und ich denke, wenn wir ständig miteinander in Kontakt bleiben ...«

Bond faßte das als Einladung auf und öffnete den Reißverschluß und die Schnalle ihres Rocks, der daraufhin zu Boden fiel. Sie trug weiße Boxer-Shorts aus Seide, einen

Strumpfgürtel und weiße Strümpfe. Das zarte Fleisch ihrer nackten Oberschenkel lechzte danach, liebkost zu werden. Er begann, von unten ihre Bluse aufzuknöpfen, und sie half ihm, indem sie sie von oben öffnete.

»Wenn Sie genügend Durchhaltevermögen zeigen ...« sagte sie atemlos.

Er hatte ihr die Bluse abgestreift. Sie trug einen weißen spitzenbesetzten Wonderbra, der eine Nummer zu klein zu sein schien. Jetzt näherte sich ihre Erregung dem Höhepunkt.

»... und jede Art von ...« Aber da hatte er sie schon an sich gezogen und küßte sie.

»... anstrengender Betätigung vermeiden würden ...«

Sie stieß ihn auf den Untersuchungstisch zurück, setzte sich auf ihn und küßte ihn immer wieder.

»Ich könnte mich bereit erklären ...« keuchte sie, als seine rechte Hand über ihren Rücken glitt und den Verschluß des Büstenhalters öffnete.

Erneut küßten sie sich.

»Großartig«, sagte Bond, als er sie an seiner Hose herumnesteln fühlte. »Nur weiter so, Frau Doktor.«

Eine Stunde später verließ Bond das Untersuchungszimmer der Ärztin. Er hielt inne, nahm die Schlinge ab und drapierte sie lässig um eine Rüstung, die schweigend den Korridor bewachte.

»Was wir nicht alles für England tun«, sagte er. »Weiter geht's.«

Aus der Ferne hörte er den Klang eines Dudelsacks, und er konnte sich gut vorstellen, wo das Geräusch herkam.

Leise ging er durch die alten Korridore und stieg dann eine Steintreppe hinab, wo er einen Mann in schottischer Tracht sah, der das Dudelsackspiel nicht besonders gut beherrschte.

»Nun machen Sie schon«, sagte eine vertraute Stimme.

Der Mann in dem Kilt nahm die Pfeife aus dem Mund und feuerte gleichzeitig aus zwei weiteren Pfeifen Kugeln und einen Feuerstoß ab, die eine realistisch wirkende Gliederpuppe trafen, die etwa sieben Meter entfernt aufgestellt worden und bald nur noch eine geschmolzene, von Kugeln durchsiebte Masse war.

»Irgendwann müssen wir alle die Zeche bezahlen, stimmt's Q?«

»Halten Sie den Mund, 007«, sagte Major Boothroyd, stärker verärgert als gewöhnlich.

»Habe ich etwas Falsches gesagt?«

»Nein.« Er verschränkte die Arme vor der Brust. »Etwas zerstört.«

Jetzt fiel sein Blick auf das ruinierte Boot in der Mitte des Labors.

»Mein Fischerboot. Für die Zeit nach meiner Pensionierung – weit weg von *Ihnen*.«

»Hätte ich das gewußt, dann hätte ich das Boot nicht in diesem Zustand, sondern, wie Sie sagen, in einem ›jungfräulichen Zustand‹ zurückgebracht.«

Boothroyd erschauerte. »Werden Sie endlich erwachsen, 007.«

Die Abteilung Q kannte keinen Feierabend. Immer waren Techniker da, die rund um die Uhr arbeiteten. Major Boothroyd, der dem Tag seiner Pensionierung entgegensah, haßte es, London verlassen zu müssen, um die abgelegene Burg Thane aufzusuchen, aber wenn M ihn rief, kam er natürlich. Er war müde und gereizt.

»Kommen Sie, damit wir die Sache hinter uns bringen können. Eigentlich müßte ich schon im Bett liegen. Ich möchte aber, daß Sie den jungen Mann kennenlernen, den ich als meinen Nachfolger anlerne.«

Er ging mit Bond zu einem Poolbillard-Tisch, der sich auf Knopfdruck teilte. Der Boden öffnete sich, und auf einer aufsteigenden Plattform stand ein brandneues graues BMW-Z8-Kabriolett mit schwarzem Verdeck. Ein Mann in einem weißen Kittel befestigte eine Rakete unter einer Seitenwand, aber er hatte nicht bemerkt, daß sein weißer Laborkittel sich in der Tür verfangen hatte. Als er es begriff, drehte er sich in die falsche Richtung, um auszusteigen.

Bond und Boothroyd tauschten einen Blick.

»Es ist hilfreich, die Tür zu öffnen«, schlug Bond vor, während er den Mann befreite.

»Und Sie sind ...« fragte der Techniker gebieterisch.

»Das ist 007«, stellte Boothroyd ihn vor.

»Wenn Sie Q sind«, sagte Bond spaßhaft, »dann heißt er also bald R?« Natürlich wußte er, daß »Q« für »Quartiermeister« stand.

Der Assistent beherrschte sich. »Ah, der legendäre 007-Humor. Ich lache natürlich *innerlich*. Aber ich wage zu behaupten, daß dieses Auto bestens zu Ihnen paßt.«

Der Mann war sehr groß, hatte eine hohe Stirn und einen Schnurrbart. Bond bemerkte die Sonnenbrille in seiner Tasche und nahm sich die Freiheit, sie in Augenschein zu nehmen.

»Ein neues Modell? Bessere Gläser?«

»Ich dachte, daß Sie wegen irgendeiner Verletzung nicht im Einsatz wären«, sagte Qs Stellvertreter.

007 steckte die Brille ein und zuckte die Achseln. »Das werden wir ja sehen.« Er zeigte auf den BMW. »Erzählen Sie weiter.«

»Die absolut modernste Technik zum Abhängen von Gegnern und zur Ergreifung von Gegenmaßnahmen«, erwiderte Q's Assistent. »Titanium-Panzerung, ein Multi-Tasking-Display. Alles in allem ziemlich vollgestopft.«

»'Voll ausgerüstet' ist die richtige Bezeichnung«, sagte Q. »Warum probieren Sie nicht mal das Jackett für 007 an?«

Der Stellvertreter zögerte, ging zu einem Tisch hinüber und zog ein tailliertes schwarzes Jackett an.

Boothroyd zeigte auf die Sonnenbrille. »Sie haben recht. Eine weitere Verbesserung – eine Art Röntgenbrille, mit der man verborgene Waffen entdecken kann.« Er führte Bond zu einem anderen Tisch und reichte ihm eine Omega-Uhr. »Ich nehme an, daß das die neunzehnte ist. Versuchen Sie einfach, diese mal nicht zu verlieren. Sie ist mit zweifachem Laser und einem winzigen Haken mit einem dünnen, fünfzehn Meter langen, hochgradig dehnbaren Draht ausgestattet, der bis zu einem Gewicht von achthundert Pfund nicht reißt.«

Beeindruckt legte Bond die Uhr an, bevor sie sich wieder dem Assistenten zuwandten. »Das ist merkwürdig.«

Er ließ seinen Blick an der Jacke herabgleiten. »Irgend jemand hat vergessen, das Preisschild zu entfernen.« Als er daran zog, verwandelte sich das Jackett blitzartig in einen Airbag, der den Mann einschnürte.

»Scheint gut geeignet zu sein für den Job«, sagte Bond zu Boothroyd. Nachdem sie das Labor verlassen hatten, setzten sie ihr Gespräch an einem ruhigen Ort fort. »Sie werden doch nicht schon bald in Pension gehen, Major?«

»Hören Sie gut zu, 007. Ich habe immer versucht, Ihnen zwei Dinge beizubringen. Erstens: Lassen Sie sie nie sehen, daß Sie bluten.«

»Und zweitens?«

»Sie müssen immer einen Fluchtplan haben.« Plötzlich wurde Boothroyd von einer Rauchwolke eingehüllt, während sich in der Wand hinter ihm eine alte Falltreppe öffnete. Als sich der Rauch verzogen hatte, war Q verschwunden.

Die Abteilung für Recherchen war eine Außenstelle der kürzlich eingerichteten Visuellen Bibliothek im Londoner Hauptquartier, eine riesige Computerdatenbank. Man mußte nur ein Thema eingeben, und die Visuelle Bibliothek fand jede diesbezügliche Datei und bereitete sie zu einer kohärenten Multimedia-Präsentation auf.

Bond wollte sich über Elektra Kings Entführung informieren. M hatte gesagt, daß die Story bemerkenswert schnell aus den Nachrichten verschwunden sei. Er wußte nur, daß sie geflohen und die Kidnapper getötet worden waren – außer ihrem Anführer, der irgendwie entkommen konnte.

Er begann mit der Geschichte von Robert Kings Aufstieg zu einem berühmten und reichen Mann. Auf dem Monitor erschienen Fotos, Zeitungsausschnitte, Illustriertenartikel und Aufnahmen von Fernsehsendungen. In den Nachrichten schien King Industries permanent präsent zu sein, besonders im Wirtschaftsteil der Zeitungen. Für großes Medieninteresse hatte gesorgt, daß er geadelt worden war. Anläßlich seiner zweiten Eheschließung hatte die Presse ebenfalls einen großen Wirbel veranstaltet, und die Geburt der Tochter Elektra hatte erneut Schlagzeilen gemacht.

Anschließend wandte Bond sich den Informationen über Elektra zu. Während über ihre Kindheit nicht viel herauszufinden war, gab es gelegentlich Material über die Zeit des Erwachsenwerdens: ein Foto von ihrem sechzehnten Geburtstag, einen kurzen Artikel über ihre Immatrikulation an der Universität und einen kleinen Bericht in der *Times*, daß sie in der Hoffnung bei Kings Industries eingestiegen war, dort in die Fußstapfen ihres Vaters treten zu können. Aufgewachsen war sie augenscheinlich an verschiedenen Orten. Sie hatte ein Internat in Paris und anschließend eine schottische Universität besucht. Die Sommermonate und die Ferien hatte sie mit der Familie ihrer Mutter im Nahen Osten und später in der Villa ihres Vaters in Aserbaidschan verbracht.

Die nächste Story war die alles beherrschende. Zunächst erschien eine Zeitungsschlagzeile: »ELEKTRA KING ENTFÜHRT!«

Nachdem Bond auf das Symbol mit der Bezeichnung

»Polizeiakten« geklickt hatte, erschien ein Polaroidfoto, das die Entführer an King geschickt hatten. Es zeigte die brutal geschlagene Elektra mit einem verbundenen Ohr. In den Händen hielt sie die Zeitung mit der Schlagzeile »ELEKTRA KING ENTFÜHRT!« Unter dem Bild hatte jemand die Lösegeldforderung notiert – fünf Millionen Dollar.

Bei der polizeilichen Vernehmung gab Elektra zu Protokoll, daß sie bereits frühzeitig entschlossen gewesen sei, für die Flucht ihr Leben zu riskieren. Sie hatte einem der Kidnapper in die Genitalien getreten. Als der Mann zusammengebrochen war, nahm sie ihm die Waffe ab und erschoß ihn. Dann tötete sie einen weiteren Entführer und schoß sich den Fluchtweg aus dem Landhaus in Dorset, wo man sie versteckt hatte, im wahrsten Sinne des Wortes frei. Unglücklicherweise war der Anführer der Kidnapper zum Zeitpunkt ihrer Flucht nicht anwesend. Elektra taumelte blindlings zur Hauptstraße, wo sie ein Lastwagenfahrer mitnahm und zu einer Polizeiwache brachte.

Bond klickte auf das Symbol mit der Bezeichnung »Polizeiliche Vernehmung«. Auf dem Bildschirm erschien eine zitternde, emotional aufgewühlte und fast hysterische Elektra. Man hatte ihre Wunde behandelt, aber dennoch sah sie entsetzlich aus. Tränen rannen ihr die Wangen herab.

»Erzählen Sie, wie Sie in den Besitz der Waffe gelangt sind«, fragte ein Polizist leise.

»Wie oft soll ich es Ihnen denn noch erzählen?« schrie Elektra. »Einer der Typen wollte mich belästigen. Er ist in mein Zimmer, meine *Zelle*, gekommen und wollte mich anfassen.«

»Und das ist nachts geschehen?«

»Am frühen Morgen. Ich glaube, daß die Sonne gerade aufgegangen ist. Als ich das Haus verlassen habe, schien sie bereits.«

»Wie ging es dann weiter?«

»Das habe ich doch schon gesagt ...« Sie atmete tief durch und erzählte weiter. »Ich habe ihn gerade so lange machen lassen, bis er sich zu sicher fühlte. Dann habe ich ihm in die Genitalien getreten. Nachdem er zusammengebrochen ist, habe ich ihm die Waffe abgenommen und ihn erschossen.«

»Und dann?«

»Ich habe Gebrüll und rennende Männer gehört. Die anderen wollten nachsehen, was geschehen war. Ich habe auf die Tür gezielt und auf den Abzug gedrückt, als sie sich öffnete.«

»Wie viele Männer waren es?«

»Zwei. Ich habe sie getötet.«

»Und der Anführer, der entkommen ist? Können Sie ihn beschreiben?«

»Glatzköpfig. Dunkle Augen. Und gebrüllt hat er«, schluchzte Elektra. »Immerzu gebrüllt ...«

Berührt schaltete Bond auf Standbild und strich sanft mit der Hand über Elektras Gesicht, als ob er ihr die Tränen abwischen wollte. So ein wunderschönes Mädchen ... Es war entsetzlich ...

Dann kam ihm ein Gedanke. Er ging zu dem Polaroidfoto mit der Lösegeldforderung von fünf Millionen Dollar zurück.

Er griff in die Tasche, zog seine Brieftasche hervor und nahm den Zettel heraus, den Giulietta ihm in Bilbao gegeben hatte. In der Verwirrung nach der Explosion hatte er ihn völlig vergessen. Da stand die merkwürdige Zahl: 3.030.003,03 Pfund Sterling. Irgend etwas ließ ihm die Nackenhaare zu Berge stehen.

Bond drückte ein paar Tasten, und die Worte »WECHSELKURS PFUND/DOLLAR« erschienen auf dem Monitor. Nachdem er »3.030.003,03 Pfund Sterling« eingegeben hatte, betätigte er die RETURN-Taste.

Das Ergebnis lautete: »5.000.000 U.S. DOLLAR«. Einen Augenblick lang starrte er auf die Zahl und dachte darüber nach, was das bedeuten konnte. Nachdem er erneut etwas eingegeben hatte, erschien eine Seite des MI6 auf dem Bildschirm: »ELEKTRA KING – AKTE 7634733«. Wieder drückte er die RETURN-Taste und erhielt die Meldung »DATEI DARF NICHT EINGESEHEN WERDEN«.

Bond runzelte die Stirn, wiederholte die ganze Prozedur und gelangte zum gleichen Resultat.

Perplex lehnte er sich zurück. Er spielte mit dem Stück Papier in seiner Hand und kam zu der einzig möglichen Schlußfolgerung.

Während Bond vor dem Konferenzraum auf- und abging, rang er mit sich, ob er wirklich das tun sollte, was er seiner Ansicht nach tun mußte. Sie mußte die ganze Geschichte kennen. Würde sie das Geheimnis mit ihm teilen?

Dann schlug er alle Bedenken in den Wind, stürmte wortlos an Miß Moneypenny vorbei und öffnete die Tür. M saß mit Tanner, Robinson und zwei anderen Regierungsbeamten zusammen.

Sie blickte auf. »Was gibt's, 007?«

»Erzählen Sie mir mehr über den Entführungsfall Elektra King.«

Es sollte nicht so aussehen, als ob M sich in einer Defensivhaltung befände. »Ich wußte gar nicht, daß Sie mit diesem Fall beauftragt sind …«

»Ich habe das Geld transportiert, durch das King ums Leben gekommen ist.«

»Nehmen Sie's nicht persönlich.«

»Tu ich auch nicht. Sie etwa?« Er schwieg einen Augenblick lang. »Niemand außer Ihnen konnte die Datei versiegeln. Der MI5 bearbeitet diesen Fall? Daran glaube ich nicht.«

Nach kurzem Zögern wandte sich M an Tanner und die anderen. »Wenn Sie uns bitte kurz entschuldigen.«

Nachdem sie den Raum verlassen hatten, starrte M Bond erbost an. »Ich dulde keine Auflehnung, 007.«

Er zuckte die Achseln. Er wußte, daß er zu weit gegangen war, und entschied sich für eine sanftere Taktik. »Was ist passiert?«

M war offensichtlich verwirrt und wandte den Blick ab. Dann rückte sie mit der Wahrheit heraus. »Als Elektra King entführt wurde, hat ihr Vater erfolglos versucht, die Sache allein zu erledigen.«

Bond schwieg.

»Dann hat er sich doch an mich gewandt. Wie Sie wissen, verhandeln wir mit Terroristen nicht. Gegen alle Instinkte meines Herzens und alle Gefühle, die ich als eine Art zweite Mutter für Elektra empfand, habe ich ihm davon abgeraten, Lösegeld zu zahlen. Ich habe geglaubt, daß die Zeit für uns arbeiten würde.«

»Sie haben das Mädchen als Köder benutzt.«

»Ja.«

»Sie haben geglaubt, Sie könnten die Kidnapper ausräuchern.«

»Nachdem wir erfahren hatten, wer dahinter stand.«

Bond wartete einen Moment, dann sagte er: »Die Summe in dem Aktenkoffer entsprach der Lösegeldforderung im Entführungsfall seiner Tochter.« Er reichte ihr das Blatt Papier und beobachtete, wie sie es studierte. »Die Rückgabe des Geldes war eine Falle. Der Scharfschütze in Spanien hat dafür gesorgt, daß ich lebend aus dem Büro herauskam, weil er wollte, daß der MI6 die Bombe an King übergibt. Das ist eine Botschaft an den MI6. Ihr Terrorist ist wieder aufgetaucht.«

Besorgt blickte sie zu ihm hoch. »Guter Gott, dann wissen wir ja, wer 0012 und Sir Robert umgebracht hat.«

Es war schon fast Mitternacht, als sie sich wieder in dem Konferenzraum versammelt hatten. Tanner und Robinson hatten sich beeilt, die notwendigen audiovisuellen Geräte bereitzustellen, damit M frei schalten und walten konnte.

Auf dem Bildschirm an der Wand sah man das Gesicht eines schmächtigen, dünnen und drahtigen Manns. Er war kahlköpfig und hatte dunkle, kalte Augen.

»Victor Zokas«, sagte M. »Alias ...«

»... Renard der Fuchs«, ergänzte Bond. »Der Anarchist.«

»1996 hat er in Moskau gearbeitet«, fuhr Tanner fort, »davor in der nordkoreanischen Hauptstadt Pjöngjang. Man hat ihn in Afghanistan, Bosnien, Irak, Iran, in Beirut und in Kambodscha gesehen.«

»Romantische Urlaubsorte«, bemerkte Bond.

»Sein einziges Ziel ist das Chaos«, fuhr Tanner fort. »Er arbeitet selbständig, hat aber Verbindungen zur russischen Mafia.«

»Zokas stand hinter der Entführung von Elektra King«, sagte M. »Nachdem Sir Robert sich an mich gewandt hatte, habe ich 009 damit beauftragt, ihn zu töten, aber bevor er seine Mission erfüllt hatte, war Elektra bereits entkommen. Eine Woche später hat unser Mann die Zielperson in Syrien aufgespürt und ihr eine Kugel in den Kopf gejagt.« Sie schwieg einen Augenblick lang, um den folgenden Worten mehr Gewicht zu verleihen. »Und augenscheinlich befindet sich die Kugel immer noch dort.«

»Wie hat er das überlebt?« erkundigte sich Bond.

Tanner drückte auf den Knopf einer Schalttafel, und ein riesiges, transparentes 3-D-Hologramm von Renards Schädel erschien in der Mitte des Raums.

»Wir haben *geglaubt*, er wäre tot und die Akte Renard damit geschlossen. Fälschlicherweise haben wir zwei Berichte ignoriert, in denen behauptet wurde, daß er in Afghanistan und Aserbaidschan gesehen worden sei«, berichtete Tanner weiter. »Vor einer Stunde hat unsere Außenstelle in der Türkei bestätigt, daß Renard tatsächlich noch lebt.«

M nickte der in der Nähe stehenden Dr. Molly Warmflash zu, die daraufhin vortrat und mit ihren Erklärungen begann. »Der syrische Arzt, der Renard das Leben gerettet hat, konnte die Kugel nicht herausoperieren, und deshalb hat Renard ihn umgebracht.«

Dr. Warmflash übernahm die Bedienung der Regler und drehte das Hologramm. Auf der Röntgenaufnahme konnte man die Kugel sehen, die direkt in der rechten Schläfe saß.

»Wir haben die Röntgenaufnahmen in die Finger bekommen, die der Arzt von Renards Schädel gemacht hat. Die Kugel ist durch das Nachhirn gedrungen und hat seine Sinneswahrnehmungen abgetötet. Den Tastsinn, den Geruchssinn ... Meiner Ansicht nach empfindet er keinerlei Schmerzen, aber ich würde wetten, daß viele seiner Gesichtsmuskeln durch das sogenannte Bell-Phänomen – eine einseitige Faszialislähmung – paralysiert sind. Andererseits ist er wahrscheinlich auch stärker und länger belastbar als andere. Die Kugel wird ihn letztlich umbringen, aber bis zu seinem Tod wird er mit jedem Tag stärker werden.«

Jetzt ergriff M wieder das Wort. »Sir Robert ist tot und der MI6 gedemütigt worden. Er hat seine Rache gehabt.«

»Nicht ganz«, warf Bond ein. »Bei der Entführung hatte Renard drei Feinde im Visier: Sir Robert, den MI6 und diejenige, der er nichts getan hat – Elektra.«

M zuckte bei Bonds furchterregender, aber offensichtlich zutreffender Vermutung zusammen. »Es gibt noch einen weiteren Aspekt, den ich gerade erst zu begreifen beginne.«

»Der wäre?«

»Als Erbin des riesigen, weltumspannenden Ölimperiums ihres Vaters ist Elektra King vermutlich die mächtigste Frau der Welt.«

Während M das Gewicht ihrer Bemerkung wirken ließ, reichte ihr Miß Moneypenny eine Akte. Sie blickte hinein, dann sah sie Bond an.

»Wie ich sehe, hat unsere gute Ärztin Sie gesundgeschrieben. Sie bemerkt, daß Sie ein außergewöhnliches Stehvermögen haben.«

Moneypenny warf einen Blick auf Dr. Warmflashs Rock und stellte fest, daß man ihren etwas verrutschten Slip sah. »Ich bin sicher, daß seine Hingabe an die vordringlichen Aufgaben Sie dazu bewegt hat«, verkündete sie strahlend.

Dr. Warmflash hatte Moneypennys Blick bemerkt und korrigierte schnell den Sitz ihres Rocks. Bond beobachtete es und wandte den Blick ab.

»Miß Moneypenny, Frau Doktor, vielen Dank«, schloß M.

»Wo ist 009?« fragte Bond, nachdem die beiden Frauen den Raum verlassen hatten. »Ich würde gern mit ihm reden.«

»Er hat einen Auftrag im Fernen Osten. Ich kann Ihnen aber versichern, daß alles, was er Ihnen erzählen könnte, in Renards Akte steht. Wenn 009 nur ein bißchen besser gezielt hätte.«

»Und was ist mit 0012?«

»Da sein Tod mit dem Mord an Sir Robert zusammenzuhängen scheint, werde ich dafür sorgen, daß Sie auch diese Akte einsehen können. Ich möchte, daß Sie Elektra aufsuchen, 007. Sie hat die Verantwortung für den Bau der Ölpipeline ihres Vaters vom Kaspischen Meer aus übernommen. Finden Sie heraus, wer die Reversnadel ausgetauscht hat. Wenn Ihre Annahmen stimmen, wird Renard wieder auftauchen, und dann ist Elektra das nächste Opfer.«

»Also ist der Köder erneut am Haken«, sagte Bond. »Die Frau beschützen, aber Renard liquidieren?«

M's Blick bedeutete Bond wortlos, daß man Renards Tod billigen würde.

»Elektra braucht nicht zu wissen, daß vielleicht derselbe Mann hinter ihr her ist. Verängstigen Sie sie nicht.«

»Eine Schattenoperation.«

M's Augen verengten sich zu Schlitzen. »Erinnern Sie sich daran, daß sich Schatten immer hinter oder vor einem Menschen befinden, jedoch nie *auf* einem.«

Sie kannte ihn nur allzu gut.

4
Blut und Öl

James Bond hatte den BMW Z8 in der Türkei abgeholt und fuhr jetzt in östlicher Richtung, bis er die südlichen Ausläufer des Kaukasus erreichte, der die Grenze zwischen der Türkei und dem Irak einerseits und den früheren Sowjetrepubliken Georgien, Armenien und Aserbaidschan andererseits bildet. Über einer Wolkendecke sah er den riesigen, schneebedeckten Gipfel des Vulkans Aergius, ein atemberaubender Anblick.

Der Z8 war die logische Weiterentwicklung des legendären BMW 507. Der übereifrige Nachfolger Q's hatte den Wagen wie vereinbart in die Türkei geschickt, zusammen mit dem Aston Martin, weil er sicher war, daß 007 ein zweites Auto benötigen würde. Der Z8 war ein offener Zweisitzer mit einem kompakten Motorraum und stromlinienförmigem Design. Er hatte sechs Gänge und einen Motor mit vierhundert PS. Bond war begeistert von dem Auto, ermahnte sich aber ständig, langsamer zu fahren.

Nach einer Weile erreichte er eine Gegend mit verlassenen Ölfeldern. Die Straße schlängelte sich an einer Pipeline entlang, die Bond mit Sicherheit zu seinem Ziel führen würde. Auf der Straße war kein anderes Auto zu sehen, und er raste mit Höchstgeschwindigkeit dahin. Dennoch nagte das Gefühl an ihm, daß er beobachtet wurde. Er blieb wachsam und blickte ständig in die Spiegel und auf das Display, auf dem jedes Fahrzeug im Umkreis von fünfzehn Kilometern zu sehen war. Bisher hätte er jedoch der einzige Mensch in dem einsamen Tal sein können.

Die Pipeline führte nun durch eine dicht bewaldete Gegend. Das Auto jagte neben ihr her durch den Kiefernwald. Jetzt konnte es nicht mehr weit sein.

Auf dem Display blinkte ein Symbol auf, und zwei Minuten später hörte Bond das Motorengeräusch eines Helikopters. Er sah aus dem Fenster und erkannte, daß es sich um einen Transporthubschrauber handelte, unter dem eine riesige Lattenkiste mit dem Logo von King Industries hing.

Der Helikopter überholte Bond und war bald nicht mehr zu sehen. Offensichtlich wollte auch er zu der Baustelle.

Endlich kam das Ende des Waldes in Sicht. Während der Wagen aus dem Kieferngehölz hervorschoß, ein winziger Flecken in der weiten Landschaft, war Bond sich ziemlich sicher, daß seine Ankunft bereits von versteckten Wachposten angekündigt worden war, die wahrscheinlich Tarnanzüge trugen.

Die Pipelinebaustelle von King Industries war riesig. Bond sah ultramoderne Robotermaschinen und Fahrzeuge, und es gab auch eine Start- und Landepiste. Es war ein gigantisches Bauprojekt. Sir Roberts Absicht war es gewesen, eine Pipeline zu bauen, die von den reichhaltigen Ölfeldern im Kaspischen Meer bis in den Westen reichen sollte. Das Projekt, an dem bereits ein paar Jahre lang gearbeitet wurde, war noch lange nicht beendet. Schwierig würde die Bohrung durch die Berge im Osten werden, bevor man die Verbindung zu einem anderen Teil der Pipeline in Aserbaidschan herstellen konnte.

Bond fuhr vor den Ingenieurbüros vor, stieg aus dem BMW und blinzelte in dem strahlenden Sonnenschein. Ein mittelgroßer Mann Anfang Dreißig trat aus einem der Büros und lächelte ihn an.

»Kann ich Ihnen irgendwie behilflich sein?« Sein Akzent erinnerte zugleich an die Ukraine und an Moskau.

»Ich suche Elektra King«, sagte Bond, während er einen Ausweis aus der Tasche zog und dem Mann vorzeigte. »Mein Name ist Bond. James Bond. Universal Exports.«

Der Mann nahm den Ausweis und prüfte ihn. »Sascha Dawidow. Ich bin der Chef der Security. Schön, Sie kennenzulernen ...«

Dawidows Händedruck war fest.

»Und jetzt können Sie die bewaffneten Ganoven hinter mir wegschicken.«

Beeindruckt lächelte Dawidow erneut und machte dann eine Handbewegung. Drei bewaffnete Bauarbeiter entfernten sich.

»Nennen Sie sie bitte nicht Ganoven. Das mögen sie gar nicht.«

Beide lachten, als das helle Geräusch eines Hubschraubers für Führungskräfte die Luft erfüllte.

»Ich weiß, daß Miß King Sie erwartet.«

Über den Bäumen war jetzt der Helikopter zu sehen. Bond beschirmte seine Augen mit der Hand. Die Größe der Baustelle war schwindelerregend. Hubschrauber zogen gigantische Sägen, die Bäume fällten, um Platz für die Pipeline zu schaffen, und riesige Maschinen schleiften die Baumstämme weg. Das ganze Projekt war ehrfurchtgebietend.

Der Transporthubschrauber, an dem immer noch die Lattenkiste hing, verlor langsam an Flughöhe. Als die Lattenkiste den Boden berührte, machten sich sofort Arbeiter daran zu schaffen. Nach ein paar Handgriffen der Männer sah Bond, daß es sich um ein ausklappbares mobiles Büro handelte. Als der Hubschrauber auf der Landepiste aufsetzte, war es bereits doppelt so groß und einsatzbereit.

Nachdem die Maschine zum Stehen gekommen war, wurden Sascha und seine Männer aktiv. Angespannt und wachsam beobachteten sie die Baustelle. Bond gesellte sich zu ihnen und gewöhnte sich auf diese Weise an seinen neuen Job, Elektra King zu beschützen. Noch immer hatte er das Gefühl, beobachtet zu werden, aber es schien alles in Ordnung zu sein.

»Hat es irgendwelche Drohungen gegeben?« fragte Bond.

»Nein«, antwortete der Chef der Security mit zusammengekniffenen Lippen. »Schon seit langer Zeit haben wir jede Menge Ärger mit Sabotageakten. Weniger hier in der Türkei als vielmehr in Aserbaidschan. Hier werfen sie nur mit Steinen, in Aserbaidschan dagegen hat es Sprengstoffanschläge gegeben. Ich vermute, daß es ihnen nicht gefällt, daß in ihrem Land eine Pipeline gebaut wird. Sir Robert war deshalb sehr besorgt. Für ihn waren diese Leute Terroristen, aber Miß King begegnet ihren Gefühlen mit mehr Toleranz. Wie auch immer, ich habe die Sicherheitsmaßnahmen verstärkt. Jetzt scheint alles in Ordnung zu sein.«

»Und hier ist nicht kürzlich etwas passiert?« fragte Bond.

»Nein. Aber seit ›dem Vorfall‹ mit Sir Robert fühlen wir uns alle so schrecklich verantwortlich …«

»Weil es mit Ihrem Job zu tun hatte?«

»Natürlich.«

Auf der Landepiste öffnete sich die Tür der Maschine, und der neue Chief Executive Officer von Kings Industries schritt die Gangway hinab, wunderschön und elegant wie immer. Sofort wurde Elektra King von Sicherheitsbeamten umringt. Ohne Bond anzusehen, ging sie direkt auf das mobile Büro zu und trat ein.

»Sollen wir?« fragte Dawidow Bond.

007 folgte Dawidow in das voll funktionsfähige Büro. Alles schien schon seit Wochen an seinem Platz zu sein: die Computer, die Telefone, die Küche und eine Wandkarte, auf der der Verlauf der Pipeline eingezeichnet war. Elektra stand bei ein paar Arbeitern und schimpfte mit einem Vorarbeiter.

»Sie haben mir versprochen, daß die Rodung in der letzten Woche beendet ist, Mustafa«, sagte sie in einem gespielt herzlichen Tonfall, der ihr Mißfallen verriet. »Wollen Sie mir sagen, daß wir den Zeitplan meines Vaters nicht einhalten können?«

»Wir hatten Ärger mit den Dorfbewohnern in Zelve«, antworte der Vorarbeiter einfältig. »Irgendein heiliger Friedhof ...«

Sie blickte gereizt auf und bemerkte zum ersten Mal Bond und Dawidow.

»Miß King?« unterbrach Dawidow. »Mr. Bond möchte mit Ihnen sprechen.«

Sie nickte und wandte sich dann wieder dem Vorarbeiter zu. »Suchen Sie die Forschungsergebnisse über die Kalksteinablagerungen heraus, und geben Sie Anweisung. Dann bringen Sie mir die Berichte über die Finanzen und machen den Jeep startklar. Um die Probleme in Ruan werde ich mich selbst kümmern ...«

»Ich würde mich ja nicht einmischen, Miß King, aber ...«

»Ich kenne Ihre Empfehlungen, aber ich werde persönlich nach Ruan fahren, Sascha«, antwortete sie mit einem nachsichtigen Lächeln. »Die Menschen dort sind Landsleute meiner Mutter. Kümmern Sie sich also um den Jeep. Alle anderen gehen wieder an ihre Arbeit. Ich widme mich unserem mysteriösen Gast.«

Sie wandte Bond den Rücken zu und öffnete die Tür, damit die anderen Männer das Büro verließen. Diese Frau machte Bond neugierig. Er mochte ihren Stil, die lässige Art, wie sie mit dem Vorarbeiter redete und dennoch unzweideutig ihre Anweisungen erteilte. Sie hatte sich gut an ihre Rolle als Chefin des Unternehmens gewöhnt.

»M hat mir erzählt, daß sie jemanden schicken würde«, sagte Elektra, nachdem sie die Tür geschlossen hatte. Sie versuchte, die Fassung zu bewahren.

»M mag Sie sehr.«

»In vielerlei Hinsicht ist sie wie eine Mutter für mich.« Einen Augenblick lang schwieg Elektra. »Ich habe Sie beim Begräbnis meines Vaters gesehen.«

»Ja. Mein Beileid.«

»Sind Sie ihm je begegnet?«

»Einmal, aber nur kurz.«

»Es ist merkwürdig. Einen ganzen Tag lang denkt man nicht daran, und dann genügt die kleinste Kleinigkeit – ein Geräusch, ein Geruch oder das Gesicht eines Fremden –, um alle Erinnerungen zurückzubringen. Haben Sie jemals einen geliebten Menschen verloren, Mr. Bond?«

»James.« Er beschloß, ihr nicht die ganze Wahrheit zu sagen. »Ich mußte geliebte Menschen verlassen.«

Sie blickte ihn an und versuchte, ihn einzuschätzen. Bond gab sein Bestes, nichts durch seinen Gesichtsausdruck zu verraten. »M hat mich geschickt, weil wir in Sorge sind, daß Sie in Gefahr sein könnten.«

Sie lachte verächtlich und ging dann zu der Wandkarte hinüber. »Mein Vater wurde ermordet, und es ist meine Pflicht, die Ziele des Unternehmens zu verwirklichen. Ich versuche, den Bau der zwölfhundert Kilometer langen Ölpipeline zu vollenden. Sie führt durch die Türkei, am Irak, dem Iran und an Syrien vorbei.« Sie zeigte auf die Karte. »Im Norden führen drei miteinander konkurrierende Pipelines durch Rußland, und die Leute dort werden alles tun, um mir Einhalt zu gebieten.« Sie drehte sich wieder zu ihm um. »Und Sie, lieber Mr. Bond, sind hier, um mir zu erzählen, daß der MI6 glaubt, ich könnte in Gefahr sein?«

Bei ihrer sarkastischen Bemerkung begriff Bond, daß er mehr ausplaudern mußte, als ihm lieb war. »Wir glauben, daß es sich um einen Insider handeln könnte.«

Bevor sie antworten konnte, klopfte es an der Tür. Ein großer Leibwächter steckte den Kopf durch den Spalt. Seine Haut war pechschwarz und sein Haar zu Dreadlocks geflochten. »Entschuldigen Sie, Miß King, aber der Jeep ist startklar.«

»Danke.« Ehe der Mann den Raum verließ, blickte er zuerst Bond und dann Elektra an.

»Irgend jemand aus meiner engeren Umgebung? Wollen Sie meinen Leibwächter befragen?«

»Er heißt Gabor und stammt von den Fidschi-Inseln. Ein Krieger von der Insel Bega. Seit Sie gekidnappt wurden, hat er Sie beschützt.«

Elektras Augen blitzten auf, als sie das Wort »gekidnappt« hörte. Dieser Fremde wußte zuviel, und das ärgerte sie. »Danke, daß Sie gekommen sind, Mr. Bond.« Sie war im Begriff, den Raum zu verlassen. »Aber ich habe bereits einen Leibwächter …«

Bond ergriff ihren Arm. »Elektra …« Er zog Kings deformierte Reversnadel aus der Tasche und zeigte sie ihr.

»Die hat meinem Vater gehört«, sagte sie verdutzt. In ihren Augen standen Tränen.

»Nein, das hier ist eine Kopie. Mit einem eingebauten Receiver, um die Bombe zu zünden. Irgend jemand aus Ihrem Unternehmen hat das Original gegen dieses Duplikat ausgetauscht. Ich bin hier, um Sie zu beschützen und herauszufinden, wer dafür verantwortlich war.«

Sie stieß ihn weg. »Schon zweimal hat sich meine Familie auf den MI6 verlassen. Ein weiteres Mal werde ich diesen Fehler nicht begehen.«

Sie öffnete die Tür und verließ das Büro. Bond folgte ihr zu einem Jeep, wo Gabor die Beifahrertür aufhielt. »Ich werde den Bau dieser Pipeline beenden, Mr. Bond. Für meinen Vater und für mich.« Sie stieg in den Jeep und blickte auf einen Notizblock am Armaturenbrett. »Ich brauche Ihre Hilfe nicht. Hoffentlich haben Sie einen angenehmen Heimflug.«

Aber Bond saß bereits auf dem Fahrersitz. Er beugte sich zur Seite und zog die Beifahrertür zu, während draußen ein verwirrter Gabor stehen bleiben mußte. Sprachlos sah Elektra Bond an.

»Ich dachte, daß ich mir auf der Heimfahrt noch Ruan ansehen sollte. Schnallen Sie sich an – dann ist es sicherer.«

Bevor Elektra King etwas erwidern konnte, fuhr der Jeep los.

Sie fuhren durch die Ölfelder, deren deformierte Fördertürme versteinerten Bäumen glichen. Elektra zeigte ihm den Weg, sagte aber ansonsten kaum etwas. »Ich sehe, daß wir den landschaftlich schönen Weg genommen haben«, sagte Bond, um das Eis zu brechen.

»Wissen Sie eigentlich, wo Sie hier sind?« fragte sie leicht verletzt. »Es hat eine Zeit gegeben, da war dies das begehrteste Fleckchen Erde auf der Welt.«

Bond nickte. »Ich weiß. Die Ölfelder hier wurden gegen Ende des letzten Jahrhunderts entdeckt. 1919 haben die Sowjets sie sich unter den Nageln gerissen, und auch Hitler war scharf darauf. Stalin und Chruschtschow haben sie benutzt, um den kalten Krieg anzuheizen.«

Elektra war beeindruckt. »Ich sehe, daß Sie Ihre Hausaufgaben gemacht haben, aber Sie sprechen ohne Leidenschaft darüber.«

Bond wartete auf ihre Erklärung.

»Das Volk meiner Mutter hat diese Ölvorkommen entdeckt, und deshalb haben die Bolschewisten die Menschen abgeschlachtet. Und nach dem Untergang der Sowjetunion haben sie das hier als Vermächtnis zurückgelassen. Manche sagen, daß im Blut meiner Familie Öl fließt. Ich dagegen sage, daß im Öl unser Blut ist.«

Es dauerte nicht lange, da hörten sie das Motorengeräusch eines Helikopters über sich. Bond sah hoch und erkannte einen Eurocopter Dauphin mit dem Logo von King Industries. »Das sind Gabor und Sascha. Ich bin sicher, daß sie mich nur im Auge behalten wollen.«

Der Jeep ließ die Bohrtürme hinter sich und fuhr durch eine Gegend mit Felsgeröll. Es war eine Mondlandschaft, die ein wenig an die steinigen Wüsten in Arizona in den Vereinigten Staaten erinnerte, allerdings gab es in Arizona auch aus dem Boden ragende Steinformationen wie in Stonehenge. Schnell hatten sie alle Anzeichen der Zivilisation hinter sich gelassen. Zwischen einer Reihe von »dreiköpfigen« Märchenkaminen standen ein paar Buden mit Souvenirs.

Bald hatten sie das Dorf Ruan erreicht, das einst ein Ort des Rückzugs für Mönche gewesen war. Am interessantesten waren die verschiedenen Kirchen und die primitiven Höhlenwohnungen. Elektra erklärte, daß Archäologen in ihnen Höhlenmalereien und alte Kunstgegenstände gefunden hatten.

»Hier ist alles prähistorisch. Angeblich ist die Arche Noah nicht weit von hier auf einem Berggipfel gelandet.«

Sie kamen zu einer Stelle, wo die Pipeline unterbrochen war und Arbeiter von King Industries ein Camp für Landvermesser eingerichtet hatten. Die Landvermesser kauerten hinter einem Wagen mit Vierradantrieb, während sie von Einheimischen aus einem in den Felsen gehauenen Dorf mit Steinen beworfen wurden. Die Menschen schrien und waren bereit, ihre Höhlen zu verlassen und das Camp zu stürmen.

Bevor Bond ihr Einhalt gebieten konnte, war Elektra

bereits aus dem Jeep gestiegen und ging auf die Menschenmenge zu. Als die Dorfbewohner sie sahen, flogen plötzlich keine Steine mehr, weil sie sie kannten. Aufmerksam beobachtete Bond, wie sie einige der Anführer zur Seite nahm und leise mit ihnen in ihrer Sprache redete. Einen Augenblick später machte die Menge einem orthodoxen Priester Platz, der Elektra zuwinkte.

»Kommen Sie.«

Sie nickte und folgte ihm durch die Menschenmenge zu einer faszinierenden, in den Fels gehauenen byzantinischen Kapelle. Kerzenlicht beleuchtete die Mosaiken und Wandgemälde. Damit Elektra die Lage ungestört besprechen konnte, hielt sich Bond im Hintergrund. Offensichtlich war sie eine ziemlich gute Streitschlichterin. Während sie leise mit dem Priester sprach, trat 007 nach draußen und sah sich um. In der Nähe war der Helikopter gelandet, und Dawidow kam mit dem Leibwächter auf die Kapelle zu.

Warum war Bond so nervös? Es war ein nur allzu vertrautes Gefühl, und er war erfahren genug, um sicher zu sein, denn sein sechster Sinn hatte ihn in dieser Hinsicht fast nie getäuscht. Irgend jemand beobachtete sie.

Auch Dawidow und Gabor musterten die Umgebung.

»Hier oben haben Sie einen guten Beobachtungsposten«, sagte Bond. »Fällt Ihnen irgend etwas auf?«

»Nein. Meiner Ansicht nach ist alles in Ordnung.« Dawidow schüttelte bewundernd den Kopf. »Eins ist sicher – sie kann mit den Menschen umgehen. Viel besser als ihr Vater!«

»Wie gut war das Verhältnis zwischen Elektra und ihrem Vater?«

»Sie haben sich ständig gestritten.«

»Tatsächlich?«

»Zumindest waren sie in geschäftlichen Angelegenheiten nicht einer Meinung.«

»War Sir Robert innerhalb des Unternehmens beliebt?«

»Soweit ich weiß, hatte niemand Probleme mit ihm. Ich arbeite seit sechs Jahren für das Unternehmen. Er war ein guter Arbeitgeber mit innovativen Ideen. Meiner Ansicht nach war seine Tochter die einzige, die sich je mit ihm gestritten hat.«

»Wie denkt man in der Firma insgesamt über den Wechsel im Management?«

»Alle lieben Miß King. Sie haben ja selbst gesehen, daß sie mit Menschen umgehen kann. Was ihre Fähigkeiten als Managerin betrifft, ist es noch zu früh, sich ein sicheres Urteil zu bilden, aber meiner Ansicht nach wird sie sich gut schlagen.«

Zehn Minuten später traten Elektra und der Priester aus der Kapelle. Der Priester ging zu den Dorfbewohnern und führte sie weg, während Elektra mit entschlossenem Gesichtsausdruck auf den Vorarbeiter der Landvermesser zu schlenderte.

»Führen Sie die Pipeline um das Dorf herum«, befahl sie.

»Aber das wird Wochen dauern und uns Millionen kosten«, antwortete der Mann. »Ihr Vater hat diese Route gutgeheißen.«

»Dann hat sich mein Vater eben geirrt. Dies ist geheiligte Erde, in der Menschen begraben sind. Wir müssen die Wünsche der Bewohner respektieren.«

»Aber ...«

»Tun Sie es einfach.«

Der Vorarbeiter war überrascht. Zum ersten Mal hatte Elektra King mit ihrer Autorität Druck ausgeübt.

Sie wandte sich an 007. »Mr. Bond, Sie haben Ruan gesehen. Jetzt können Sie nach London zurückreisen und berichten, daß es mir gutgeht. Sagen Sie M, daß sie sich keine Sorgen machen soll. Und jetzt entschuldigen Sie mich bitte, ich muß den hochgelegenen Teil der Pipeline überprüfen.«

»Den wollte ich schon immer mal sehen.«

»Gabor wird Sie zurückbringen.«

»Er kann auf sich selbst aufpassen.«

Sie blickte Gabor an. »Ich auch.«

»Dann bin ich sicher, daß es Gabor nichts ausmachen wird.«

Erneut blickte sie ihren Leibwächter an. Seine Geste verdeutlichte, daß er nicht beleidigt war.

»Sie akzeptieren meine Ablehnung nicht?« fragte sie Bond.

»Nein.«

Elektra seufzte. »Ich muß in die Berge. Dort liegt Schnee, ich werde Skier benutzen.«

»Hört sich gut an«, antwortete Bond fröhlich.

Zunächst hatte es den Anschein, als ob sie ihn schlagen wollte, aber dann verzogen sich ihre Mundwinkel zögernd zu einem Lächeln. Sie zeigte auf den Helikopter. »Kommen Sie.«

Bonds bohrendes Gefühl, daß sie beobachtet wurden, war kein Produkt seiner Einbildung. Wenn er oder Sascha Dawidow in der Lage gewesen wären, in eine Baumgruppe auf einem das Dorf überblickenden Hügel zu blicken, hätten sie einen Mann in einem Tarnanzug gesehen, der mit einem Walkie-talkie auf einem Ast saß.

Durch sein Fernglas beobachtete Renard, wie der Abzug aus Ruan vorbereitet wurde.

Ja, da war Bond, der Mann vom MI6. Renards Vermutung, daß M ihn schicken würde, hatte sich bestätigt. Dies wäre der Tag seiner Abrechnung.

Einen Moment lang konzentrierte sich sein Blick auf Elektra, die wunderschön wie eh und je war. Vor seinem geistigen Auge tauchte ein Bild auf: ihr tränenüberströmtes Gesicht, die gefesselten Hände, ihre Augen, die seidenweiche Haut ... Die Erinnerungen verfolgten ihn, aber Re-

"Gestatten, mein Name ist Bond, James Bond …" Im wahren Leben kennt man ihn als Pierce Brosnan.

Während seine Vorgesetzte M (Judi Dench) den befreundeten Öltycoon Sir Robert King (David Calder) empfängt, flirtet Bond mit der liebreizenden Miss Moneypenny (Samantha Bond).

Erfinderische Wissenschaftler unter sich: Q (Desmond Llewelyn) und sein ehrgeiziger Nachfolger R (John Cleese).

Victor Zokas, alias Renard der Fuchs (Robert Carlyle), der große Widersacher von 007. Seit eine Kugel in seinem Kopf steckt, spürt er keinen Schmerz.

Nach dem Tod ihres Vaters verwaltet Elektra King (Sophie Marceau) das Öl-Imperium.

Machen Bond das Leben schwer: Giulietta (Maria Grazia Cucinotta) und Colonel Akakievich (Claude Oliver-Rudolph).

Freund oder Feind? Valentin Zukovsky (Robbie Coltrane) und sein Chauffeur Bull (Popstar Goldie).

Erst allmählich wird klar, welche Rolle die Nuklearforscherin Dr. Christmas Jones (Denise Richards) spielt.

nard verdrängte sie und konzentrierte sich auf seine Aufgabe.

Er wartete, bis der Jeep die Baustelle verlassen hatte, und griff nach seinem Walkie-talkie. »Sind Sie in die Berge unterwegs?« fragte er.

»Ja.«

»Dann wissen Sie ja, was Sie zu tun haben. Gehen Sie vor wie geplant. Ich erwarte Ihren Bericht.«

»In Ordnung.«

»Noch etwas …« Renard schwieg einen Augenblick lang, um seinen Worten mehr Nachdruck zu verleihen. »Ich möchte, daß sich der Schnee dort oben rot färbt.«

5
Angriff im Schnee

Der Dauphin-Helikopter flog über die Schneewüsten, bis er einen Berggipfel erreichte, der laut Elektra ihr Ziel war. Der Wind war böig.

»Ich kann nicht landen!« brüllte der Pilot. »Es ist zu windig!«

»Halten Sie den Hubschrauber ruhig!« rief Elektra. Sie setzte ihre Skibrille auf. »Wir müssen springen«, erklärte sie Bond. »Sie können doch Skilaufen?«

»Ladies first«, sagte Bond, während er seine Skibrille herunterzog und die All-Mountain-Skier anlegte, die Dawidow ihm geliehen hatte. Auch dessen Polypropylen-Jacke, die Vlies-Handschuhe und die Skihose mit Mikrofaser-Fütterung paßten ihm. Er zog die Q-Jacke darüber, glücklich, sie mitgenommen zu haben. Elektra trug einen leichten Parka mit pelzbesetzter Kapuze, Unterarm-Reißverschlüssen, Fäustlinge und eine ähnliche Skihose wie Bond. Ihre All-Mountain-Skier waren eigens für Frauen konstruiert, mit einem leichten Kern und einer weichen, biegsamen Struktur. Sie legte die Skier an und schloß die Bindungen.

Als sie die Tür öffnete, strömte kalte Luft in den Helikopter. Ohne nachzusehen, ob Bond soweit war, sprang Elektra aus dem Hubschrauber und landete nach fünf Metern. Bond tat es ihr gleich, aber sie hatte schon einen Vorsprung. Ihr Fahrstil war halsbrecherisch.

Bond sah das als Herausforderung an und entschied sich für eine Langlauf-Methode des Vorwärtsgleitens, die sein alter Lehrer, Fuchs, ihm beigebracht hatte. Es war großartig, wieder einmal Ski zu fahren. Nur Skydiving war aufregender, als einen schneebedeckten Abhang hinabzurasen. Der Wind war belebend, und Bond spürte den Adrenalinstoß. Die Skier waren gut – sie hatten einen Wendekreis von 26 Metern. Zwei Längsrippen garantierten gute Schwungeigenschaften, und Bond wußte die weiche Stabilität der kaum gebogenen Skier zu schätzen.

Am Ende des Abhangs holte er Elektra ein. Sie fuhr an den Rand eines Felsens und bremste geschickt. Einen Augenblick später tauchte Bond hinter ihr auf.

»Nicht schlecht. Sie sind ein sehr guter Skifahrer, Mr. Bond.«

»Und Sie scheinen es zu genießen, gejagt zu werden. Wahrscheinlich werden Sie ohnehin immer gejagt.«

»Seltener, als Sie vielleicht glauben.«

Sie wies auf den funkelnden Schnee im Tal unter ihnen. In der Mitte sah man eine Reihe von Markierungsfähnchen.

»Wir bauen die Pipeline auf beiden Seiten.« Sie war etwas außer Atem. »In dieser Richtung sind es etwa sechshundert Kilometer bis zu den neu entdeckten Ölfeldern im Kaspischen Meer, in der anderen sechshundert bis zum Mittelmeer.«

»Dann treffen sich die beiden Enden der Pipeline also

hier«, sagte Bond, der die Strategie hinter den Plänen des Unternehmens allmählich zu schätzen lernte.

»Wenn die Ölvorkommen im Persischen Golf und aller anderen Ölfelder erschöpft sind, und das wird geschehen, wenn der Ölverbrauch der Welt weiter ansteigt, wird hier erneut das Herz der Erde schlagen. Wir werden dann immer noch fördern, und dies wird die Hauptarterie sein.«

»Das Vermächtnis Ihres Vaters.«

»Das Vermächtnis meiner *Familie* an die Welt.«

Sie blieben einen Augenblick lang stehen, während Elektra Entfernungen berechnete und das Arrangement der Markierungsfähnchen studierte. Bond beobachtete sie und bewunderte ihre Entschlossenheit und ihre Liebe zur Arbeit. Er schätzte diese Frau, die ihr Projekt mit Leidenschaft verfolgte, und mußte der Versuchung widerstehen, sie in die Arme zu schließen.

Ohne jede Vorwarnung fuhr sie plötzlich los und raste den Abhang hinab auf die Markierungsfähnchen der Landvermesser zu. Bond lachte in sich hinein. Dieser Frau gefiel es *wirklich*, gejagt zu werden. Jetzt begriff er, daß das Ganze vermutlich ein Test war, damit sie sehen konnte, aus welchem Holz er geschnitzt war.

Er folgte ihr und fuhr lässig zwischen den Markierungsfähnchen hindurch. Elektras Zickzackkurs erinnerte an eine professionelle Slalomläuferin. Bond ahmte ihre Bewegungen nach und blieb in perfekter Synchronisation hinter ihr. Einmal schoß sie über einen Felsvorsprung, flog sechs Meter durch die Luft und setzte wie ein Olympia-Champion wieder auf. 007 raste etwas schneller über den Felsvorsprung als sie und wäre beinahe gestürzt. Er fand zwar sein Gleichgewicht wieder, war aber dankbar, daß sie seinen etwas unbeholfenen Sprung nicht gesehen hatte.

Sie hatte wieder an einem Gebirgskamm angehalten, und Bond bremste neben ihr.

»Sie sind doch nicht etwa müde?« fragte sie, während sie auf einen weiteren Abhang mit Markierungsfähnchen blickte.

»Absolut nicht«, antwortete Bond. Das war vielleicht eine Frau! Sie studierte die Positionen der Markierungsfähnchen und machte sich in Gedanken Notizen. Besonders anziehend war ihre Art, den Eindruck zu erwecken, daß sie Distanz wahrte, aber dennoch spürte er, daß sie ihn permanent aus dem Augenwinkel beobachtete. Bond kannte die Frauen gut genug, um zu wissen, daß sie die Tatsache zu verschleiern suchte, daß sie sich für ihn interessierte.

Ein Geräusch über ihnen unterbrach seine Träumerei. Es war nicht der Hubschrauber, der sie hergebracht hatte. Bond blickte zum Himmel und sah vier dunkle Gegenstände aus einem Casa-212-Flugzeug fallen. Bald öffneten sich Fallschirme, die die Geschwindigkeit des Falls verlangsamten. Auch Elektra hatte es registriert.

»Parahawks«, sagte sie. »Vier Männer auf Parahawks.«

Das waren raffiniert konstruierte, tödliche Maschinen. Im Grunde waren Parahawks tiefliegende, schlanke Schneemobile mit einer Karosserie aus leichtem, verschweißtem Aluminium, wie es auch im Flugzeugbau Verwendung findet. Man konnte sie zu jeder Jahreszeit auf jedem Terrain einsetzen, und sie waren mit High-Performance-Fallschirmen, Handsteuerung und einer mit dem Daumen zu bedienenden Drosselung ausgerüstet. Die Fallschirme konnten im Flug gesteuert werden, so daß der Pilot in der Lage war, die Geschwindigkeit um etwa sieben Stundenkilometer zu variieren. Mit ihren Rotax-582-Motoren mit fünfundsechzig PS und Ivo-Propellern mit sechs Rotorblättern konnten sie auf unheimliche Art und Weise fliegen, springen oder gleiten.

Bond blickte sich nach einem Fluchtweg um und bemerkte nicht allzu weit entfernt am Abhang des Bergs einen Hohlweg. In der entgegengesetzten Richtung lag der Wald.

»Fahren Sie auf die Schlucht zu. Ich werde sie zu den Bäumen locken!« sagte er. Mit seiner gezogenen Pistole wies er ihr die Richtung. Elektra gehorchte und fuhr davon, während Bond sich wieder auf die sich nähernden Parahawks konzentrierte.

Aus den vier furchterregenden Maschinen kam ein Kugelhagel. Er duckte sich und glitt dann auf den Wald zu, während die Parahawks ihn verfolgten.

Er hatte sich für die alte »Alberg-Methode« entschieden und glitt kauernd, die Hände vor den Skistiefeln, den Abhang hinab. Um ihn herum schlugen die Kugeln ein, während er im Slalom über das offene Gelände auf die Bäume weiter unten zu schoß.

Plötzlich nahm der Lärm zu. Bond duckte sich gerade noch rechtzeitig, als einer der Parahawks zum Tiefflug überging und ihn zu rammen versuchte. Er blieb bei seiner Methode und schoß noch schneller über den weißen Pulverschnee. Als er gerade glaubte, einen Vorsprung gewonnen zu haben, wurde mit einem entsetzlichen, ohrenbetäubenden Krach die Erde unter ihm aufgerissen, aber er entkam knapp.

Jetzt warfen die Bastarde Handgranaten.

Ein spektakulärer »Christiana-Sprung« ermöglichte es ihm, herumzuwirbeln und auf die Maschine zu feuern, aber unglücklicherweise prallten die Kugeln an der schußsicheren Außenhaut der Parahawks ab.

Erneut drehte sich 007 um, erreichte den Wald und fuhr im Slalom zwischen den Bäumen hindurch. Zwei Parahawks folgten ihm. Der Beschuß ging weiter, und die Kugeln schlugen beängstigend nah neben ihm im Schnee ein.

Ein Parahawk setzte sich an die Spitze, und der Pilot konzentrierte sich darauf, ihn aus einem anderen Winkel unter Beschuß zu nehmen. Verdammt! fluchte Bond. Der Mann war einfach zu nah und würde früher oder später Glück haben.

Die Skier glitten mit einem hohen, kratzenden Geräusch über den Schnee, das unter normalen Umständen Musik in seinen Ohren gewesen wäre. Statt dessen mußte er darauf achten, daß das Geräusch kontinuierlich und rhythmisch war, weil er dann wußte, daß er nicht an Geschwindigkeit verlor oder den Rhythmus seiner Bewegungen verändert hatte. Einmal streifte sein linker Ski einen Baum, und Bond hätte fast das Gleichgewicht verloren, aber es gelang ihm, sich auf einem Ski aufzurichten und zwischen zwei Findlingsblöcken hindurch sicher einen weiteren Teil des Waldes zu durchqueren.

Der erste Parahawk holte auf, und Bond blickte auf das Terrain vor sich. Wenn er den Parahawk noch ein paar Sekunden in dieser Position halten konnte, würden ihm die einfachen Gesetze der Geometrie und der Schwerkraft zugute kommen. Er raste auf sein Ziel zu und wendete dann scharf – genau im richtigen Augenblick.

Der Parahawk schoß an einem Baum vorbei, aber der Fallschirm verfing sich in den Ästen, so daß die Maschine rückwärts in den Baum geschleudert wurde und explodierte.

Elektra hatte sicher die Schlucht passiert und hielt an, als sie die Explosion hörte. Wo war Bond? Sie spähte über die Baumwipfel und sah zwei fliegende Parahawks. Sollte sie an Ort und Stelle bleiben? Sie wußte, daß es besser wäre zu warten, aber sie war eine eigensinnige Frau. Sie schlug alle Vorsicht in den Wind und fuhr in Bonds Richtung.

Ein zweiter und ein dritter Parahawk setzten die Verfolgung fort, und Bond mußte den rechts und links neben ihm einschlagenden Granaten ausweichen. Dann öffneten sich die Fallschirme, und die beiden Parahawks landeten auf dem Boden. Ohne auch nur eine Sekunde Zeit zu verlieren, nahmen die Fahrer Bond weiter mit Maschinengewehren unter Beschuß.

007 schoß auf eine Lichtung hinaus, wahrscheinlich der ungeeignetste Ort überhaupt. Während er gerade durch den Einsatz seiner Skistöcke beschleunigen wollte, fiel ihm auf, daß die Motorengeräusche nicht mehr zu hören waren. Als er sich kurz umdrehte, sah er, daß die Parahawks verschwunden waren. Was, zum Teufel …?«

Ohne seine Geschwindigkeit zu ändern, fuhr er auf das Ende der Lichtung zu und tauchte dann erneut in den Wald ein. Hatte er sie wirklich so schnell abhängen können?

Plötzlich tauchten die beiden Parahawks jedoch wieder auf und ließen ihm das Blut in den Adern gefrieren. Bond spürte die Hitze von zwei direkt an seinem Kopf vorbeischießenden Kugeln. Der dritte intakte Parahawk warf weiterhin aus der Luft Granaten ab.

Der vorausfahrende Parahawk schoß vor, so daß der Pilot wenden und Bond von vorne angreifen konnte. Jetzt kam er direkt auf ihn zu, und der Lauf des Maschinengewehrs zielte genau auf Bonds Herz.

Er sah ihn gerade noch rechtzeitig und begriff innerhalb eines Sekundenbruchteils, daß er nur eine einzige Chance hatte. In einer scheinbar selbstmörderischen Aktion fuhr er direkt auf den Parahawk zu. Als Bond sich mit Riesengeschwindigkeit näherte, riß der Pilot weit die Augen auf. Da nutzte 007 eine Schneebank vor dem Gefährt als Rampe und sprang darüber hinweg, während der Pilot das Feuer eröffnete. Bond landete sicher auf der anderen Seite, aber der Fahrer verlor die Kontrolle über seine Maschine. Er krachte gegen einen Baum, und erneut erzitterte der Boden von einer ohrenbetäubenden Explosion. Schnell fing die Maschine Feuer, und jetzt stand zwischen Bond und dem anderen Verfolger eine Flammenwand.

Zwei Parahawks waren erledigt, zwei weitere noch intakt. Bond überdachte kurz die Lage. Ein Parahawk schwebte hoch über ihm und ließ Granaten fallen. Hatte die Flammenwand dem anderen Einhalt geboten? Er wandte sich um.

Unversehrt schoß der Parahawk durch das Feuer. Bond fuhr weiter und manövrierte geschickt zwischen den Bäumen hindurch. So kann es nicht mehr lange weitergehen, dachte er. Die anfälligste Körperstelle des Skifahrers, seine Knie, begannen unerträglich zu schmerzen. Er biß die Zähne zusammen, fuhr weiter und wich den Granaten aus, die jetzt unglücklicherweise mit mehr Präzision geworfen wurden.

Fast hätte er den Abgrund nicht bemerkt, der sich plötzlich vor ihm auftat. Er versuchte zu bremsen, glitt knapp fünf Meter weiter als beabsichtigt nach vorn, schaffte es aber mit Hilfe eines Baumstumpfs, den Sturz in die Tiefe zu verhindern. Der Pilot dagegen hatte nicht so viel Glück – er konnte nicht mehr rechtzeitig abbremsen, und das Gefährt schoß über Bond hinweg in den schätzungsweise einhundertfünfzig Meter tiefen Abgrund.

»Bis dann«, sagte Bond atemlos.

Seine neugewonnene Zuversicht war allerdings sofort verflogen, als aus dem abstürzenden Parahawk ein Rettungsfallschirm aufstieg und der Pilot die Maschine wieder hochriß. Zusammen mit dem vierten Parahawk kam er direkt auf ihn zu.

007 fuhr in die Richtung zurück, aus der er gekommen war, und entschied sich dann für einen anderen Weg, entlang am Rande des Felsens. Die Parahawks saßen ihm hart im Nacken. Bond fuhr um sein Leben und steuerte auf eine Art Eisbrücke über dem Abgrund zu. Auch einer der Piloten bemerkte sie und manövrierte seinen Parahawk über den Abgrund, so daß er von der anderen Seite auf Bond zukommen konnte. Um ihn aus der entgegenge-

setzten Richtung unter Beschuß nehmen zu können, drehte der andere Pilot ab. 007 würde hoffnungslos eingezwängt sein, ohne jede Fluchtmöglichkeit.

Der einzig denkbare Ausweg bestand in einem sehr riskanten Manöver, und so tat er das, was der Pilot am wenigsten erwartete. Statt auf der Eisbrücke den Abgrund zu überqueren, wirbelte Bond plötzlich herum und sprang gerade in dem Augenblick über den Abgrund hinaus, als der Parahawk sich neben ihm in der Luft befand. Bonds Skier bohrten sich durch den Stoff des Fallschirms und rissen ihn in Fetzen. Nachdem er sicher auf der anderen Seite gelandet war, setzte er seine Flucht fort.

Der Pilot hatte die Kontrolle über den Parahawk verloren. Die Maschine schwankte bedrohlich und kollidierte bei hoher Geschwindigkeit mit dem anderen Parahawk. Mit einem großen Donner gingen beide in Flammen auf.

Bond hielt an und atmete tief durch. Das war knapp gewesen ...

Wo war Elektra? Hatte sie die Flucht durch die Schlucht sicher und gesund überstanden? Und wo, zum Teufel, waren ihre Leibwächter? Sie hätten sie eigentlich im Auge behalten sollen.

Als Elektra ihn sah, glitt sie über die Eisbrücke und hielt neben ihm. Eine weitere Explosion der brennenden Parahawks ließ den Boden unter ihren Füßen erzittern. Überraschenderweise warf sie sich in seine Arme.

»Sind sie tot?« fragte sie verängstigt. Ihre Tapferkeit war wie weggeblasen.

»Ich glaube schon.«

»Da oben konnte ich nicht auf Sie warten, und so habe ich beschlossen, nach unten zu fahren und Sie dort zu treffen.«

»Wahrscheinlich war das eine gute Idee, weil ich Sie sonst vielleicht nie gefunden hätte. Das fehlte mir gerade noch, mich im Kaukasus zu verirren.«

Bond sah, daß ein kleiner Fetzen des Fallschirms an seinem rechten Ski hing. Er löste ihn ab und runzelte die Stirn, als er das Logo des Russischen Ministeriums für Atomenergie auf dem Stoff erkannte.

Er stopfte gerade den Stoffetzen des russischen Fallschirms in die Tasche, als sie ein tiefes Donnern hörten.

»Was ist das?«

Das Geräusch wurde lauter. Als Bond nach oben blickte, sah er, daß die explodierenden Parahawks eine Lawine ausgelöst hatten – eine große, weiße Schneewand raste auf sie zu.

»Vorwärts!« Er wollte gerade losfahren, weil man einer Lawine am besten entkommt, wenn man bergab fährt und schneller ist als sie, doch Elektra verlor das Gleichgewicht und fiel zu Boden. Bond warf sich auf sie.

»Rollen Sie sich zusammen!« Wenn die Hände sich in der Nähe der Füße befanden, konnte man die Skistiefel aus den Bindungen lösen, sich langsam wieder entrollen und freischaufeln.

Kurz bevor die Lawine sie überrollte, zog Bond an einem Schalter seiner Q-Jacke. Der Airbag füllte sich mit Luft und bildete so ein Polster zwischen ihnen und dem Schnee. Die kalte Masse umfing ihre Körper, und einen Augenblick lang war alles finster. Elektra schrie auf und geriet in Panik, aber Bond hielt sie fest und zwang sie, ruhig zu bleiben.

»Es ist alles in Ordnung«, flüsterte er. Eine Ewigkeit schien vergangen zu sein, und alles war dunkel. Nur Bonds Uhr verbreitete etwas Licht. Nachdem er die Bindungen geöffnet hatte, stieß er die Skier weg und versuchte, seine Glieder zu strecken. Er schaffte es, das Sykes-Fairbairn-Wurfmesser aus der Scheide an seiner Wade zu ziehen und den Airbag zu durchlöchern. Nachdem die Luft entwichen war, befanden sie sich in einer kleinen, eisigen, an ein Iglu erinnernden Grabkammer. Aber sie waren in Sicherheit.

»Mein Gott, wir wären lebendig begraben worden«, keuchte Elektra.

»Alles in Ordnung.«

Erneut geriet sie in Panik. »Ich kann hier nicht bleiben!«

»Das werden Sie auch nicht.« Mit dem Messer begann Bond, den Schnee über ihnen zu entfernen.

»Nicht, er wird nach unten stürzen!«

»Einen anderen Ausweg gibt es nicht.«

»Mein Gott, o mein Gott.« Elektra begann hektisch zu atmen, und es war offensichtlich, daß sie an Klaustrophobie litt.

»Durchhalten, Elektra, ich werde uns befreien«, sagte 007, der fieberhaft mit dem Messer arbeitete.

»Ich kriege keine Luft, ich kriege keine Luft ...«

Bond hielt inne und packte sie. »Sehen Sie mich an, Elektra!« Sie versuchte, sich aus seinem Griff zu befreien. »Sehen Sie mir in die Augen!« Sie schlug auf ihn ein, bis er ihr eine leichte Ohrfeige versetzte. Dann hörte sie auf und schnappte nach Luft.

»Mit Ihnen ist alles in Ordnung«, sagte er leise. »Alles wird gut. Vertrauen Sie mir.« Die in seinem Blick liegende Stärke und der Schock der Ohrfeige führten schließlich dazu, daß sie sich beruhigte und nickte. Erneut begann Bond, den Schnee zu entfernen.

Jetzt verstand Bond sie besser. Die Entführung war für Elektra viel schlimmer gewesen, als sie sich selbst eingestehen wollte. Jetzt war sie wieder auf dem richtigen Weg. Angesichts ihrer Lage war es am besten, alles zu tun, um die Vergangenheit zu begraben, in die Zukunft zu blicken und sich in die Arbeit zu stürzen. Das hatte sie auch getan, aber die Narben waren die verborgenen Wunden ihrer Psyche. Bond vermutete, daß sie wahrscheinlich seit dem letzten Jahr unter Klaustrophobie litt. Er begann zu erkennen, unter welchem Streß sie stehen mußte. Seit der Entführung war noch nicht genügend Zeit vergangen, erst vor kurzem war ihr Vater ermordet worden, und sie hatte die Verantwortung übernehmen müssen ... Kein Wunder, daß sie sich auf einem schmalen Grat zwischen Selbstbeherrschung und blanker Panik bewegte. Er beschloß, doppelt vorsichtig zu sein und sie nicht wissen zu lassen, daß Renard es immer noch auf sie abgesehen hatte.

Sechs Minuten später hatte Bond zum ersten Mal die Schneedecke über ihnen durchbrochen. Nachdem er das Loch mit den Händen vergrößert hatte, befreite er sich und half dann Elektra.

Wie auf Kommando tauchte der Dauphin-Helikopter auf.

»Das ist Sascha!« schrie sie winkend.

Angesichts der bevorstehenden Rettung schien die Feuerprobe vorüber zu sein, und Elektra verwandelte sich unvermittelt wieder in die Chefin, die die Verantwortung trug – die verängstigte Frau war verschwunden. Sofort fing sie an, über die Markierungsfähnchen zu sprechen, und daß irgend jemand einige von ihnen umstellen müßte.

Sie war eine außergewöhnliche Frau, und Bond bewunderte ihren Willen, mit Problemen fertigzuwerden.

Der Helikopter kreiste über ihnen. Sascha ließ eine Strickleiter herab, und sie gingen darauf zu. Bond wußte, daß etwas zwischen ihnen vorgefallen war. Elektra hatte sich verändert, hatte ihm ihre verletzliche Seite gezeigt und die Maske der harten, autoritären Unternehmenschefin abgelegt.

Und Bond fand sie verdammt attraktiv.

Sie hatte ihn hinter die Fassade blicken lassen. Würde dies die Erledigung seines Auftrags leichter oder noch schwerer machen?

6
Baku

Aserbaidschans reichste Ölvorkommen liegen im Osten und Südosten – im Kaspischen Meer, in der Nähe der Hauptstadt Baku, und dicht an der Grenze zum Iran. Nicht lange, nachdem das Land offiziell seine Unabhängigkeit erklärt hatte, hatte die Regierung mit einem Konsortium elf internationaler Ölgesellschaften einen Produktionsaufteilungsvertrag unterzeichnet, um mehrere tief im Kaspischen Meer liegende Ölfelder zu erschließen. Durch diesen Vertrag hatte das strauchelnde Land dringend benötigtes Kapital zur Finanzierung einer Infrastruktur erhalten, die vorher bestenfalls ansatzweise vorhanden war.

Die Unabhängigkeit von der Sowjetunion hatte den früheren Sowjetrepubliken der Region, unter ihnen neben Aserbaidschan auch Georgien und Armenien, eine hoffnungsvollere Zukunft versprochen, aber gewalttätige Auseinandersetzungen zwischen verschiedenen ethnischen Gruppen hatten die Fortschrittsbemühungen erstickt. Ausländische Investoren steckten ihr Geld ausschließlich ins Ölgeschäft. Dennoch hatte Baku sich selbständig zu einem kulturellen Zentrum mit guten Ausbildungsmöglichkeiten entwickelt. Mit über einer Million Einwohnern war es die größte Stadt der Region, deren Entwicklung durch das rapide Wachstum der Ölindustrie unterstützt wurde.

Das ausländische Kapital brachte aber auch den Einzug der freien Marktwirtschaft in Gestalt des organisierten Verbrechens mit sich. Seit einiger Zeit wußte der SIS, daß die sogenannte russische Mafia von Baku aus operierte. In vielerlei Hinsicht hat diese Stadt für Südwestasien eine ähnliche Bedeutung wie Tanger für den Mittelmeerraum im Zweiten Weltkrieg. Innerhalb von nur ein paar Jahren hatte sie sich zu einem Unterschlupf für Spione, Drogenschmuggler, Waffenhändler und andere zwielichtige Existenzen entwickelt.

Das hatte Sir Robert King nicht davon abgehalten, seine Interessen hinsichtlich des Kaspischen Meeres zu verfolgen. Bereits kurz nach der Unabhängigkeit war King Industries in Aserbaidschan aktiv geworden, und das Unternehmen hatte mit überraschendem Erfolg die größten Ölvorkommen gefunden. Am Ufer des Meeres, etwa dreißig Kilometer von Baku entfernt, hatte sich King eine luxuriöse Villa bauen lassen, wo er mit seiner Familie lebte, wenn sie sich in Aserbaidschan aufhielt.

Am Morgen nach dem Anschlag in der Türkei auf Elektra und Bond zogen sich die Mitarbeiter von King Industries hierher zurück. Elektra hatte darauf bestanden, daß die Arbeit weiterging, und so hatten Sascha Dawidow und Gabor die Reise durch Georgien und Armenien nach Aserbaidschan organisiert. Elektra war natürlich mit ihrer Privatmaschine geflogen. Bond fuhr in seinem BMW in östlicher Richtung über die Berge, und Gabor folgte ihm in einem gewissen Abstand.

Während der Fahrt dachte Bond über die Situation und die Ereignisse in den Bergen nach. Hinter dem Anschlag stand mit Sicherheit Renard, der Fuchs. Eine so kostspielige Operation hatte nur ein Mann mit seinen Mitteln und Verbindungen zu russischen Stellen organisieren können. Es bestand kein Zweifel, daß Renard keine Ausgaben scheuen würde, Elektra und ihn umzubringen.

Es gefiel Bond nicht, einem solchen Killer einen Köder vor die Nase halten zu müssen. Trotz all ihrer Tapferkeit und Halsstarrigkeit war Elektra immer noch das Opfer in diesem ganzen Durcheinander. Sie glich einem Vogel mit einem gebrochenen Flügel, einem majestätischen Vogel. Bond fand sie unwiderstehlich. Wahrscheinlich hatten nur wenige Menschen erfahren, was er erlebt hatte, als sie vom Schnee begraben worden waren. Auch ihr war das bewußt. Es war interessant, wie ihre Beziehung sich nun entwickeln würde.

Als er die Villa erreichte, ging eben die Sonne unter, und das Meer lag still vor ihm. Bewaffnete Wachposten patrouillierten an Rande des Grundstücks, und mit wachsamen Blicken beobachteten sie die Straßen, ob sich irgend etwas Verdächtiges tat. Todmüde betrat Bond die Villa und platzte in einen Streit zwischen Elektra und ihrem Security-Chef hinein.

Dawidow war wütend, weil sie sich der Gefahr in den Bergen ausgesetzt hatte und er nichts dagegen hatte tun können. Nachdem die Erbin des Ölimperiums die Sicherheit ihrer Rolle als Chief Executive Officer wiedergefunden hatte, ging die gewohnte Autorität von ihr aus. Dennoch wußte Bond, daß Elektra tief im Inneren verängstigt war, auch wenn sie sich alle Mühe gab, sich nichts anmerken zu lassen.

Nachdem sie es abgelehnt hatte, zu Abend zu essen, bestand Dawidow darauf, daß ein Arzt sie untersuchen sollte. Während sie oben in ihrem Zimmer mit dem Arzt beschäftigt war, warteten Bond, Dawidow und Gabor im Salon der Villa.

»Ich verstehe immer noch nicht, wie wir Sie aus dem Auge verlieren konnten.« Dawidow ging unruhig auf und ab. »In einem Augenblick waren Sie noch auf dem Berggipfel und im nächsten ...«

»Sie haben uns gefunden, und nur das zählt«, entgegnete Bond, der in einem großen Holzsessel saß und an einem Glas Bourbon nippte. Er war erschöpft. Auch das delikate Essen – Beef Wellington, Frühkartoffeln, Spargel und Bete – hatte seine Batterien nicht wieder richtig aufladen können. Er mußte schnell wieder zu Kräften kommen, weil er in dieser Nacht nicht müßig herumsitzen wollte. Bond hatte Kontakte in Baku.

»Ich denke immer noch, wir hätten das Flugzeug verfolgen sollen«, sagte Gabor.

»Am wichtigsten war Elektra«, erwiderte Dawidow.

»Ich habe eine Idee, wie wir auf ein paar Antworten stoßen könnten«, sagte Bond.

»Gehen wir auf die Jagd?« wollte Dawidow wissen.

»Nicht *wir*. Das muß ich allein erledigen.«

Sie hörten, wie sich oben eine Tür schloß, dann erklangen Schritte. Der Arzt, ein ziemlich großer Mann armenischer Herkunft, kam die Wendeltreppe herab, die den Raum beherrschte.

Dawidow blickte ihn erwartungsvoll an.

»Alles in Ordnung. Ein paar Kratzer und Quetschungen, aber ansonsten geht es ihr gut.« Er gestikulierte. »Sie will Sie sehen.«

Dawidow schoß auf die Treppe zu, aber der Arzt gebot ihm Einhalt. »Nein, nicht Sie.« Er zeigte auf Bond. »Ihn.«

Bond und Dawidow tauschten einen Blick, dann stand 007 auf und ging auf die Treppe zu.

Elektra saß an ihrem verzierten Schlafzimmerfenster und betrachtete den Sonnenuntergang über dem Meer. Sie trug ein dünnes, spitzenbesetztes Nachthemd. Bond schloß die Tür und ging zu ihr.

»Alles in Ordnung?«

»Ich muß Sie etwas fragen«, sagte sie. »Und ich möchte, daß Sie mir die Wahrheit sagen. Wer ist es? Wer versucht da, mich umzubringen?«

Auf dieses Thema wollte Bond sich nicht einlassen. »Ich habe Ihnen doch gesagt, daß ich es nicht weiß. Aber ich werde ihn finden ...«

»Das reicht nicht.«

Bond kämpfte gegen das Verlangen an, sie in die Arme zu nehmen und ihr alles zu erzählen.

Sie schaute wieder aus dem Fenster. »Nach der Entführung war ich verstört. Ich hatte Angst, nach draußen zu gehen, allein zu sein oder mich in einer Menschenmenge aufzuhalten ... Alles hat mir Angst eingejagt, bis ich begriffen habe ...« Sie wandte sich wieder Bond zu, und in ihren Augen standen Tränen. »Ich habe begriffen, daß ich mich nicht im Dunklen verstecken konnte und es nicht zulassen durfte, daß die Angst mein Leben beherrscht.«

Bond rückte näher an sie heran und berührte zögernd ihre Schultern. »Wenn ich ihn gefunden habe, brauchen Sie keine Angst mehr zu haben. Hören Sie zu. Heute nacht werde ich ein Spielkasino in Baku besuchen, um mit einigen Freunden zu sprechen. Ich könnte mir vorstellen, daß die vielleicht wissen, wo er ist. Sie sollten hierbleiben. Hier sind Sie in Sicherheit.«

Sie sah ihn mit einem flehenden Blick an, und er wußte, was sie wollte. »Gehen Sie nicht«, flüsterte sie. »Bleiben Sie bei mir.«

Sie hob die Hand, um seine Wange zu streicheln. Bond sah sie an und erkannte die Anzeichen ihrer Leidenschaft. Auch er begehrte sie.

»Bitte ...«

Langsam schob Bond ihre Hand weg. »Ich kann nicht bleiben ...«

»Ich dachte, daß es Ihre Aufgabe wäre, mich zu beschützen.«

»Hier sind Sie in Sicherheit.«

»Ich will nicht in Sicherheit sein«, entgegnete sie heftig. Sie entfernte sich von ihm, getroffen von seiner Zurückweisung. Bond begriff, daß Elektra King daran gewöhnt war, das zu bekommen, was sie wollte, und daß es ihr gar nicht gefiel, wenn es anders lief.

Er sah auf die Uhr. Wenn er nach Baku wollte, wurde es Zeit.

»Ich werde so bald wie möglich wieder zurück sein.« Er ging zur Tür und öffnete sie.

»Wer hat hier Angst, Mr. Bond?« fragte sie leise, aber laut genug, daß er es hören konnte.

Er blieb stehen. Hatte sie recht? Hatte er Angst vor den

Gefühlen, die er vielleicht empfinden würde, wenn er seinem Verlangen nachgab?

Ohne sich umzublicken, verließ er den Raum.

Das Kasino L'Or Noir war beispielhaft für die elegante und mysteriöse Atmosphäre in Baku. Seit dem Zusammenbruch der Sowjetunion war die Stadt kein bloßer Industriehafen mehr, sondern ein Äquivalent längst vergessener internationaler Zentren von Intrigen mit exotischem Ambiente wie Tanger, Casablanca, Macao oder Hongkong. Nach Schätzungen des SIS wurden mehr als die Hälfte aller illegalen Aktivitäten in Aserbaidschan in Bakus Nachtklubs in die Wege geleitet, und das neue Kasino war der populärste von ihnen und gut besucht. Nachts versammelten sich hier zwielichtige Gestalten, und in den Hinterzimmern wurden Geschäfte abgeschlossen, während in den vorderen Räumen Geld gewonnen und verloren wurde. Jeder, der Geld hatte, ließ sich hier gerne blicken. Es war *der* Treffpunkt für die Reichen und Schönen dieser Gegend.

James Bond trug einen exzellent geschnittenen Brioni-Smoking und Q's Röntgen-Sonnenbrille, durch die er jede verborgene Waffe deutlich erkennen konnte. Unter den Jacketts steckten Pistolen aller Größen, sogar Handgranaten. Ein zusätzlicher Vorteil der Brille bestand darin, daß Bond auch durch die Kleidungsstücke hindurchsehen konnte.

Er ging an der Wand des größten Saals entlang, bis er den durch einen Vorhang abgetrennten Alkoven gefunden hatte. Bevor er eintreten konnte, kreuzten zwei wunderschöne Frauen seinen Weg. Eine blickte sich um, um ihn anzulächeln, ohne zu wissen, daß Bond sie völlig entblößt sah. Auch ihre Freundin drehte sich nach 007 um. Er lächelte ihnen zu und nickte grüßend. Im Büstenhalter der zweiten Frau steckte eine Pistole.

Bond schlüpfte durch den Vorhang und bemerkte eine kleine Privatbar, wo ein Barkeeper in einem Wasserbecken hinter der Theke mit einem Dorn Eis zerkleinerte. Vor dem Tresen saß ein großer Schläger in Anzug und Krawatte auf einem Barhocker. Durch die Röntgen-Sonnenbrille erkannte Bond, daß der Mann ein wandelndes Waffenarsenal war: Unter seinem Jackett hatte er Pistolen, Messer und einen Schlagstock verborgen. So einen Typ suchte Bond.

Er stellte sich neben den Mann an die Bar. »Ich möchte Valentin Zukowskij sprechen«, sagte er ungezwungen.

Der Schläger nahm einen Schluck aus seinem Glas, blickte aber nicht auf. Dann wandte er sich Bond mit bedrohlichem Gesichtsausdruck zu. »Dies ist eine Privatbar. Hier gibt's keinen Zukowskij. Machen Sie sich aus dem Staub.«

»Sagen Sie ihm, daß James Bond hier ist.«

Der Hüne blinzelte, beugte sich vor, stand auf und griff unter seine Jacke. »Ich habe doch gesagt, daß dies eine Privatbar ist. Muß ich Sie etwa begleiten ...«

Mit einer flüssigen Bewegung riß Bond dem Barkeeper den Eisdorn aus der Hand, rammte ihn durch die Spitze der Krawatte des Schlägers in die Theke und trat ihm den Barhocker unter dem Hintern weg. Der Mann fiel und hing keuchend an der Bar, von seiner eigenen Krawatte stranguliert. Bond griff ihm unter das Jackett, zog die Pistole hervor und legte sie auf die Bar.

»Er ist betrunken«, sagte er zu dem Barkeeper.

Eine Hand, zweimal so groß wie die des Schlägers, quetschte plötzlich Bonds rechte Schulter. Als er sich umdrehte, sah er sich einem hellhäutigen, muskulösen, zwei Meter großen Mann gegenüber.

»Mr. Zukowskij wäre hocherfreut, Sie zu sehen.« Der Mann hatte jede Menge Goldzähne, und Bond erkannte ihn sofort. Maurice Womasa – alias »der Stier« oder »Mr.

Goldzahn« – war ein Killer aus Somalia, der wegen Völkermords und anderer unfeiner Delikte gesucht wurde.

Bond lächelte, nahm die Brille ab und zeigte auf die Tür. »Nach Ihnen ...«

»Ich bestehe darauf«, sagte der Riese kopfschüttelnd.

»Natürlich.« Nacheinander gingen sie durch die Tür neben der Bar. Der Schläger stand inzwischen auf und befreite sich, indem er den Eisdorn aus der Theke zog. Nachdem er seinen Barhocker wieder aufgestellt hatte, setzte er sich.

»Touristen ...« knurrte er. Der Barkeeper füllte sein Glas nach und sprach ihm sein Mitgefühl aus.

Seit der ein paar Jahre zurückliegenden GoldenEye-Affäre war Bond Valentin Zukowskij nicht mehr begegnet. Zukowskij war ein ehemaliger KGB-Mann, der sich später als »Selbständiger« einen Namen gemacht hatte. Hauptsächlich arbeitete er für die russische Mafia, wenngleich er sich weigerte, diese Bezeichnung zu benutzen. Vor dem Ende der Sowjetunion hatte Bond eine Auseinandersetzung mit ihm gehabt, an die Zukowskijs mittlerweile berühmtes Hinken erinnerte. Seit dieser Zeit hatten sich die beiden Männer zögernd den einen oder anderen Gefallen getan, fast wie in einem Wettstreit, damit der andere einem wiederum einen Gefallen schuldet.

Auf Zukowskijs Schoß saßen zwei prächtige Frauen, die er mit Kaviar fütterte. Er war fett wie eh und je, und der Alkohol und die Zuneigung der beiden Frauen hatten sein Mondgesicht rot anlaufen lassen.

»Bond, James Bond!« begrüßte er ihn herzlich. »Kommen Sie rein, und lernen Sie Nina und Veruschka kennen.«

»Schicken Sie die Frauen weg«, gab Bond zurück. Ihm war klar, daß er Zukowskij auf die harte Tour kommen mußte, wenn er etwas aus ihm herausbekommen wollte. Er zeigte auf den Stier. »Dasselbe gilt für Ihren Leibwächter. Wir müssen miteinander reden.«

Der große Mann grunzte.

»Warum mache ich mir plötzlich Sorgen, ob ich gut genug bewaffnet bin?« fragte Zukowskij. »Regen Sie sich ab. Versuchen Sie Ihr Glück in meinem neuen Kasino.«

»Nur wenn Sie bereit sind, einen Einsatz auf Ihr Knie zu setzen – dasjenige, auf das ich noch nicht geschossen habe.«

Zukowskij blickte die beiden Frauen an. »Seht ihr, womit ich mich herumschlagen muß? Seit zehn Jahren bin ich nicht mehr beim KGB, und …«

Ein kalter, unnachgiebiger Blick ließ ihn verstummen. Bond zog seine Pistole und zielte auf Zukowskijs Bein. »Wie geht's Ihrem Knie? Ich meine natürlich das heile …«

Der Stier zog seine Waffe und richtete sie auf Bonds Kopf, aber der gab nicht nach.

Schließlich seufzte der Russe laut auf. »Okay, meine Damen. Verduftet. Haut ab. Ich muß mich ums Geschäft kümmern. Schon in Ordnung, Maurice.«

»Aber Valentin«, jammerte eine der beiden Frauen. »Du hast doch versprochen, daß wir spielen können!«

Zukowskij zeigte auf seinen Leibwächter. »Gib ihnen etwas Kohle.«

Der Stier zog ein Bündel Geldscheine hervor und hielt es hoch. Die beiden Frauen standen auf und sprangen wie abgerichtete Seehunde danach. Nachdem sie das Geld erwischt hatten, verließen sie kreischend den Raum.

»Achte darauf, daß sie das Geld in *diesem* Kasino verlieren!« sagte Zukowskij zu seinem Leibwächter, der auf die Tür zu ging, um die Frauen im Auge zu behalten. Er wandte sich um und grinste breit, wobei er seine funkelnden Goldzähne entblößte. »Wir sehen uns später, Mr. Bond.«

»Ich sehe, daß Sie Ihr Geld in Ihr Gebiß investieren«, antwortete Bond. Der Stier wollte auf ihn losgehen, aber Zukowskij gebot ihm Einhalt.

»Mr. Goldzahn vertraut den Banken nicht. Schon gut, Maurice.« Der Stier verzog das Gesicht und ließ sie dann allein. Bond steckte seine Waffe weg.

»Sie müssen Mr. Goldzahn entschuldigen. Er ist mein Chauffeur, und ...« Zukowskij zuckte die Achseln.

»Ich weiß alles über Maurice Womasa. Er zermalmt Menschen mit den nackten Fäusten und grinst sie dabei breit an, aber man sollte ihn nicht mit den anderen wilden Bestien und aufrechten Bürgern verwechseln, die Ihr Kasino bevölkern – russische Mafiosi, chinesische Gangster, türkische Kriegsherren ...«

»... und Diplomaten, Banker, Führungskräfte von Ölunternehmen sowie alle anderen, die in Baku Geschäfte machen.« Zukowskij drehte sich zum Tisch und häufte mit einem Löffel etwas Kaviar auf einen kleinen Teller. »Tut mir leid, wenn ich Sie enttäuschen muß, 007, aber ich bin jetzt ein ehrlicher Geschäftsmann. Möchten Sie etwas Kaviar? Meine eigene Marke – ›Zukowskijs Bester‹.«

»Ich brauche ein paar Informationen. Über Renard.«

Zukowskij runzelte die Stirn. »Über Renard? Renard den Fuchs?«

»Wie bekommt ein Terrorist wie Renard neues russisches Militärgerät in die Finger? Hochmoderne Parahawks?«

Zukowskij schüttelte den Kopf. »Das ist unmöglich.«

Bond zog einen Fetzen des Fallschirms aus der Tasche und zeigte ihn Zukowskij. »Ich nehme an, Sie kennen das Abzeichen. Es gehört zu einer russischen Spezialeinheit für Atomwaffen.«

»Das Russische Ministerium für Atomenergie? Wo haben Sie das denn her?« fragte Zukowskij neugierig.

»Von einem Parahawk, der heute nachmittag versucht hat, Elektra King umzubringen. Ich will wissen, ob Renard einen Insider kennt, der ihm die Waffen verkauft hat, oder ob die russische Regierung selbst daran interessiert ist, daß ihre Pipeline nicht gebaut wird. Und ich will Renard finden, bevor er eine neue Chance erhält, sie zu ermorden.«

Zukowskij blickte über Bonds Schulter und begann, in sich hineinzulachen.

»Was ist so lustig?«

»Nichts. Wenn man einmal davon absieht, daß Elektra King Ihre Sorgen offensichtlich nicht teilt.«

Bond wandte sich um und erblickte einen Videomonitor, auf dem man den Eingang des Kasinos sehen konnte. Elektra King hatte es gerade betreten.

So elegant und bezaubernd hatte Bond sie noch nie gesehen. Sie trug ein funkelndes Kleid, das sich ihrem Körper wie eine zweite Haut anschmiegte. Ihr volles Haar trug sie offen, und ihr Blick war feurig und wild.

Die beiden Männer einigten sich darauf, sich später weiter zu unterhalten. Bond verließ den Alkoven und kehrte in den großen Spielsaal zurück. Als Elektra ihn näherkommen sah, wandte sie sich trotzig ab. Bond folgte ihr zu den Black-Jack-Tischen, aber sie entfernte sich von ihm, bewegte sich katzengleich durch den Neon-Dschungel. Während sie an den Spieltischen mit einem Limit von einhundert, fünfhundert und tausend Dollar vorbeiging, schienen der Lärm und die Atmosphäre des Kasinos ihre eigene Angespanntheit noch zu betonen. Schließlich blieb sie an dem Tisch stehen, an dem ohne Limit gespielt wurde und die übelsten und reichsten Bonzen saßen: Armenier, Türken, Südamerikaner, Chinesen, ein amerikanischer Computer-Freak und die betrunkene, mit Juwelen behängte Frau eines russischen Industriellen.

Zukowskij erschien und zog den Stuhl in der Mitte des Tisches zurück. »Bitte, Miß King. Wirklich schön, Sie zu sehen. Wir haben den Platz Ihres Vaters freigehalten.«

»Und wie sieht's mit seinem Kredit aus?«

»Wie immer – eine Million Dollar.«

Ein Angestellter erschien mit einem Schuldschein. Sie unterzeichnete mit einem Schnörkel, während eine Kellnerin auf ihre Bestellung wartete.

»Einen Martini Extra Dry mit Wodka.«

Sie war überrascht, neben sich Bonds Stimme zu hören. »Zwei. Geschüttelt, nicht gerührt.«

Während zwanzig Jetons im Wert von je fünfzigtausend Dollar vor sie hingelegt wurden, beugte Bond sich lächelnd vor. »Was tun Sie hier?«

Auch Elektra lächelte. »Wenn jemand mich umbringen will, blicke ich ihm bei meinem Tod lieber direkt ins Auge. Wer auch immer für den Angriff in den Bergen verantwortlich war – er hat uns sicher beobachtet. Ich will Ihnen beweisen, daß ich keine Angst habe. Wie lautet Ihre Entschuldigung? Habe ich Ihnen als Herausforderung nicht genügt?«

»Wenn Sie diese kleine Show für mich abziehen, werde ich Sie sofort wieder nach Hause bringen.«

»Sie haben Ihre Chance gehabt, James. Aber Sie sind auf Nummer Sicher gegangen.« Elektra wandte sich dem Kartengeber zu. »Ich bin soweit. Teilen Sie aus.« Dann sagte sie zu Bond: »Sie haben eine hübsche Gelegenheit ausgeschlagen.«

Elektra warf zwei Fünfzigtausend-Dollar-Jetons auf den mit Filz bezogenen Spieltisch. Die Spieler reagierten und setzten wie elektrisiert, dann wurden die Karten ausgeteilt.

Na gut, dachte Bond. Spielen wir ihr Spiel. Sie war entsetzlich aufgewühlt und brauchte irgendeine Entspannung. Vielleicht würde ihr eine öffentliche Katharsis am Spieltisch gut tun.

»Mir persönlich gefällt es, zuerst ein Gefühl für das Spiel zu entwickeln – wie sich die anderen Spieler verhalten –, bevor ich selbst einsteige«, sagte Bond, der sich eine Zigarette ansteckte. Er mußte zugeben, daß ihn die Gerüche, der Rauch und der Schweiß, charakteristisch für die Atmosphäre aller Spielkasinos, erregten. Seine Neugier richtete sich darauf, wie Elektra mit Gewinn oder Verlust umgehen würde.

»Vielleicht sollte ich diesmal *Sie* entscheiden lassen.« Jetzt lächelte sie. »Ich weiß sowieso nicht, wie man spielt. Und vielleicht sind Sie ja jetzt etwas verwegener, wo mein Schicksal in Ihren Händen liegt. Zeigen Sie mir, wie man's macht, Mr. Bond.«

Sie blickte ihn gerade an und fuhr sich mit der Zunge über die Unterkante ihrer Vorderzähne.

»In Ordnung.« Er resignierte vor ihrer Schönheit und Dreistigkeit.

Elektra hatte einen aufgedeckten schwarzen König und eine verdeckte Vier, die Bank einen König.

»Hören wir auf, oder spielen wir weiter?« fragte Elektra.

»Karte«, sagte Bond.

Der Kartengeber gab ihnen eine Sieben. »Einundzwanzig«, verkündete er.

Als zwei weitere Spieler passen mußten, blickten sich Bond und Elektra triumphierend an. Der Kartengeber deckte seine zweite Karte auf – eine Acht.

»Achtzehn – Miß King gewinnt.«

»Sollen wir den Einsatz erhöhen?« fragte sie.

»Das ist Ihr Spiel«, gab Bond zurück.

»Neues Spiel, neues Glück.« Sie warf weitere Jetons auf den Tisch.

Man nannte es das »Feuerfeld«.

Etwa fünfzehn Kilometer außerhalb von Baku, in der Mitte eines Ölfelds, hielt ein Landrover mit dem Logo des Russischen Ministeriums für Atomenergie auf einem Hügel, von dem aus man die unheimliche, höllenhafte Landschaft überblicken konnte. Durch Löcher in der heißen Erde entwich Erdgas, durch das ein gigantisches, immerwährendes Inferno entfacht worden war. Vor dem Hintergrund des Nachthimmels schien es, als ob man in einen gut einen halben Quadratkilometer großen Gasofen blicken würde.

»Da wären wir, Arkow.«

Sascha Dawidow und ein Mann, der etwa Mitte Sechzig alt sein mochte, stiegen aus dem Wagen. An Arkows Overall war ein Ausweis mit Foto und Emblem des Russischen Ministeriums für Atomenergie befestigt.

»Ich hab' plötzlich Skrupel«, gestand Arkow mit starkem russischem Akzent. »Wenn ich eine halbwegs anständige Pension bekäme, würde ich das nicht tun. Sie können von Glück sagen, daß Sie jemanden in unserer Organisation gefunden haben, der zu helfen bereit war. Aber ich weiß nicht, wie ich das mit den Parahawks erklären soll. Das Ganze ist Wahnsinn ...«

»Halten Sie den Mund«, antwortete Dawidow, sich umblickend. »Wo, zum Teufel, steckt er denn?«

Die beiden Männer blickten auf das Flammenfeld und hörten das zischende Geräusch von ausströmendem Gas. Sie fühlten sich allein und hilflos, bis hinter ihnen eine vertraute Stimme ertönte.

»Willkommen im Reich des ›Teufelsatems‹, Gentlemen.« Als Dawidow sich umdrehte, sah er Renard und einen bewaffneten Leibwächter in den Lichtschein treten. Die flackernden Flammen warfen bizarre Muster auf Renards kahlen Kopf. Der Mundwinkel seiner gelähmten Gesichtsseite verzog sich zu einem unfreiwilligen Hohnlächeln. Während sein linkes Auge blinzelte, blieb das andere offen, starr und unheimlich. Wenn er Renard sah, lief es Dawidow immer kalt den Rücken hinunter.

»Seit Tausenden von Jahren haben Hindu-Pilger diesen heiligen Ort besucht, um das Wunder der nie verlöschenden Flammen zu sehen«, sagte Renard in einem Tonfall voller Ehrfurcht und Respekt. »Sie haben ihre Gottesfurcht dadurch bewiesen, daß sie während ihrer täglichen Gebete glühende Steine in den Händen hielten.«

Renard bückte sich und ergriff einen der glühenden Steine. Sein Fleisch begann zu rauchen, aber Renard zeigte keinerlei Gefühlsregung. Er warf den Stein wie einen Baseball hoch, fing ihn wieder auf und ging dann zu Dawidow hinüber.

»Erzählen Sie mir, was in den Bergen passiert ist, Dawidow. Sie hatten mir Ihre besten Männer versprochen. Mr. Arkow hat das modernste Militärgerät beigesteuert ...«

»Aber Bond ...«

»... war mit einer Pistole bewaffnet.« Angewidert nickte Renard seinem Leibwächter zu, der seine Waffe auf Dawidows Kopf richtete.

»Allmählich bin ich etwas verärgert über diese MI6-Agenten, die meine Pläne durchkreuzen. Ist bei Ihnen für morgen alles vorbereitet, Mr. Arkow?«

»Die Bevollmächtigungen und Pässe liegen im Auto«, antwortete Arkow. »Ich habe heute auch für ein Flugzeug gesorgt. Aber ...«

»Aber was?«

»Meiner Ansicht nach sollten wir die Sache abblasen. Die Parahawks habe ich nur geliehen. Sie sollten zurückgebracht werden. Man wird Fragen stellen – sogar mir.« Arkow zeigte auf Dawidow. »Weil *er* Scheiße gebaut hat und inkompetent ist, ist jetzt alles zu riskant geworden. Man wird uns schnappen. Ich glaube nicht, daß die Mission idiotensicher ist.«

Renard ging zu Dawidow hinüber und blickte ihn von Angesicht zu Angesicht an. »Verstehe. Sie haben recht, Arkow. Er sollte bestraft werden.« Renard starrte den verängstigten Mann an. »Halten Sie das mal für mich, Dawidow.« Er drückte ihm den brennenden Stein in die Hand und ließ nicht los. Dawidow schrie vor Schmerzen.

»Es war ein Fehler, zuviel von Ihnen zu erwarten«, sagte Renard, der Dawidows Todesangst auskostete. Er nickte dem Leibwächter zu. »Leg ihn um.«

Aber statt Dawidow zu ermorden, richtete der Killer die Pistole auf Arkow und feuerte. Der Kopf des älteren Mannes explodierte, und Arkow fiel zu Boden.

»Er hat den Loyalitätstest nicht bestanden«, sagte Renard, der dem winselnden Dawidow den Stein abnahm und ihn dann von einer Hand in die andere warf, ohne das geringste Zucken. Es war merkwürdig – sein Gefühl ließ von Tag zu Tag immer mehr nach. Fast hätte er sich gewünscht, den Schmerz und die Qual durch die Hitze spüren zu können. Selbst ein negatives Gefühl wäre besser als gar kein Gefühl.

In einem plötzlichen Wutanfall schleuderte Renard den Stein so weit wie möglich auf das Flammenfeld hinaus. Nachdem er sich genauso schnell wieder beruhigt hatte, wandte er sich an Dawidow.

»Sie werden seinen Platz einnehmen«, verkündete er und klopfte ihm auf die Schulter. »Nehmen Sie seinen Ausweis, *und kommen Sie pünktlich.*«

Dawidow konnte gerade noch nicken. Er schloß die Augen, senkte den Kopf und zwang sich dann, die Augen wieder zu öffnen, um seine versengte, rotschwarz verfärbte Hand zu untersuchen.

Als er einen Augenblick später aufblickte, war er mit Arkows Leiche und dem Landrover allein.

7
Leidenschaft und Bettgeflüster

Mittlerweile standen zwei Stapel von Fünfzigtausend-Dollar-Jetons vor Elektra auf dem Spieltisch. Außer ihr und Bond hatten alle anderen Spieler aufgehört, und eine

Menschenmenge beobachtete das charismatische Paar. Niemand konnte sagen, ob das an ihrem Glück lag – eine Vorstellung, an die Bond nicht ernsthaft glaubte –, oder daran, daß die Chemie zwischen Elektra und ihm stimmte. Durch die Aufregung waren sie eng zusammengerückt, und die Menge spürte die in der Luft liegende sexuelle Spannung.

Valentin Zukowskij stand in der Nähe und runzelte die Stirn. Er war halbwegs zufrieden, daß die Frau Bond davon abgehalten hatte, ihm weitere Fragen zu stellen. Neben dem verwaisten Nachbartisch stand mit einem abwesenden, amüsierten Gesichtsausdruck der Stier, der aber immer höhnisch lächelte, wenn sein Blick dem Bonds begegnete. Auch Gabor war neugierig geworden und hatte seinen Platz am Eingang verlassen, um beim Spiel zuzuschauen.

Bond und Elektra hatten einen König und eine Vier, die Bank eine Acht. Elektra verlangte eine weitere Karte – eine Zwei. Sie zögerte, aber Bond verwarf seine Regel, bei sechzehn oder mehr Punkten aufzuhören, und berührte sanft ihre Taille.

»Noch eine.« Der Kartengeber deckte eine Drei auf.

»Neunzehn«, sagte er.

Elektra blieb dabei, und der Mann, der die Bank hielt, deckte seine andere Karte auf – eine Zehn. Wieder hatten sie gewonnen.

Nachdem sie einen weiteren Jeton auf den Spieltisch geworfen hatte, erhielt Elektra ein As und einen Buben – Black Jack.

»Miß King gewinnt.«

»Sollten wir nicht lieber …?« fragte Bond.

»Lassen Sie uns weiterspielen. Wir haben doch eine Glückssträhne, oder?«

Sie warf einen weiteren Jeton auf den Spieltisch und nickte dem Kartengeber zu.

Sie hatten eine Sechs und eine Neun.

»Die Spielerin hat fünfzehn Punkte«, sagte der Kartengeber, der seine Zehn aufdeckte. Fast hätte Elektra mit einer Geste klargemacht, daß sie keine weitere Karte mehr wollte, aber Bond legte eine Hand auf ihre und verlangte eine weitere – eine Fünf.

»Zwanzig.«

Als der Mann seine zweite Karte aufdeckte, hielten die Zuschauer den Atem an. Es war eine Neun.

»Neunzehn. Miß King gewinnt.« Um den Spieltisch erhob sich ein Raunen. Zukowskij steckte sich zwei Antazid-Kautabletten in den Mund.

Elektra wandte sich mit einem sehnsüchtigen Blick Bond zu. »Sie scheinen eine außergewöhnlich glückliche Hand zu haben ...«

»... beim Kartenspiel«, ergänzte er. »Aber ich denke, daß wir es damit gut sein lassen sollten.«

»Ich ziehe es vor, mein Glück zu erzwingen.« Sie sah zu Zukowskij. »Wie weit sind wir im Plus?«

»Mr. Bond hat ihren ursprünglichen Einsatz verdoppelt«, antwortete Zukowskij unglücklich.

»Dann werden wir noch ein weiteres Spiel spielen. Das Doppelte oder nichts? Eine Karte, die höhere gewinnt?«

Angesichts ihrer Verwegenheit schnappten die Zuschauer nach Luft. Man hätte genauso gut einfach eine Münze werfen können.

»Elektra«, sagte Bond leise. »Warum zahlen Sie nicht Ihre Schulden und spielen mit Ihrem Gewinn weiter?«

»Ich habe gedacht, Sie hätten es mittlerweile begriffen.« Sie blickte ihn entschlossen an. »Für mich hat das Leben keinen Sinn, wenn ich mich nicht wirklich lebendig fühle.«

»In Ordnung«, sagte Zukowskij. Er legte Elektras Schuldschein über eine Million Dollar auf den Tisch und drängte den Kartengeber zur Seite. »Ich übernehme das.«

Sie lächelte. Der Russe schob ihr den »Schlitten« zu. Elektra streichelte ihn, um ihr Glück zu beschwören und zog eine Karte. Dann war Zukowskij an der Reihe. Sie deckte ihre Karte auf – Herzkönig.

»Sehr passend«, kommentierte Bond.

Zukowskij deckte seine Karte auf – Kreuzas. Er lächelte. »Sieht so aus, als ob ich gewonnen hätte.«

»Nicht überraschend«, kommentierte Bond.

Einer der Croupiers nahm alle Jetons an sich, während Zukowskij theatralisch Elektras Schuldschein zusammenfaltete und in die Tasche steckte.

»Vielleicht haben Sie in der Liebe mehr Glück, meine Gute«, sagte er. Die Spannung am Tisch löste sich, und die Zuschauer lachten.

»Vielleicht«, antwortete Elektra. »Erfreuen Sie sich an Ihrem Gewinn.«

Sie erhob sich und bewahrte auch in der Niederlage ihre Würde. »Gehen wir?« fragte sie Bond.

»Nicht Ihre glücklichste Nacht.« Bond nahm ihren Arm, und sie gingen zur Tür. Irgend etwas an dem, was er gerade miterlebt hatte, kam ihm seltsam vor, aber er wußte nicht genau, was.

»Wer sagt denn, daß sie schon zu Ende ist?«

In der Nähe des Ausgangs wartete Gabor auf sie. Er folgte ihnen nach draußen, und sie warteten auf der Treppe, bis ein Diener Bonds Wagen brachte.

»Was ist mit Dawidow?« wollte Bond wissen.

»Ich habe ihm heute nacht freigegeben«, erläuterte Elektra.

»Wo würde ein Mann wie Sascha Dawidow sich in Baku amüsieren?«

»Keine Ahnung.«

Bond dachte, daß es klug wäre, es herauszufinden. Wer auch immer der Verräter sein mochte, er war sich ziemlich sicher, daß er dem engsten Kreis von Elektras Mitarbeitern sehr nahestand, vielleicht sogar dazugehörte. Möglicherweise sollte er das Büro der Security unter die Lupe nehmen, wenn sich die Gelegenheit dazu ergab.

Weder Gabor noch Bond konnten die beiden Männer auf dem Dach des gegenüberliegenden Gebäudes sehen. Dort war es absolut finster, und die beiden trugen schwarze Kleidung. Einer hatte ein FN-FAL-Scharfschützengewehr, zielte auf Bond und wartete auf das Zeichen.

»Was ist mit Bond, Sir?« fragte er, als das Signal ausblieb.

Renard blickte durch sein Fernglas und starrte wie gebannt auf Bonds Hand, die auf Elektras Rücken lag. Ihm war unbehaglich zumute, als er die sinnliche Atmosphäre spürte, die die beiden umgab, aber er hatte eine Idee. Die Pläne mußten geändert werden. Renard legte dem Scharfschützen eine Hand auf die Schulter und bedeutete ihm auf diese Weise, daß er sich entspannen sollte.

»Nicht jetzt, mein Freund.«

Obwohl der syrische Arzt gesagt hatte, daß er nichts spüren würde, hatte Renard häufig das Gefühl, daß sich die Kugel in seinem Kopf bewegte. Mittlerweile stellte er sie sich als ein lebendes Wesen mit eigenem Geist vor. Jetzt spürte er, daß sich die pochende Kugel weiter in sein Gehirn bohren wollte, so wie sich ein Ohrwurm durch das weiche Gewebe des Kopfes bewegt und auf seinem Weg Eier legt. Renard legte eine Hand auf die Wunde an seiner Schläfe und rieb sie. Er konnte nichts fühlen.

Der Scharfschütze entfernte gerade den Kolben und das Visier von seinem Gewehr, als sie sahen, wie der BMW vor dem Kasino vorgefahren wurde. Angespannt beobachtete Renard, wie Bond für Elektra die Beifahrertür öffnete.

Erneut bewegte ihn die Schönheit der Frau auf unvorhersehbare Weise. Eine Welle verwirrender Gefühle überwältigte Renard – Eifersucht, Verlangen ...

Wieder einmal kamen die Erinnerungen zurück: das liebliche junge Mädchen, gefesselt und hilflos. Ihre weiche Haut ...

»Sir?

Renard riß sich zusammen. »Bitte?«

»Sie haben etwas gesagt.«

Hatte er zu sich selbst gesprochen? »Machen Sie sich nichts draus. Ich wollte nur gerade sagen, daß sich Mr. Bond und Miß King eine Nacht lang amüsieren dürfen. Das gehört zur Änderung unseres Plans. Wie üblich wird Mr. Bond sich auf die falsche Sache konzentrieren, und deshalb kann er in dieser Nacht seine Nase nicht in Dinge stecken, die ihn nichts angehen. Er kriegt sein Vergnügen, und ich kriege ihn, wenn es an der Zeit ist. Kommen Sie, wir haben einen Plan zu verwirklichen.«

Auf dem Rückweg zur Villa fiel kein einziges Wort. Gabor folgte Bond und Elektra in diskretem Abstand. Schließlich fuhren sie durch das Tor, parkten und gingen auf das Haus zu. Erwartung lag in der Luft. Bond öffnete Elektra die Tür, und sie trat ein. Sie stieg die Wendeltreppe hoch, während Bond noch einen Augenblick lang in der offenen Tür stehenblieb. Sein Blick folgte ihr und heftete sich auf ihren wunderschönen Körper.

Elektra blieb auf halbem Wege stehen und blickte ihn an. Sie zögerte, aber Bond wartete darauf, daß sie den ersten Schritt tat. Ihm war klar, daß er kommen würde.

Langsam streckte sie die Hand aus. Er lief die Treppe hoch, und sie küßten sich leidenschaftlich. Sie stöhnte und erlaubte Bond, das Geschehen in die Hand zu nehmen. Er hob sie hoch und trug sie ins Schlafzimmer.

Die Spannung der letzten Tage hatte sie eingeholt. Schwer atmend machten sie sich an ihrer Kleidung zu schaffen. Sie fuhr durch sein Haar und kratzte leicht seine Wange, während sie ihn küßte. Bond ruinierte den

Reißverschluß am Rücken ihres Kleids. Sie keuchte, als sie das Geräusch hörte, aber es schien sie nur noch mehr zu erregen.

Dann zog sie ihn zum Bett und biß ihm in die Unterlippe, während er sie küßte und seine Hände über ihren schlanken Körper glitten. Ihr leises Stöhnen ging bald in kehlige, leidenschaftliche Schreie über.

Sie liebten sich langsam – hier durfte man nichts übereilen. Tief in ihrem Inneren brannte ein Feuer, das sie aus ihren Körpern vertrieben, bis sie schweißgebadet waren. Im Bett glich Elektra einem Tier. Bonds texanischer Freund Felix Leiter benutzte für eine solche Leidenschaft gern den Ausdruck »mit Krallen und Klauen«.

Nach dem ersten Höhepunkt hielten sie sich engumschlungen und atmeten wieder regelmäßig. Ihre Hand glitt über seinen Oberkörper, bis sie auf dem verletzten Schlüsselbein liegenblieb.

»Ich habe es gewußt, als ich dich zum ersten Mal gesehen habe«, flüsterte sie. »Ich habe gewußt, daß es so kommen würde.«

»Pssst.« Bond küßte ihren Hals.

Elektra tauchte ihre Hand in einen Eiskübel neben dem Bett und fuhr mit einem Eisstück zwischen ihren Brüsten auf und ab und über ihre aufgerichteten Brustwarzen. Sie erschauerte wohlig, als die Kälte durch ihre heiße Haut drang und ihren ganzen Körper mit wohligen Blitzen durchzuckte. So etwas hatte Bond zuvor noch nie erlebt. Dann rieb sie mit dem Eiswürfel über Bonds verletzte Schulter.

»Du Ärmster«, murmelte sie. »Das sieht schmerzhaft aus …«

Sie küßte das purpurrote Fleisch und leckte das Wasser des schmelzenden Eisstücks auf.

»… und braucht ständige Pflege«, fügte er hinzu und leckte die Wassertropfen von ihrer rechten Brust. Ihre

Zunge glitt inzwischen die Furche über der Sehne entlang. Sie hatte bereits unter Beweis gestellt, daß sie damit Sachen anstellen konnte, von denen die meisten Männer nur träumten, und das hier war keine Ausnahme.

»Genug Eis für heute«, erklärte Bond, während er ihr zärtlich das Eisstück aus der Hand nahm und es quer durch den Raum warf.

Zum zweiten Mal in dieser Nacht überkam sie die Leidenschaft.

Danach begann erneut das Bettgeflüster. Während er ihren Rücken liebkoste und seine Finger über ihr Rückgrat wanderten, stellte sie ihm Fragen über sein Leben. Bond erzählte ihr, was er den meisten Frauen erzählte. Er konzentrierte sich hauptsächlich auf interessante Trivialitäten: Essen und Trinken, Reisen und Sport. Beide fuhren gerne Ski und liebten den damit verbundenen Adrenalinstoß. Dann zählten sie auf, was sie an London liebten oder haßten. Elektra redete über Musik und Kunst, und Bond gab seiner Bewunderung für östliche Philosophie Ausdruck. Als sie darüber sprachen, was sie beim Sex faszinierte, gestand Elektra, daß keiner ihrer früheren Liebhaber sie auch nur annähernd so befriedigt hatte wie er.

Sie erzählte ihm von ihren Träumen und Zielen, wie sie das Unternehmen ihres Vaters zu einem Major Player machen wollte. »Als kleines Mädchen habe ich oft ›Prinzessin‹ gespielt. Mein Vater hat mich verwöhnt und mich seine ›kleine Prinzessin‹ genannt. Er hat mir erzählt, daß ich wirklich eine Prinzessin würde, wenn ich erwachsen wäre. Es hat sich entsetzlich angehört, aber ich vermute, daß ich immer daran geglaubt habe. Es hat mich inspiriert, daran zu arbeiten. Obwohl er mich verwöhnt hat, habe ich das nie für selbstverständlich gehalten. Er fehlt mir.«

»Ich dachte, daß du und dein Vater nicht gut miteinander ausgekommen wärt.«

Sie lächelte. »Wer hat dir denn das erzählt? Wahrscheinlich Dawidow. Das liegt nur daran, daß er das Vergnügen hatte, uns zuzusehen, *wenn* wir uns einmal stritten. Mein Vater hat gern gestritten, und ich glaube, daß ich diesen Charakterzug von ihm geerbt habe. Über geschäftliche Entscheidungen konnte es zu heftigen Auseinandersetzungen kommen, aber das heißt nicht, daß wir uns nicht geliebt hätten. Ich habe meinen Vater respektiert und er mich. Meine Stellung bei King Industries habe ich mir erarbeitet. Auf der Universität habe ich ernsthaft studiert, und er wußte, daß ich das Zeug dazu hatte.«

»Meine Chefin im MI6 hat große Stücke auf ihn gehalten.«

»Die gute M. Was für eine Frau. Mir gegenüber verhält sie sich sehr mütterlich.«

»Erzähl mir von deiner leiblichen Mutter.«

»Ich erinnere mich, daß sie gütig war, aber still und schüchtern. Introvertiert. Sie hat sehr leise gesprochen, beinahe flüsternd. Meine Mutter entstammte einer sehr kultivierten Familie, die in geschäftlicher Hinsicht leider nicht besonders clever war. Mein Vater hat ihr Unternehmen gerettet, aber er mußte es ihnen wegnehmen, um das zu schaffen. Als ich sechs Jahre alt war, ist meine Mutter an einem dieser Krebsgeschwüre gestorben, die unerwartet auftreten und sehr schnell wachsen. Ich kann mich nur an wenig erinnern, aber ich weiß, daß das ein sehr trauriger Abschnitt meines Lebens war. Aber, um der Wahrheit die Ehre zu geben, ich kann mich auch nicht an allzu viele glückliche Tage in der Zeit davor erinnern.«

»Warum?«

»Meine Eltern haben sich oft gestritten. Das ist praktisch das einzige, was mir von ihrer Beziehung im Gedächtnis geblieben ist. Und ich glaube, daß sie sich meistens wegen mir gestritten haben. Machmal wundere ich mich, warum sie überhaupt geheiratet haben. Ich bin mir sicher, daß sie sich geliebt haben, aber sie waren sehr unterschiedlich und beide in einer anderen Kultur aufgewachsen. Dennoch war mein Vater während ihrer Krankheit ständig an ihrer Seite, und als sie im Krankenhaus gestorben ist, hat er ihre Hand gehalten.«

»Tut mir leid, daß sie tot ist.«

»Jetzt, im nachhinein, ist mir klar, daß ich nicht allzu viele Erinnerungen an meine Mutter habe. Schließlich war ich noch sehr jung, als sie starb. Ich erinnere mich an ein türkisches Wiegenlied, das sie mir vorgesungen hat. Das ist eine meiner wenigen schönen Erinnerungen.«

Elektra begann langsam und leise zu singen; die Melodie war bewegend. Dann blickte sie zu ihm auf und lächelte. »Die ersten Worte haben keine Bedeutung. Die Übersetzung des restlichen Textes lautet: ›Im Gemüsegarten sind Kälber, Gärtner, vertreib die Kälber, laß sie nicht den Kohl fressen ... Schlaf, meine Kleine, schlaf, schlaf und werde erwachsen, vertreib die Kälber, Nenni, meine kleine süße Nenni.‹ Ich habe meine Mutter nie richtig gekannt und weiß nicht warum. Vor irgend etwas hatte sie Angst. Ich weiß nicht wovor. Vielleicht vor dem Leben.«

Nachdem sie einen Augenblick lang nachgedacht hatte, erzählte sie weiter. »Als ich aufgewachsen bin, war ich das genaue Gegenteil von ihr. Ich konnte gar nicht genug vom Leben kriegen und war die Prinzessin meines Vaters. Er hat mir die Welt versprochen, und ich habe sie eher bekommen, als ich geglaubt habe.«

»Du scheinst eine gute Unternehmenschefin zu sein.«

»Danke. Du weißt nicht, wie leidenschaftlich ich das Ziel verfolge, den Bau dieser Pipeline zu vollenden. Er wird in die Geschichte eingehen. Ich bin es meinem Vater schuldig, das Projekt zu vollenden, und noch mehr meiner Mutter. Wenn es die Ölfirma ihrer Familie nicht gegeben hätte und das Land, das mein Vater erschlossen hat, wären wir heute nicht da, wo wir sind. Die Vorfahren meiner Mutter hingen jahrhundertelang an ihrem Öl. Es ist eine Frage der Ehre.«

Ihre Worte drückten aus, was Bond an ihr attraktiv fand. Es war ihre Leidenschaft, gleichgültig, ob es um ihre Arbeit, den Sport, die Liebe zu ihren Eltern oder um den heißen Sex ging, den sie so genossen hatten.

Während er ihre Schultermuskeln massierte, sah er einen ungewöhnlichen Edelstein in ihrem Ohrläppchen. Es war das Ohr, das auf dem Polaroidfoto der Entführer verbunden war. Mit seiner Fläche verbarg der Diamant etwas von ihrer Haut.

Ihre Blicke begegneten sich, und sie wußte, woran er dachte. Zärtlich berührte er das Juwel, und sie hinderte ihn nicht daran.

»Er hat sich mit einer Drahtschere an meinem Ohr versucht und gesagt, daß er das ganze Ohr abschneiden und es meinem Vater schicken würde. Ich weiß nicht, warum er es nicht getan hat.«

»Kannst du mir etwas über ihn erzählen?«

»Er hieß Renard. Ich habe gehört, daß man ihn ›Renard den Fuchs‹ nannte. Das habe ich später von deinen Mitarbeitern erfahren, nachdem alles vorüber war. Ein entsetzlicher Typ, der dauernd brüllte. Er zwang mich zu gewissen ... Er hat mich geschlagen und mein Ohrläppchen mit der Drahtschere zerschnitten. Diese drei Wochen waren die Hölle. Ich bin nie wirklich darüber hinweggekommen.«

Erneut dachte Bond an M's Direktive, sie nicht wissen zu lassen, daß Renard sie zu ermorden versuchte. Meistens ging es Elektra gut, und dann hatte sie sich in der Gewalt. Vielleicht war sie ein bißchen leichtsinnig, grundsätzlich sie schien jedoch alles im Griff zu haben. Aber er hatte auch eine verletzliche, verängstigte Frau kennengelernt, die höchstwahrscheinlich immer noch an Alpträumen von den schrecklichen Ereignissen litt. Wahrscheinlich war Renard der Dämon in ihren Träumen, und es war am besten, wenn sie nicht wußte, daß er ihr erneut im Nacken saß.

»Wie hast du es überlebt?«

Elektra schloß die Augen und sprach langsam, als ob sie in den hintersten Ecken ihres Geistes nach den Erinnerungen suchen müßte. »Ich habe meine körperlichen Reize eingesetzt und einen Wachposten verführt. Es gab da einen Wächter, der mich unbedingt haben mußte. Als der richtige Augenblick gekommen war, habe ich ihm in die Genitalien getreten, ihm die Waffe abgenommen und gefeuert. Drei Männer habe ich getötet. Renard war gerade nicht da, sonst hätte ich ihn auch umgebracht.«

Einen Augenblick lang zitterte sie. Die Erinnerung hatte einen wunden Punkt berührt. Sie schmiegte sich enger an Bond, legte ihren Kopf auf seine Brust und unterdrückte ein Schluchzen. Erneut lief es ihr kalt den Rücken hinunter, und ihr Körper erbebte ein weiteres Mal.

Bond war ergriffen, aber er sagte nichts.

»Ich habe das Leben so geliebt, aber damals wollte ich sterben. Danach habe ich monatelang das passive Leben einer Pflanze geführt. Doch dann ist etwas geschehen ... Ich habe begriffen, daß ich mich am eigenen Schopf aus dem Sumpf ziehen muß. Ich hasse es, das auszusprechen, aber ich glaube, daß der Mord an meinem Vater vielleicht etwas damit zu tun gehabt hat, daß ich in die Wirklichkeit zurückgekehrt bin. Einer mußte die Verantwortung übernehmen.« Sie schwieg einen Augenblick lang, um einen Schluck Champagner zu trinken. »Aber wie sieht's bei dir aus? Was tust du, um zu überleben?«

Die wahre Antwort lautete, daß er nie zurückblickte. Aber Bond wollte nicht zuviel von sich preisgeben und sprach statt dessen wieder von ihr. »Ich liebe die Schönheit.«

Zum dritten Mal in dieser Nacht liebten sie sich, und diesmal schien es eine Ewigkeit zu dauern.

8
Reise im Morgengrauen

Zwei Stunden vor Sonnenaufgang verließ Bond die schlafende Elektra. Er schlich leise in sein Zimmer, zog dunkle Kleidung an und griff nach ein paar Gegenständen, die sich als nützlich erweisen konnten. Dann ging er nach draußen. Vor dem Haus patrouillierten zwei Wachposten. Bond versteckte sich in einem Alkoven, bis sie außer Sichtweite waren, und rannte dann zur Seite des Gebäudes. Er sprang hoch, hielt sich an einem Ast fest, schwang sich über den Zaun und landete auf der anderen Seite. Dann rannte er zum Nebengebäude der Security, wo Sascha Dawidow sein Büro hatte.

Für die schwere Tür war der automatische Dietrich von Q genau richtig. Er sandte auf Knopfdruck Klangwellen in das Schloß, und die Tür öffnete sich mit einem Klicken. Bond trat ein und schloß von innen ab. Obwohl es zwei Fenster gab, war es in dem Büro ziemlich dunkel, so daß er sich eine stiftförmige Taschenlampe zwischen die Zähne klemmte, bevor er die Schreibtischschubladen und die Aktenschränke zu durchsuchen begann. Er fand nichts Interessantes – Papiere, ein paar Magazine für Pistolen, Bürozubehör ...

Er wollte gerade die große Tasche unter dem Schreibtisch untersuchen, als die Scheinwerfer eines Autos durch die Fenster des kleinen Gebäudes schienen. Der Raum war in helles Licht getaucht, aber Bond trat zur Seite und versteckte sich im Dunkel. Durch das Fenster sah er einen Landrover mit dem mittlerweile vertrauten Emblem des Russischen Ministeriums für Atomenergie. Sascha Dawidow stieg aus und sah sich verstohlen um. Dieser Mann will nicht gesehen werden, dachte Bond. Gleichzeitig bemerkte er, daß Dawidows Hand verbunden war und daß er einen Aktenkoffer trug.

Jetzt war Dawidow nicht mehr zu sehen, und Bond mußte schnell reagieren. Schlüssel klapperten, und einen Augenblick später öffnete sich die Tür.

Dawidow trat ein und schaltete das Licht an. Das Büro war leer, aber ein Windstoß blies durch ein geöffnetes Fenster. Ohne Verdacht zu schöpfen, knallte der Russe das Fenster zu und verriegelte es.

Draußen versteckte sich Bond hinter dem Landrover und spähte durch das mittlerweile erleuchtete Bürofenster. Er sah, daß Dawidow irgend etwas aus dem Aktenkoffer nahm und auf den Schreibtisch legte, einen Gegenstand aus einer Schublade zog und sich konzentriert an die Arbeit machte.

Bond ging zur Rückseite des Fahrzeugs und öffnete die Heckklappe. Sein Blick fiel auf einen Umschlag voller Papiere neben einer Plane, unter der sich etwas Großes verbarg. Als er die Plane zurückzog, war er leicht geschockt. Dort lag die Leiche eines älteren Mannes mit einer Schußwunde im Kopf. Ein plötzlicher Lichtblitz aus dem Security-Gebäude lenkte Bonds Aufmerksamkeit ab. Durch das Fenster konnte er sehen, wie Dawidow eine Polaroidkamera mit ausgestrecktem Arm vor sein Gesicht hielt und ein Foto von sich schoß.

Während Bond noch darüber nachdachte, wandte er sich erneut der Leiche im Landrover zu. Der Tote trug einen Overall mit dem Logo des Russischen Ministeriums für Atomenergie auf dem Ärmel. Ihm fiel auf, daß die Brusttasche zerrissen war. Wahrscheinlich war dort ein Ausweis befestigt gewesen.

Der Lichtstrahl einer Taschenlampe fiel auf die Straße – einer der Wachposten näherte sich. Bond sprang in den Landrover und zog leise die Heckklappe zu.

Dawidow steuerte den Landrover zu einem etwas über zehn Kilometer entfernten, im Wald verborgenen Flugplatz. Er war höllisch nervös und mußte sich eingestehen, daß Renard ihm große Angst eingejagt hatte. Und der arme Arkow ... Er hatte doch nur vorgeschlagen, die Aktion abzublasen. Wenn er nicht extrem vorsichtig vorging, würde auch er mit einer Kugel im Kopf enden.

Wenigstens hatte Arkow es geschafft, eine Antonov AN-12 Cub zu besorgen, ein russisches Transport-Militärflugzeug, das jetzt auf der hell erleuchteten Startpiste wartete. Mehrere Männer in Overalls standen um das Flugzeug herum, davon einige auf einem Gerüst. Sie waren eifrig damit beschäftigt, Logos des Russischen Ministeriums für Atomenergie auf den Rumpf des Flugzeugs zu kleben. Der Lichtstrahl eines Suchscheinwerfers überwachte den Flugplatz.

Dawidow fuhr zu der kleinen Holzhütte, die als Büro diente. Er parkte vor einem Müllcontainer neben dem Gebäude, stieg aus und spähte durch die Bäume, die die Hütte von der Rollbahn trennten. Das Flugzeug war fast startklar. Es war besser, sich vorzubereiten.

Die Sohlen seiner Stiefel knirschten auf dem Asphalt, während er um den Landrover herumging und die Heckklappe öffnete. Zuerst kam der ekelhafte Teil des Jobs ...

Er zog die Plane zur Seite und packte den Körper des Toten. »Dann wollen wir mal ...«

Der Kopf der vermeintlichen Leiche drehte sich, und der Mann lächelte. Dawidow schnappte nach Luft.

James Bond versetzte seinem Gegner einen Schlag mit der Rückhand, der ihn allerdings nur streifte. Der Russe taumelte zurück und zog eine Waffe aus der Manteltasche, aber Bond war schneller. Eine Kugel aus Bonds Walther mit Schalldämpfer zischte durch die Luft und streckte Dawidow zu Boden. Bond kletterte aus dem Wagen, blickte flüchtig durch die Bäume auf das Flugzeug und kniete dann neben der Leiche des Security-Chefs nieder. Natürlich war der Ausweis vom Russischen Ministerium für

Atomenergie an seinem Jackett befestigt. Das eben erst geschossene Polaroid-Foto war ungeschickt auf das Bild des Toten geklebt worden. Der Mann hatte Arkow geheißen ...

Bond steckte den Ausweis ein und sah sich dann nach einem Ort um, wo er die Leiche verstecken konnte. Der Müllcontainer ...

Als er sich vorbeugte, um den Toten hochzuheben, piepte das an Dawidows Gürtel befestigte Handy. Er erstarrte. Es piepte ein zweites Mal. Wenn Dawidow nicht antwortete ...

Bond griff nach dem Handy und sagte auf russisch: »Ja?«

»Eins-fünf-acht-neun-zwei«, sagte eine tiefe Stimme am anderen Ende. »Verstanden?«

»Ja.« War das Renard?

»Ende.« Die Verbindung war gekappt. Nachdem Bond das Handy an seinem Gürtel befestigt hatte, schulterte er Dawidows Leiche. Ein Lichtstrahl fiel auf die Bäume zwischen der Rollbahn und dem Landrover. Jemand kam auf ihn zu!

Bond hatte die Leiche gerade in den Müllcontainer geworfen, als ein großer Russe in einem Overall zwischen den Bäumen erschien. »Los!« sagte er. »Es wird Zeit.«

Als der Russe außer Bond keinen weiteren Mann erblickte, war er überrascht. »Was ist mit Dawidow?« Er war im Begriff, seine Waffe zu ziehen. »Man hat mir gesagt, daß er kommen würde.«

»Er hatte so viel Arbeit, daß er mich beauftragt hat, allein zu kommen«, antwortete Bond auf russisch.

Der Mann zögerte, entspannte sich dann aber und zuckte die Achseln. »Haben Sie alles dabei? Es geht los.«

Bond ging zum Landrover und schaute hinein. Was sollte er mitnehmen? Die große Tasche, die er zuvor im Büro gesehen hatte, war da, außerdem der Umschlag und Dawidows Aktenkoffer.

»Wird's bald?«

Bond griff nach der Tasche und steckte den Umschlag in die Innenseite seines Jacketts. Dann folgte er dem Mann zur Rollbahn. Der Motor des Flugzeugs war angelassen worden, und es herrschte Hektik.

»Ich heiße Truhkin«, stellte sich der Mann vor. »Sie müssen Arkow sein.«

Bond grunzte zustimmend. Die Arbeiter waren mit ihrer Arbeit am Flugzeug fertig, das jetzt wie eine Maschine des Russischen Ministeriums aussah. Der russische Pilot näherte sich Bond.

»Sie sind spät dran!« brüllte er. »Haben Sie sie?«

Bonds Augen verengten sich zu Schlitzen – er war verwirrt.

»Die Transponder-Kodes. Wenn wir nicht den richtigen Kode durchgeben, schießen sie uns ab.«

Bond zögerte. »Eins-fünf-acht-neun-zwei?«

Der Pilot nickte und blickte ihn von oben bis unten an. Als er Bonds Anzug und Schuhe sah, zog er die Augenbrauen hoch. »Und sonst? Haben Sie sie dabei?«

Der Pilot starrte ihn erwartungsvoll an, aber Bond hatte keinen blassen Schimmer, wovon der Mann sprach. Er hatte keine andere Chance, als es zu versuchen. Also öffnete er die Tasche, griff hinein und fand zu seiner Erleichterung einen Karton mit Adidas-Sportschuhen.

Als Bond sie hervorzog, strahlte der Pilot. »Großartig!«

Die Antonov-Cub-Maschine flog mit einer Geschwindigkeit von über siebenhundert Stundenkilometern auf die aufgehende Sonne zu und drehte dann nach Norden ab, über das Kaspische Meer ins westliche Zentralasien. Im Cockpit pfiff der Pilot im Overall, der seine neuen Adidas-Sportschuhe trug, glücklich vor sich hin.

Bond saß im hinteren Teil des Flugzeugs zwischen gut gesicherten Paletten mit Ladung. Alles war auf russisch beschriftet, und er konnte die Warnung leicht übersetzen:

GEFAHR – RADIOAKTIV. An einer Seite des Flugzeugs befand sich ein leerer Stellplatz, der groß genug für ein Auto war. Ausdrücklich hatte ihm Truhkin verboten, dort irgend etwas abzustellen.

Was immer Renard auch vorhaben mochte, Bond war darüber gestolpert. Er dachte an Elektra und fragte sich, ob sie seinetwegen beunruhigt war. Nur selten während seiner Laufbahn hatte Bond eine Undercover-Aktion nervös gemacht, aber diesmal war das definitiv der Fall. Er hoffte, daß er gut genug improvisieren konnte, um herauszufinden, worum es bei der ganzen Sache eigentlich ging, und daß er dann mit dem Leben davonkam.

Truhkin erschien. Wegen seiner Körpergröße mußte er sich im Rumpf der Maschine bücken. Er warf Bond einen Windschutz mit dem russichen Logo zu.

»Machen Sie sich fertig«, sagte er. »In zehn Minuten sind wir in Kasachstan. Und tragen Sie Ihren Ausweis.«

Bond nickte, während der Russe wieder nach vorn ging. Er stand auf, ging in den Waschraum, schloß ab und zog seine Brieftasche hervor. Dann griff er nach Arkows Ausweis und legte ihn vor sich hin. Anschließend öffnete er den Absatz seines Schuhs, in dem sich nützliche Gegenstände wie eine kleine Schere, Klebeband und ein Schraubenzieher befanden. Mit der Schere und dem Klebeband machte er sich an die Arbeit.

Nachdem er seinen »Universal Exports«-Ausweis hervorgezogen hatte, schnitt er sorgfältig das Foto aus und steckte die Brieftasche mitsamt dem Ausweis wieder ein. Mit der Klinge der Schere kratzte er Dawidows Foto ab und stieß auf ein Foto des Toten, den er in dem Landrover gefunden hatte. Mit dem Klebeband befestigte Bond sein Bild auf dem Ausweis und klippte ihn dann an die Brusttasche seines Hemds. Gut, dachte er. Dann wollen wir mal hoffen, daß dort, wo die Maschine landen wird, niemand den wirklichen Dr. Arkow persönlich gekannt hat.

Als Bond seinen Platz im Flugzeug wieder einnahm, befand sich die Maschine schon im Luftraum von Kasachstan. Als seit einigen Jahren unabhängiges Land gehörte auch Kasachstan zu den früheren Sowjetrepubliken, die schwere Zeiten durchmachten. Es schien, als ob alle GUS-Mitglieder mit den gleichen Problemen zu kämpfen hätten: steigende Kriminalität angesichts des neuen Kapitalismus, ethnische Auseinandersetzungen und ständige wirtschaftliche und politische Schwierigkeiten. Bonds Wissen über Kasachstan beschränkte sich größtenteils auf das Kosmodrom von Baikonur, den von den Russen betriebenen, im Zentrum des Landes liegenden Startplatz für Raumschiffe. Weiterhin wußte er, daß es in dem Land große Kohle-, Öl- und Gasvorkommen gab. Er mußte abwarten, um genau herauszufinden, was für eine Beziehung zwischen dem Russischen Ministerium für Atomenergie einerseits und Renard, Dawidow und King Industries andererseits bestand.

Im Morgengrauen landete die Maschine im westlichen Teil des Landes, in einer verlassenen Gegend mit Salzbecken und Wüsten. Es war ein steiniges Terrain mit seltsamen Felsformationen. Um diese Tageszeit war es schon fast so heiß wie in der Wüste.

Bond folgte Truhkin zu einem weiteren Landrover mit dem bekannten Logo.

»Ich werde fahren. Sind Sie zum ersten Mal in Kasachstan?«

»Ja.«

»Ein liebliches Fleckchen Erde«, sagte Truhkin sarkastisch, während sie den behelfsmäßigen Flugplatz hinter sich ließen und auf eine nicht asphaltierte Straße abbogen. Sie fuhren durch ein Bergtal, das entschieden fremdartig wirkte, und erreichten schließlich ein riesiges Plateau mit einem Wirrwarr niedriger Gebäude darunter. Als sie näher kamen, sah Bond Lastwagen vom Russischen Ministerium für Atomenergie, Mannschaftswagen der Armee Kasachstans, Soldaten und andere Männer in Overalls.

Eine Explosion neben ihnen überraschte sie beide. Etwa fünfhundert Meter von ihnen entfernt stieg eine Staubwolke auf.

Als er die Aufschrift »IDA« auf den Lastwagen sah, wußte Bond, wo sie sich befanden. Es war eine russische Einrichtung für Atomtests, die wahrscheinlich dem Russischen Ministerium für Atomenergie gehörte. IDA war die Abkürzung der International Decommissioning Authority, der Internationalen Abrüstungsbehörde. Sie war eine von den Vereinten Nationen finanzierte Organisation, deren Aufgabe darin besteht, für Forschung und Entwicklung genutzte Atomreaktoren und andere Nuklearanlagen auf sichere und umweltfreundliche Art stillzulegen.

Sie stiegen aus dem Landrover und gingen auf das größte Gebäude zu, dessen Eingang durch eine mit Luft gefüllte »Blase« geschützt wurde. Bond konnte erkennen, daß dort jemand in einem strahlensicheren Schutzanzug mit Gegenständen und Werkzeugen beschäftigt war.

Vor dem Eingang stand ein Offizier der russischen Armee. Als er Bonds Ausweis sah, lächelte er. Offensichtlich war er beeindruckt.

»Willkommen in Kasachstan, Dr. Arkow«, sagte er auf russisch. »Ich bin Oberst Akakjewitsch und ein großer Bewunderer Ihrer wissenschaftlichen Forschung. Es kommt nicht oft vor, daß wir hier einen Mann Ihres Formats begrüßen dürfen.«

»Ich bin dort zu finden, wohin mich meine Arbeit führt«, antwortete Bond.

Der Oberst zögerte einen Augenblick. »Sie haben doch die Transportdokumente dabei …?«

In der Innentasche seines Jacketts fand Bond den Umschlag, den er glücklicherweise zuvor eingesteckt hatte. Er reichte ihn Akakjewitsch und hoffte, daß alles gutgehen würde.

Akakjewitsch überflog die Papiere und nickte. »Gut. Sie werden unten erwartet. Es sollte alles vorbereitet sein. Sprechen Sie mit dem Physiker von der Internationalen Abrüstungsbehörde.«

Die Gestalt in dem weißen, strahlensicheren Schutzanzug trat aus der »Blase«. Nachdem sie den Helm abgenommen hatte, sah Bond den Kopf einer sehr attraktiven jungen Frau mit langem, hellbraunem Haar. Weil sie stark schwitzte, nahm sie ein Handtuch von einem Regal und wischte sich damit die Stirn ab. Dann zog sie den Schutzanzug aus. Sie trug sehr kurze, abgeschnittene Jeans, einen khakifarbenen Büstenhalter, schwere Stiefel und ein Jagdmesser. Er hielt sie für eine Amerikanerin.

Ihre Figur war außergewöhnlich. Die Brüste wölbten sich unter dem Stoff des Büstenhalters, und ihre gebräunten Beine waren schlank und wohlgeformt. Bond bemerkte, daß alle Männer in der Nähe ihre Arbeit unterbrachen, um sie anzugaffen.

Die Frau griff nach einer Wasserflasche und trank, wobei ein Teil der Flüssigkeit ihre Haut hinabrann. Dann goß sie den restlichen Inhalt der Flasche über ihre Schultern. Ihre Kleidungsstücke klebten nun eng an ihrem straffen Körper, und unter dem Büstenhalter zeichneten sich deutlich ihre aufgerichteten Brustwarzen ab. Entweder ist sie eine Exhibitionistin, dachte Bond, oder es ist ihr einfach völlig egal.

Sein Blick begegnete dem des Obersts. Akakjewitsch nickte verbittert und spuckte auf den Boden. »An Männern hat sie kein Interesse«, sagte er auf englisch, damit die Frau es verstehen konnte. »Glauben Sie es mir. In diesem Jahr haben wir vier Anlagen für Atomtests stillgelegt, und sie zeigt keinen Schimmer Interesse.«

Der Oberst entfernte sich, und Bond gab einen Laut der Enttäuschung von sich.

Die Frau kam auf ihn zu und wischte ihren ziemlich breiten Mund ab. Sie hatte erstaunlich grüne Augen und ein funkelndes weißes Gebiß. Nach seiner Schätzung war sie Mitte Zwanzig. Er bemerkte den Ausweis an ihrem Gürtel und die unpassende Tätowierung des Peace-Symbols direkt über ihrer Hüfte.

»Sind Sie aus einem bestimmten Grund hier?« fragte sie. »Oder hoffen Sie nur, daß ich einen ›Schimmer‹ Interesse zeige?«

»Sieht so aus, als ob hier nicht nur die Atomwaffen entschärft werden müßten«, sagte Bond auf englisch, aber mit einem leichten russischen Akzent.

Die Frau runzelte die Stirn. »Nette Bemerkung. Und wie heißen Sie?«

»Michail Arkow. Vom russischen Ministerium für Atomenergie. Und ihr Name …«

»Dr. Jones. Christmas Jones. Und reißen Sie keine Witze, die kenne ich nämlich schon alle.«

»Ich kenne keine Arztwitze.«

Sie blickte ihn verächtlich an. »Geben Sie mir die Papiere. Wohin geht die Lieferung?«

»Penza neunzehn.« Das hatte er sich bei einer flüchtigen Durchsicht der Unterlagen gemerkt. »Tut mir leid, wenn es mit meinen Landsleuten nicht leicht ist. Ich weiß, daß sie über die Anwesenheit der Internationalen Abrüstungsbehörde überhaupt nicht glücklich sind.«

Dr. Jones gab ihm die Unterlagen zurück. »Entschuldigen Sie mich bitte. Ich muß mich um einen undichten Titanium-Hahn kümmern. Gerade habe ich kobaltblaues Plutonium aus einem verrottenden Sprengkopf entfernt. Ich führe ein sehr aufregendes Leben.«

Bond nickte und lächelte, wußte aber offensichtlich nicht, wohin er sich wenden sollte.

Sie zeigte auf das Gebäude. »Fahren Sie mit dem Aufzug nach unten. Ihre Freunde warten dort bereits auf sie.«

»Brauche ich nicht irgendeine Schutzkleidung?« fragte Bond.

Sie blickte ihn schief an, als ob ein Dr. Arkow es besser wissen müßte. »Nicht, so lange es dort kein mir unbekanntes Leck gibt, durch das Titanium austritt. Da unten befinden sich Atombomben. Plutonium. Das Strahlungsrisiko ist gering, es ist nicht riskant. Hier oben lagern wir Wasserstoffbomben, die in *Ihren* Labors hergestellt wurden und aus denen Tritium austritt. Damit habe ich mich das letzte halbe Jahr beschäftigt. Wenn Sie also irgendeinen Schutz brauchen, dann vor mir.«

»Okay«, sagte Bond einfältig. »Und ich dachte, daß wir die Doktrin der gegenseitigen Vernichtung aufgegeben hätten. Danke.«

Seine Bemerkung kam nicht an. Erneut zeigte sie auf den Aufzug. »Sie werden erwartet.«

Er ging auf den Lift zu und an einem Regal vorbei, auf dem Anstecker mit dem Symbol für Radioaktivität lagen.

»Dr. Arkow?« rief Christmas Jones.

Bond drehte sich um.

»Haben Sie nicht etwas vergessen?«

Ihm war klar, daß er einen so grundlegenden Fehler begangen hatte, daß sie jetzt Verdacht schöpfen mußte. Er nahm einen der Anstecker vom Regal.

»Aber natürlich. Danke. Es war ein langer Flug.«

Während er weiter auf den Aufzug zu ging, rief sie ihm auf russisch etwas nach. »Für einen Russen sprechen sie sehr gut Englisch.«

»Ich habe in Oxford studiert«, antwortete Bond auf russisch.

Christmas wischte sich erneut den Schweiß von der Stirn. Dieser Mann ist anders, dachte sie. Zur Abwechslung mal ein stattlicher Typ, wenn auch etwas verrückt. Aber irgend etwas schien nicht zu stimmen ...

Sie trank einen weiteren Schluck Wasser und ging dann wieder ihrer Arbeit nach.

Mit dem Aufzug fuhr Bond drei Ebenen weiter in die Tiefe. Als sich die Türen öffneten, fand er sich völlig allein in einem langen, dunklen kreisförmigen Korridor wieder, in dem kein Laut zu hören war.

Er ging weiter, bis er das Geräusch von Maschinen und ein unheilvolles Summen hörte. Vor ihm lag ein großer, beleuchteter Raum.

Es war eine Kammer für Tests, umgeben von Öffnungen, die so konstruiert waren, daß bei einem Atomtest die Wucht der Explosion durch die dort angebrachten Meßgeräte bestimmt werden konnte. Genau in der Mitte des Raums befand sich ein Schacht. Bond stand in einem von mehreren ähnlichen, kreisförmig um die Kammer angeordneten Tunneln. Er betrat den unheimlichen Raum, ging langsam auf die Mitte zu und blickte in den Schacht. Vier Männer arbeiteten an einem Gegenstand, der auf einem Wagen lag. Der Sprengkopf war entfernt worden, und ein Großteil des Inneren war sichtbar. Bond wußte, es war eine Atombombe.

Da ertönte hinter ihm Renards Stimme. »Wunderschön, nicht wahr?«

9
Feuer im Schacht

Als Bond Renards Stimme hörte, zog er die Walther. Ein Lift heulte, und er sah Renard, der einen Arbeitsanzug der russischen Armee trug, auf einer Plattform herabschweben. Mit gesenktem Kopf schlich Bond durch die Dunkelheit. Als Renard den Aufzug verließ, stand ihm ein lächelnder Bond von Angesicht zu Angesicht gegenüber. Die Waffe zielte auf Renards Brust.

»Mr. Bond ...« Renard war offensichtlich überrascht.

»Hatten Sie vielleicht Dawidow erwartet? Statt das Flugzeug zu nehmen, wurde er durch eine Kugel getötet.« Nachdem er Renard von dem Aufzug weggezerrt hatte, preßte Bond ihn gegen eine Wand, wo sie nicht gesehen werden konnten. »Halten Sie die Klappe, und rühren Sie sich nicht.«

Aber Renard lachte nur. »Sie können mich nicht töten, Mr. Bond. Ich bin bereits tot.«

»Für mich nicht tot genug.«

Als er endlich dem Mann gegenüberstand, der für die Morde an Sir Robert King, 0012 und zahllosen anderen verantwortlich war, der Elektra King entführt und vergewaltigt hatte, mußte Bond sich beherrschen, um Renard nicht an Ort und Stelle das Gehirn aus dem Schädel zu blasen. Es wäre ihm ein Vergnügen gewesen. Unglücklicherweise brauchte er etwas mehr Zeit, damit der Terrorist etwas von seinen Plänen preisgab. Das taten solche Typen immer.

Renard hatte sich von der Überraschung erholt und wirkte jetzt zuversichtlich. Mit seinem gesunden Auge zwinkerte er Bond zu, das andere blickte starr, kalt und leblos. Um einen seiner Mundwinkel spielte ein Lächeln, aber der andere hing wie bei einer Grimasse herab. Das glänzende rote Fleisch an seiner Schläfe trug nur noch mehr zu seiner bizarren Erscheinung bei.

»Sie könnten ruhig etwas mehr Dankbarkeit an den Tag legen«, sagte er. »Schließlich habe ich Ihr Leben in dem Büro des Bankiers geschont.« Renard fand Spaß an der Situation. »Aber stimmt ja ...! Ich konnte Sie nicht töten, Sie haben ja für *mich* gearbeitet! Ich habe Sie gebraucht, damit Sie das Geld überbringen und King ermorden. Vielen Dank, Sie haben gute Arbeit geleistet. Und jetzt haben Sie mir das Flugzeug gebracht. Sieht so aus, als ob ich mich auf den MI6 immer verlassen könnte.«

Bond ignorierte seinen Spott. »Was haben Sie mit dieser Bombe vor?«

Renard schien keinerlei Angst zu haben. »Sprechen Sie zuerst. Oder ist es etwa möglich, daß Sie keinen Plan haben?«

Unglücklicherweise hatte Renard eine unangenehme Wahrheit ausgesprochen. Bond mußte auf Zeit spielen, um herauszufinden, was er tun sollte. »Die Bombe wird diesen Raum nicht verlassen.«

»Genau wie Sie«, antwortete Renard lachend.

Bond riskierte einen flüchtigen Blick in den Schacht, um zu sehen, was die Arbeiter mit der Bombe anstellten.

»Wie traurig, von jemandem bedroht zu werden, der nicht begreift, in was er eigentlich verwickelt ist«, sagte Renard. »Sie haben nicht die geringste Ahnung, oder?«

»Bei jemandem, der an nichts glaubt, ist es nicht schwer, darauf zu kommen, daß er sich rächen will.«

Renard lachte. »Und an was glauben Sie? An den Schutz des Kapitals? Sie sind nichts als ein unterbelichteter Schnösel aus einem komischen englischen Club. Außerdem sind Sie viel zu sehr damit beschäftigt, die Töchter der Mitglieder zu jagen, um auf diese Weise Ihren Job zu erledigen. Erschießen Sie mich doch. Ich würde es begrüßen. Die Männer da unten werden den Schuß hören und mit der Bombe entkommen.«

»Wegen des Feuergefechts wird die Hälfte der Soldaten nach unten kommen.«

»Vielleicht. Aber wenn in zwanzig Minuten nicht ein bestimmter Telefonanruf eingeht ... Nun machen Sie schon. Drücken Sie auf den Abzug, und Sie werden Elektra töten.«

»Sie bluffen.«

»Sie ist wunderschön, nicht wahr? Meiner Meinung nach haben Sie sich in sie verliebt. Ich kann es an Ihrem Gesichtsausdruck ablesen. Mein Freund, Sie hätten sie vorher besitzen sollen, als sie noch unschuldig war und sich im Bett nicht wie eine Hure benommen hat.«

Bonds Augen funkelten zornig. Erneut drückte er Renard an die Wand und preßte ihm die Mündung der Pistole gegen die Schläfe.

»Was ist das für ein Gefühl?« fuhr Renard fort, dem klar war, daß er eine wunde Stelle berührt hatte. »Zu wissen, daß ich Elektra für Sie zugeritten habe?«

Wutentbrannt versetzte Bond Renard mit der Pistole einen Schlag gegen die Schläfe, und der Terrorist ging in die Knie. Er faßte an seinen Kopf und blickte dann neugierig auf das Blut an seinen Fingern – er spürte keinerlei Schmerz.

Bond schraubte den Schalldämpfer auf die Walther. »Normalerweise hasse ich es, einen unbewaffneten Mann zu töten. Kaltblütiger Mord ist ein schmieriges Geschäft. Aber in Ihrem Fall empfinde ich gar nichts – genau wie Sie.« Er zielte auf Renards Kopf.

»Es langweilt, exekutiert zu werden. Aber andererseits hat das Leben keinen Sinn, wenn man sich nicht wirklich lebendig fühlt.«

Als Bond gerade auf den Abzug drücken wollte, hörte er die Schritte rennender Menschen.

»Lassen Sie die Waffe fallen«, befahl Akakjewitsch. Bond erstarrte. Er wandte sich um und sah den Oberst in Begleitung von zwei bewaffneten Soldaten und Christmas Jones.

»Bleiben Sie, wo Sie sind, Oberst«, sagte Bond. Die Soldaten richteten ihre Waffen auf ihn.

»Er ist ein Betrüger«, warf Christmas ein und hielt einen Ausdruck hoch. »Dr. Arkow ist dreiundsechzig Jahre alt.«

»Das ist der Betrüger.« Bond zeigte auf Renard. »Er steckt mit den Männern aus dem Flugzeug unter einer Decke. Sie stehlen Ihre Bombe, Oberst.«

Christmas war über Bonds neuen Akzent überrascht und hörte zu, aber Akakjewitsch zog den Hahn seiner Pistole zurück.

»Ich habe gesagt, daß Sie Ihre Waffe fallen lassen sollen«, befahl er.

Offensichtlich meinte er es ernst. Bond zögerte noch eine Sekunde, aber ihm blieb keine andere Wahl. Nachdem er das Magazin aus der Walther herausgezogen hatte, warf er die Pistole zu Boden. Als die Maschinen in dem Schacht in diesem Moment ansprangen, erfüllte ein schwirrendes Geräusch den Raum. Bond sah die kegelförmige Bombe in ihrem Transportbehälter, während Renards Männer schnell einen Roboterarm bedienten, um den extrem schweren Gegenstand auf einem Wagen zu deponieren. Dann brachten sie an der Decke befestigte Ketten an, damit man alles einfacher durch den Tunnel befördern konnte.

»Gut gemacht«, lobte Renard Christmas. »Er hätte uns alle umgelegt.« Dann wandte er sich an Akakjewitsch. »Ich nehme an, daß Sie derjenige waren, der ihm gestattet hat, hier runterzukommen?«

Der Oberst wirkte irritiert.

Dann stecken Renard und der Russe also unter einer Decke, dachte Bond. Aber was war mit der Amerikanerin? Gehörte sie auch dazu? Ihr verwirrter Gesichtsausdruck sprach dagegen. Auch sie wurde ausgenutzt. Jetzt starrte sie ihn an und fragte sich, ob sie einen großen Fehler begangen hatte.

Bond beobachtete, wie einer der Männer in ein russisches Handbuch blickte, das dem glich, das er auf M's Schreibtisch gesehen hatte. Dann montierte er einen dünnen, rechteckigen Metallgegenstand von der Größe einer

Kreditkarte von der Bombe ab und steckte ihn in die Tasche.

»Bringen Sie ihn weg«, befahl Renard dem Oberst. »Ich will nicht, daß er hier ist, wenn wir die Bombe transportieren.« Dann trat er auf Bond zu. »Sie hatten mich«, flüsterte er. »Aber ich habe gewußt, daß die Verantwortung zu groß für Sie war.«

Er rammte Bond die Hand gegen sein verletztes Schlüsselbein und drückte zu. Bong ging in die Knie, durchzuckt von quälendem Schmerz. Er hielt seine Schulter fest und zog eine Grimasse, aber seine Gedanken rasten. Woher wußte Renard über seine Verletzung Bescheid?

Renard ging hinüber zu Christmas, die vor Angst wie versteinert war. »Tut mir leid, meine Liebe, aber Sie müssen sich zu unserem Gast gesellen. Zu schade, daß Sie Zeugin all dessen sein mußten.« Er wandte sich an sein Team. »Weiter geht's, und zwar ohne neue Verzögerungen.«

Sie bewegten die Bombe auf den kreisförmigen Gang zu.

»Nein«, widersetzte sich Akakjewitsch. »Die Bombe wird nicht transportiert, bevor ich nicht zufrieden bin. Ich will mein Geld. Sie stehen in meiner Schuld. Alle nach oben.«

Renard wandte sich um. »Sie haben recht, Oberst.« Nachdem er zwei von seinen Leuten zugenickt hatte, stahl sich einer heimlich in den Tunnel, während der andere eine Tiefkühltruhe öffnete und eine falsche Isolierung unter dem Deckel entfernte, unter der mehrere Maschinengewehre zum Vorschein kamen.

»Wir werden alle nach oben gehen«, sagte Renard. »Ich bewundere Sie für Ihre Hingabe an die Sache.«

Einer der Männer des Obersts bedeutete Bond mit der Waffe, nach oben zu gehen. Jetzt oder nie, dachte er. Er stieß den Mann zur Seite, riß ihm die Pistole aus der Hand, packte Christmas und sprang mit ihr in den

Schacht, während Renards Leute das Feuer eröffneten. Akakjewitsch und zwei Soldaten wurden von Kugeln durchsiebt, die in dem Schacht von den Wänden abprallten. Jemand näherte sich vorsichtig dem Schacht, mußte sich aber wieder zurückziehen, als ihn eine Kugel aus Bonds Waffe striff.

»Vergeßt sie.« Renard sprach in sein Funkgerät. »Schließt sie ein.«

Der Mann, der die Anweisungen über sein Funkgerät entgegennahm, betätigte einen Schalter, durch den zwei rote und zwei grüne Knöpfe aktiviert wurden. Er drückte auf einen der grünen Knöpfe, und schwere, irisförmige Stahltüren begannen, alle Tunnel zu verschließen, abgesehen von dem, der zum Aufzug führte. Gemeinsam mit drei anderen Männern schob Renard den Wagen mit der Bombe in den Gang. Das war körperliche Schwerstarbeit, die nur langsam voranging. Nach ein paar Minuten wurde er ungeduldig und rannte nach vorn. Er begann, die Bombe mit den an der Decke befestigten Ketten weiterzuziehen, wobei der Wagen zurückblieb. Seine Helfershelfer staunten, denn Renard besaß die Kraft von drei Männern.

Bond und Christmas hörten das Summen der sich schließenden Türen.

»Sie schließen uns ein!« rief Christmas.

»Wir werden einen Ausweg finden. Schnell!«

»Wer *sind* Sie?«

Bond sah sich in dem Schacht um und legte sich einen Plan zurecht. »Ich arbeite für die britische Regierung.« Er zeigte mit seiner Armbanduhr auf den schmalen Gang über ihnen, drückte auf einen Knopf, und schon schoß Q's Haken mit dem dünnen Draht hervor. Der Haken blieb hinter einem Metallbalken stecken. Nachdem er sich vergewissert hatte, daß der Draht halten würde, zog er sich an der Seite des Schachts in die Testkammer hoch und konnte gerade noch durch die Tür schlüpfen, die sich hinter ihm schloß. Der ihm am nächsten stehende Mann fuhr mit seinem Maschinengewehr herum, aber Bond schoß zuerst. Der Killer ging zu Boden, und Bond rannte auf ihn zu – es war der, der die rechteckige Karte von der Bombe abmontiert hatte. Bond griff in seine Hemdtasche und steckte sie ein.

Nachdem er sich hinter dem stehengebliebenen Wagen versteckt hatte, feuerte er in dem Tunnel zwei Schüsse auf Renard ab, dessen Kugeln neben ihm die Wand aufrissen. Er duckte sich hinter den Wagen, bis der Kugelhagel nachließ. Auf dem Rücken liegend, hatte er eine Idee. Mit der Pistole schoß er auf die Deckenlampen – jetzt war es finster in dem Teil des Tunnels, in dem er sich aufhielt. Ein sichtbares Ziel gab es für Renard und seine Leute nicht mehr.

Unterdessen hatte es Christmas in dem Schacht geschafft, zu der geschlossenen Tür hochzuklettern. Daneben fand sie eine Schalttafel. Sie brach das Gehäuse auf und fand jede Menge Drähte. Als Werkzeug blieben ihr nur ihre Finger.

Jetzt war Bond kein Freiwild mehr, er schlich hinter dem Wagen hervor und feuerte auf die nur schwer erkennbaren Gestalten in dem Tunnel.

Ein Streifschuß traf Renards Arm. Er betastete die Wunde, sah das Blut und stellte erneut fest, daß er seltsam gefühllos war. Einer der beiden noch lebenden Killer nahm das dunkle Ende des Tunnels unter Beschuß, während Renard und der andere Mann die Bombe voranzogen. Die vom anderen Ende des Gangs abgefeuerten Kugeln pfiffen an ihnen vorbei.

»Ah!« keuchte Renards Helfer. Eine von Bonds Kugeln hatte ihn in den Rücken getroffen. Stöhnend hing er an der Bombe, die sich nicht mehr weiterbewegte.

»Los, weiter!« brüllte Renard. Noch immer hielt sich der Verwundete an der Bombe fest und bat um Hilfe. Renard zog seine Waffe und zielte auf seinen Kopf. »Das sollte helfen«, sagte er und drückte auf den Abzug.

Zwei Minuten später hatten Renard und sein letzter noch lebender Komplize es geschafft, in der Mitte des Gangs eine zweite Tür zu erreichen. »Die mittleren Türen schließen!« brüllte er in sein Funkgerät.

Bond hatte den Befehl gehört. Er mobilisierte sämtliche Kraftreserven und schob den Wagen nach vorn, der ihm als Deckung diente. Plötzlich begannen sich die Türen zu schließen. Als Bond begriff, daß er es nicht schaffen würde, stieß er den Wagen mit übermenschlicher Anstrengung nach vorn, und er blieb zwischen den sich schließenden Türen stecken. Innerhalb von Sekundenbruchteilen hechtete Bond durch den Spalt, bevor die Türen den Wagen zermalmten und sich schlossen.

Als er auf der anderen Seite auf dem Boden gelandet war, wurde sofort wieder auf ihn geschossen. Er rollte auf die Wand zu und zerschoß ein paar weitere Deckenlampen. Dann lud er seine Waffe neu.

Im Schacht führte Christmas zwei farbige Drähte zusammen, und die Türen öffneten sich wieder. Als sie sah, daß die mittleren Türen noch verschlossen waren, machte sie sich erneut an die Arbeit.

Robbend und feuernd legte Bond drei Viertel des Weges in dem Tunnel zurück. Der Mann an den Reglern für die Türen schoß zurück und versuchte, ihn niederzustrecken.

Schließlich hatten Renard und seine Helfer es geschafft, die Bombe an einem Stapel von Ölfässern vorbei in den Aufzug zu bugsieren.

»Mach schon!« brüllte Renard dem Mann an den Reglern zu, der die Schalter mit Schüssen zerstörte und dann auf den Lift zu rannte. Unglücklicherweise schlossen sich die durchsichtigen, kugelsicheren Lexsan-Türen direkt vor seiner Nase. Als er sich verdutzt umdrehte, sah er

Bond auf sich zu rennen. Eine tödliche Kugel aus der Walther PPK warf ihn zu Boden.

Durch die Türen sah Bond Renard und seinen Helfer neben der Bombe stehen. Seine Schüsse prallten an dem Lexsan ab, und der Aufzug setzte sich in Bewegung.

»Seien Sie nicht nachtragend, Mr. Bond!« rief Renard lachend. »Jetzt sind wir quitt. Gleich werden Sie ein toter Mann sein!« Er zeigte nach unten.

Die Kabine des Lifts verschwand oben im Aufzugsschacht, und an ihrer Stelle erschien eine weitere Bombe. Es war keine Atombombe, aber sie sah extrem furchteinflößend aus. Der Countdown lief. Zehn ... neun ... acht ... Entsetzt wandte Bond sich um und sah, daß der Schalter für die Türen zerstört war. Er saß in der Falle. Da hörte er hinter sich das vertraute Summen sich öffnender Türen. Dr. Jones!

Als er aufblickte, fiel ihm der mit einer Kette an der Decke befestigte Lasthaken auf. Er rannte darauf zu, packte ihn und glitt Richtung Tür. Hinter ihm explodierte die Bombe und setzte die Ölfässer in Brand. Der Feuerball wurde größer und drohte, den mit Hilfe der Deckenschienen am Haken dahingleitenden Bond zu überholen, aber wie durch ein Wunder öffneten sich die Türen, und er schoß gerade im richtigen Moment hindurch. Die nächste Tür war ebenfalls offen, und direkt hinter der Schwelle stand Christmas.

»Schließen Sie die Tür!«

Mit weit aufgerissenen Augen verfolgte sie, wie Bond auf sie zu schoß, verfolgt von einem riesigen Feuerball. Sie wandte sich wieder der Schalttafel zu und hielt zwei funkensprühende Drähte aneinander. Die Türen begannen sich zu schließen, als Bond mit zwei Ölfässern im Nacken hindurchjagte. Die Ölfässer fielen in den Schacht und fingen Feuer. Während die Flammen an den Seitenwänden leckten, suchte Bond hektisch nach einem Ausweg. Dabei fiel sein Blick auf den Arm eines Roboterkrans neben einem alten Schacht in Höhe der Decke. Ein alter Aufzug. Er ging das Risiko ein, daß er vielleicht nicht mehr funktionierte.

»Hochklettern!« brüllte er und half Christmas, die den Roboterarm ergriff und durch ein paar Träger hindurch nach oben kroch. Bond folgte ihr, und sie erreichten einen schmalen Gang, als die Flammen sich auf dem Boden des Testzentrums ausbreiteten.

»Wir haben keine Zeit«, sagte er, während er sie mit sich zog. »Die Ölfässer da unten werden explodieren.« Am Ende des Ganges fanden sie tatsächlich einen alten Hydraulik-Aufzug.

»Ich bin sicher, daß dieser alte Lift nicht funktioniert«, sagte sie mit zitternder Stimme.

»Wenn wir es nicht versuchen, werden wir es nie erfahren!«

Nachdem sie die Kabine betreten hatten, drückte Bond auf den Aufwärts-Knopf. Unter grummelnden Geräuschen setzte sich der Lift langsam in Bewegung, doch bei diesem Tempo würden sie ersticken. Bond sah sich die Hydraulik an.

»Halten Sie sich fest.«

»Okay. Dann sind Sie also ein britischer Spion. Haben Sie auch einen Namen?«

Bond zielte mit der Waffe auf die zischende Hydraulikvorrichtung. Aus dem Augenwinkel warf er ihr einen Blick zu.

»Mein Name ist Bond ...«

Er drückte auf den Abzug. Das Hydraulik-System explodierte, und der Lift schoß mit halsbrecherischer Geschwindigkeit durch den Schacht nach oben, während unter ihnen alles in die Luft flog. Bond sprang los, um Christmas zu beschützen. Nach ein paar Augenblicken hatte sich der Rauch verzogen.

»... James Bond.«

Vor dem Gebäude verstauten Renard, Truhkin und der dritte Mann die Bombe im hinteren Teil eines Landrovers. Dann stiegen sie ein und fuhren schnell auf die Rollbahn zu.

Am oberen Ende des Schachts hielt der Aufzug, aber die Türen ließen sich nicht öffnen. Christmas hustete und konnte wegen des Rauchs nichts sehen. Bald würde es keinerlei Sauerstoff mehr geben. Bond beleuchtete mit seiner Armbanduhr die Decke der Kabine und sah eine verschlossene Leitungsdeckung.

»Halten Sie sich die Ohren zu!« Er schoß ein paarmal auf den Rand der Abdeckung. Der Lärm war ohrenbetäubend, aber jetzt fielen ein paar Sonnenstrahlen in die Kabine.

»Kennen Sie ›Räuberleiter‹?« Nickend verschränkte sie ihre Finger, und Bond zog sich hoch und stieß gegen die Abdeckung. »Ich kann nicht mehr lange!« schrie Christmas.

Die durch die Schüsse gelockerte Abdeckung gab nach, Bond kletterte aus der Kabine und half anschließend Christmas heraus. Sie standen in einer Staubwolke, etwa zwanzig Meter vom Hauptgebäude entfernt. Die Hitze hatte spürbar zugenommen.

Bond sah rennende, von Panik ergriffene Menschen, und auf dem Boden lagen tote Soldaten. Da hörte er den Lärm der Flugzeugmotoren.

»Kommen Sie!« Er zog sie auf die Rollbahn zu, aber sie waren zu spät. Renards Flugzeug dröhnte an ihnen vorbei und hob ab. Hilflos lief Bond ein paar Schritte hinterher, ehe er aufgab.

»Tut mir leid, wenn ich Sie behindert habe«, sagte Christmas, als sie ihn eingeholt hatte. »Ich hatte keine Ahnung, was Sie vorhatten, und habe geglaubt, Sie wären vom Russischen Ministerium für Atomenergie.«

»Haben Sie irgendeine Idee, wo sie hinfliegen könnten?«

»Nein, aber sie werden nicht weit kommen. Jeder Sprengstoff ist mit einem GPS-Positionssender versehen, und wir können das Signal aufspüren.«

Bond zog die Karte aus der Tasche, die er dem Toten abgenommen hatte. »Meinen Sie so einen?«

Verblüfft starrte sie darauf. »Verdammt.«

10
Aufkommender Sturm

Kurz nachdem M an diesem Morgen zur Arbeit erschienen war, stürmte Bill Tanner in den Konferenzraum des MI6-Hauptquartiers in der Burg Thane.

»Ich habe hier etwas«, sagte er. »Vielleicht hat es nichts zu bedeuten, aber wir sollten darüber reden.«

M studierte mit Robinson und anderen Experten Material von Interpol. Offensichtlich war der unter dem Namen Renard bekannte Terrorist am selben Tag in mindestens sechs verschiedenen Ländern gesehen worden, und sie mußten herausfinden, welche Berichte verläßlich waren und ob überhaupt ein vertrauenswürdiger darunter war.

Die Chefin des MI6 blickte auf. »Also?«

»Natürlich haben wir die Frequenzen abgehört, die vom russischen Militär benutzt werden. Die russische Armee hat berichtet, daß eins ihrer Transportflugzeuge vor zwei Tagen auf einem Flugplatz in Omsk gestohlen wurde.«

»Und?«

»Wir haben noch mehr herausgefunden. Das Russische Ministerium für Atomenergie sucht nach einigen fehlenden Parahawks und vermißt einen Atomphysiker namens Arkow.«

»Und was soll das mit Renard zu tun haben?« fragte M ungeduldig.

Tanner hielt den Bericht mit dem Logo des Russischen Ministeriums für Atomenergie hoch, den Sir Robert King gekauft hatte. »Vom russischen Atomministerium. Dr. Arkow war mit der Stillegung einer Einrichtung für Atomtests in Kasachstan beauftragt. Der Geheimdienst berichtet, daß die Anlage heute morgen zerstört wurde und eine russische Transportmaschine, die der gestohlenen gleicht, dabei beobachtet wurde, wie sie die Gegend verließ. Am schlimmsten ist aber, daß sie glauben, ihnen fehlt eine Bombe.«

»Eine Bombe?«

»Mit Plutonium-Sprengkopf. Die russische Armee hat einen Haftbefehl gegen Oberst Akakjewitsch erlassen, den verantwortlichen Offizier für das Testgelände. Offensichtlich ist auch er verschwunden, und sie nehmen an, daß er eventuell in die Geschichte verwickelt ist. Es ist eine gewagte Hypothese, aber es sieht so aus, als ob Renard etwas damit zu tun haben könnte.«

M war irritiert, daß sie nicht selbst zwei und zwei zusammengezählt hatte. »Okay.« Sie wandte sich an Robinson. »Gibt es irgendeinen Weg, wie wir das Flugzeug finden können?«

Robinson mußte beinahe lachen und zeigte auf die Landkarte. »Sie kann sich überall in diesem Umkreis befinden. Iran, Irak, Pakistan, Syrien, Afghanistan ...«

»Na wunderbar«, kam es bitter von M.

Als Moneypenny den Raum betrat, richtete sich die Aufmerksamkeit aller auf sie. »Elektra King ruft M aus Baku an.«

Überrascht ging M zum Telefon, aber Moneypenny sagte: »Sie meldet sich über eine Videoleitung.«

»Nehmen Sie den großen Bildschirm.«

Moneypenny stellte die Verbindung her, und auf dem

großen Wandmonitor erschien Elektra Kings Gesicht. Sie wirkte verstört und hatte rotgeränderte Augen.

»Hallo. Es tut mir leid, aber ich hätte dich nie angerufen, wenn Bond nicht verschwunden wäre. Irgendwann mitten in der Nacht hat er meine Villa verlassen. Er war den ganzen Tag über weg und ist nicht zurückgekommen. Ich dachte, daß du das wissen solltest. Einen Anschlag auf mein Leben hat es bereits gegeben, und mein Security-Chef wurde ermordet in der Nähe eines hiesigen Flugplatzes gefunden …«

M lehnte sich auf die Konsole vor ihr. »Ich werde sofort jemanden schicken.«

Elektra legte die Stirn in Falten. »Könntest *du* nicht kommen?«

Damit hatte M nicht gerechnet. Die Bitte brachte sie so durcheinander, daß sie zunächst nicht wußte, was sie antworten sollte. Dann betrachtete sie das Gesicht des Mädchens, das wie eine Tochter für sie war. Elektra King wirkte völlig verloren.

»Ich kann mir nicht helfen, aber ich glaube, daß ich das nächste Opfer sein werde«, sagte Elektra.

Barbara Mawdsley starrte auf die junge Frau, in deren flehendem Blick sich die Erinnerung an die schrecklichen Ereignisse der Vergangenheit spiegelte. M wandte sich an Tanner. »Bereiten Sie alles vor.«

Tanner protestierte. »Ma'am, ich glaube nicht, daß …«

»Tun Sie, was ich sage!« Dann wandte sie sich wieder an Elektra. »Ich werde so schnell wie möglich kommen. Und du verläßt die Villa nicht.«

Elektra nickte und kämpfte gegen Tränen der Erleichterung. »Danke.«

Die Verbindung war unterbrochen.

»Wo, zum Teufel, ist 007?« fragte M.

»Ich werde versuchen, es herauszufinden«, antwortete Robinson, der zu seinem Arbeitsplatz eilte.

»M ...« begann Tanner, aber sie fiel ihm ins Wort.

»Ich weiß, was Sie sagen wollen, Stabschef, aber ich will es nicht hören. Mein Leibwächter und Robinson kommen mit. Bitte bereiten Sie alles für eine sofortige Abreise vor, Miß Moneypenny. Ich möchte noch vor dem morgigen Tag in Baku sein. Während meiner Abwesenheit tragen Sie hier die Verantwortung, Tanner. Versuchen Sie, das Transportflugzeug zu identifizieren. Und wenn Sie 007 erwischen sollten, sagen Sie ihm, daß ich *persönlich* mit ihm reden will.«

An der Küste des aufgewühlten Kaspischen Meeres zogen dunkle, schwarze und blaue Sturmwolken auf. Der heulende Wind rüttelte an den Dachsparren von Elektra Kings Villa, und die ohnehin bedrückende Atmosphäre wurde noch beunruhigender.

Elektra saß allein im Arbeitszimmer ihres verstorbenen Vaters. Während sie im Lichtschein einer Schreibtischlampe arbeitete, wurde es wegen des sich nähernden Sturms dunkler im Raum. Sie blickte von den neuesten geologischen Analysen aus der Türkei auf, um ihren Augen etwas Erholung zu gönnen. Von einem Gemälde an der Wand neben dem Schreibtisch starrte sie das Porträt ihres Vaters an. Sie fröstelte, während der Wind draußen gespenstisch heulte. Ein Fenster flog auf, und die Papiere wurden durch den Raum gefegt. Elektra stand auf und schloß das Fenster. Einen Augenblick lang blickte sie auf den düsteren Himmel und das aufgewühlte Meer.

Unerklärlicherweise mußte sie an ihre Mutter denken. Das kam manchmal vor, besonders dann, wenn sie sich in diesem Teil der Welt aufhielt. Und wie so häufig, wenn diese Erinnerungen in ihrem Gedächtnis aufblitzten, hörte sie leise das alte Wiegenlied, das ihre Mutter ihr vorgesungen hatte, als sie noch ein kleines Mädchen war.

Das traurige, ergreifende Lied erinnerte sie an ihre

ebenso traurige Vergangenheit. Vielleicht hätte ein abergläuberischer Mensch gedacht, das ein Geist das Lied sang, aber sie wußte es besser.

Dennoch hätte Elektra manchmal schwören können, immer noch das Schluchzen ihrer im Sterben liegenden Mutter hören zu können.

Ein dumpfes Geräusch aus der benachbarten Bibliothek riß sie aus ihren Gedanken. Sie lauschte angestrengt, hörte aber nichts mehr.

»Gabor?«

Nach kurzem Zögern ging sie zur Tür der Bibliothek und öffnete sie. Sie quietschte in den Angeln. Elektra trat in den großen, stockfinsteren und von tödlichem Schweigen erfüllten Raum. Durch die Läden der drei auf einen Balkon führenden Türen fiel nur ganz schwaches Licht, das die Szene kaum erhellte. Als sie ein paar Schritte auf eine Lampe zugegangen war, knallte die Tür in ihrem Rücken zu. Sie fuhr herum und sah Gabor mit weit aufgerissenen Augen an der Tür lehnen. Dann fiel er wie eine mit Lumpen ausgestopfte Puppe zu Boden.

»Wer ist da?«

Jemand trat auf sie zu, bis sie in dem schwachen Licht, das von draußen in den Raum drang, James Bond erkannte.

»James!« schrie sie. Ihr Ton drückte Schock und Zögern aus.

»Du scheinst überrascht zu sein«, sagte Bond.

Sie wandte sich Gabor zu, der sich wieder zu bewegen begann und wegen des Schlags auf seinen Hinterkopf stöhnte.

»Was ist mit dir los? Bist du verrückt?« fragte sie Bond.

»Ein bißchen. Aber spielt das eine Rolle? Schließlich ›hat das Leben keinen Sinn, wenn man sich nicht wirklich lebendig fühlt‹. Stimmt's nicht, Elektra? Ist das nicht deine Maxime?«

»Zum Teufel – wovon redest du?«

»Oder hast du sie von deinem alten Freund Renard übernommen?«

Elektra war sich nicht sicher, ob sie ihren Ohren trauen sollte. »Wie bitte ...?«

»Renard und ich haben miteinander geplaudert. Er wußte alles über uns und war genau informiert, wo ich verletzt worden bin ...«

Elektra begann zu zittern. »Willst du damit sagen, daß *Renard* mich umzubringen versucht? Er *lebt*?«

»Du kannst die Maske fallenlassen, Elektra. Es ist vorbei.«

»Ich habe keine Ahnung, wovon du redest!«

»Ich denke schon.« Bond trat auf sie zu, und seine Stimme klang bedrohlich. »Im MI6 nennen wir dieses Phänomen das Stockholm-Syndrom, die Identifikation mit dem Aggressor. Bei Entführungen ist das nichts Ungewöhnliches. Ein junges, leicht zu beeindruckendes Opfer. Wohlbehütet und ohne sexuelle Erfahrungen. Ein übermächtiger Entführer, der sich mit Folter und Manipulation auskennt. Im Kopf des Opfers geschieht etwas. Die Gefangene verliebt sich in den Entführer.«

Als sie das Wort »verliebt« hörte, explodierte Elektra und ohrfeigte ihn. »Wie kannst du es wagen? Wie kannst du es nur wagen? Verlieben – in dieses Tier, in dieses Monster? Bei der Beerdigung meines Vaters hast du eine Armschlinge getragen. Ich habe nicht erst mit dir schlafen müssen, um über deine Verletzung Bescheid zu wissen.«

»Er hat deine Worte zitiert.«

»Und was hast du noch herausgefunden, während du mich allein gelassen hast?«

»Dein Freund Dawidow hat mit ihm unter einer Decke gesteckt.«

»Du weißt bestimmt, daß er tot ist. Wahrscheinlich hast du ihn umgebracht.« Sie schüttelte den Kopf. »Glaubst du wirklich, daß ich mit Renard ...«

Bond gestattete ihr, ihrem Ärger Luft zu machen. »Du hast es gewußt«, sagte sie. »Du hast die ganze Zeit gewußt, daß er in der Nähe war und es auf mich abgesehen hatte, und du hast mich angelogen. Einen Augenblick ... jetzt ist mir alles klar. Es ist genau wie damals. Sie haben mich *benutzt*. Du und M – ihr habt mich als Köder benutzt, oder besser gesagt, als *Fleisch*, das man dem Killer vorwirft. Genau wie bei meiner Entführung. Der MI6 hat seinen kleinen Soldaten geschickt, um mich zu beschützen, während du in Wirklichkeit gehofft hast, daß Renard mir nahe genug kommen würde, damit du ihn schnappen konntest. Du hast sogar mit mir geschlafen – zum Zeitvertreib, während du auf Renards Attacke gewartet hast?«

Darauf hatte Bond keine Antwort. Er konnte es nicht leugnen.

Er biß die Zähne zusammen. Was, wenn er sich irrte? War es möglich, daß sie die Wahrheit sagte? Während der langen Fahrt von Kasachstan nach Baku in Christmas' Auto hatte er Verdacht geschöpft. Irgend etwas an seiner Begegnung mit Renard hatte ihn beunruhigt. Vor seinem geistigen Auge hatte er die Ereignisse wieder und wieder Revue passieren lassen. Es handelte sich um etwas, das Renard gesagt hatte.

Als es ihm eingefallen war, hatte Bond sich gefühlt, als ob man ihm einen harten Schlag in die Magengrube versetzt hätte. Die Welle der Furcht, die ihn übermannte, hatte dafür gesorgt, daß er sich fast körperlich krank fühlte. Christmas hatte ihn angeblickt und gefragt: »Was ist los mit Ihnen? Alles in Ordnung?«

Bond hatte genickt und geantwortet: »Ich beginne gerade, einige Dinge klarer zu sehen, das ist alles.« Im weiteren Verlauf der Fahrt versuchte er, sich von seiner Zuneigung zu Elektra zu frei zu machen. Er war sicher, daß sie irgend etwas mit Renards Plänen zu tun hatte. Also beschloß er, seine Gefühle zu verdrängen und wieder die vertraute steinerne Maske aufzusetzen. Das war schmerzhaft, aber es war ihm auch früher schon passiert.

Während er sie jetzt anblickte, stellte er seine Annahme in Frage. Wenn sie wirklich mit Renard unter einer Decke steckte, war sie eine großartige und sehr überzeugende Schauspielerin. Es stimmte, was sie über seine Schulter gesagt hatte – das hätte Renard auch auf andere Weise herausfinden können. Und konnte es sich bei diesem Satz um einen Zufall handeln? *Das Leben hat keinen Sinn, wenn man sich nicht wirklich lebendig fühlt.*

Aber Bond glaubte nicht an Zufälle.

In der angespannten Atmosphäre klingelte das Telefon auf dem Schreibtisch. Während es ein zweites und dann ein drittes Mal läutete, starrte Elektra ihn an. Schließlich nahm sie den Hörer ab.

»Ja?«

Einen Augenblick lang lauschte sie. »Ich bin schon unterwegs.« Sie hängte auf und sah Bond mit einem durchbohrenden Blick an. »Er hat wieder zugeschlagen – auf der Pipeline-Baustelle. Fünf Männer sind dabei ums Leben gekommen.«

Sie wandte sich um, um den Raum zu verlassen, aber Bond folgte ihr. »Ich komme mit.«

»Mach, was du willst. Ich muß M zurückrufen und ihr sagen, daß sie nicht hierherkommen, sondern mich dort treffen soll.«

»Wie bitte?«

»Habe ich vergessen, dir das zu sagen? Ich habe mit M gesprochen. Sie kommt, um die Leitung dieses Falles zu übernehmen.«

Bond hielt abrupt inne, während Elektra den Raum verließ. Er blieb mit Gabor zurück, der es gerade geschafft hatte, sich aufzusetzen. Seufzend half Bond dem Leibwächter wieder auf die Beine.

Nach dem Flug von London nach Istanbul war M mit einem Eurocopter EC 135 der britischen Armee zur Operationszentrale der Pipeline gebracht worden. Sie traf am nächsten Morgen ein, nicht lange, nachdem Bond mit Christmas Jones aus Baku zurückgekehrt war. Während der Helikopter landete, warf M mit einem harten Gesichtsausdruck einen Blick durchs Fenster auf das Grundstück.

Es war offensichtlich, daß sich hier eine Katastrophe ereignet hatte. Auf dem Boden vor der Fabrik lagen fünf Plastiksäcke mit Leichen. Drei Gebäude waren zerstört, die Pipeline an vier Stellen beschädigt. Sie sah Autos von Wissenschaftlern, der Armee und der Polizei. Soldaten, Polizisten und Mitarbeiter von King Industries waren mit Aufräumarbeiten beschäftigt. Interessanterweise befand sich die vermutlich von Renard gestohlene Transportmaschine immer noch auf der Rollbahn.

Am Eingang des Gebäudes stand Bond in der Nähe von Christmas, die an der Aufklärung der Ereignisse teilnahm. Als M mit Robinson und ihrem Leibwächter im Schlepptau auf ihn zukam, gefiel ihm der Gesichtsausdruck seiner Chefin überhaupt nicht.

»Nett, Sie bei uns zu haben, 007«, sagte M.

Bond ignorierte ihre ironische Bemerkung. »Wir wissen immer noch nicht, ob die hier etwas mit der Bombe angestellt haben. Eine Wissenschaftlerin von der Internationalen Abrüstungsbehörde ist anwesend – Dr. Jones. Sie prüft, ob man etwas herausfinden kann.«

Sie traten aus dem strahlenden Sonnenlicht in die verwüstete Operationszentrale. Bis zur Wiederherstellung der Energieversorgung war eine Notbeleuchtung eingeschaltet worden. Techniker beschäftigten sich eifrig mit den nicht mehr funktionierenden Geräten, und Elektra King stand bei zwei Polizisten. Sie nickte M zu, während sie Bond seit ihrer Auseinandersetzung in der Bibliothek der Villa in Baku völlig ignoriert hatte.

»Ich würde gern ein paar Worte mit Ihnen reden«, sagte M und nahm Bond zur Seite. Mit einem Blick deutete sie Robinson und dem Leibwächter an, daß sie ungestört sein wollte. »Bringen Sie mich auf den neuesten Stand«, sagte sie knapp. »Wie weit sind wir?«

»Renard hat Leute vom Russischen Ministerium für Atomenergie und aus der russischen Armee bestochen. Im Gegenzug hat er eine Transportmaschine und eine Bombe erhalten. Was er damit vorhat, weiß ich immer noch nicht. Offensichtlich sind sie in der letzten Nacht hier gelandet. Renard und seine Leute haben Arbeiter und Wachposten getötet ... Dann haben sie mit ihrem Zerstörungswerk begonnen. Sein Motiv ist unklar. Das gestohlene Flugzeug haben sie auf dem Flugplatz stehen lassen, es ist völlig leer. Meiner Ansicht nach ist er immer noch im Besitz der Bombe.«

Bond zog den Positionssender von der Größe einer Chipkarte aus der Tasche und reichte ihn M. »Einer von Renards Männern hat diesen Positionssender von der Bombe abmontiert, und deshalb können wir sie nicht lokalisieren.«

Sie blickte auf die Karte und drehte sie um.

»M ...«

»Ja?«

»Bei allem Respekt – ich denke nicht, daß Sie hier sein sollten.«

Ein Anflug von Zorn glitt über M's Gesicht. »Muß ich Sie daran erinnern, daß Sie der Grund sind, warum ich hier bin, 007? Als Sie das Mädchen allein gelassen haben, haben Sie einen ausdrücklichen Befehl mißachtet.«

»Wenn ich sie nicht allein gelassen hätte, wüßten wir nicht, daß Renard im Besitz einer Bombe ist. Und vielleicht ist das ›Mädchen‹ nicht so unschuldig, wie Sie annehmen.«

»Was sagen Sie da?«

Nach einem flüchtigen Blick auf Elektra sprach Bond noch leiser. »Nehmen wir einmal an, daß sich herausstellt, daß der Insider, der Kings Reversnadel ausgetauscht hat, eine Frau war.«

M blinzelte ungläubig. »Zuerst bringt sie ihren Vater um, und dann zerstört sie ihre eigene Pipeline? Warum sollte sie das tun?«

»Ich weiß es nicht. Noch nicht.« Mit M als Zuhörer klang seine Theorie noch absurder.

»Dann sollten wir uns an das halten, was wir wissen. Da ist dieser sterbende Terrorist mit einer Atombombe. Wir kennen seine Pläne nicht, und wir wissen auch nicht, wo er die Bombe hingeschafft hat.«

»Ja. Aber wenn es ihm um Rache geht und er das vollenden will, womit er in London begonnen hat, hat er Sie genau da, wo er Sie haben will.«

Die Arbeiter hatten die Stromversorgung wiederhergestellt, denn plötzlich brannten die Lampen. Am Rande des Raums leuchteten die Monitore wieder auf, und eine große Satellitenkarte der Pipeline erschien auf einem Bildschirm, der eine ganze Wand einnahm. Die Techniker eilten an ihre Arbeitsplätze, um die Funktionsfähigkeit der Geräte zu überprüfen.

»M ...« rief Elektra, die die Karte der Pipeline studierte.

»Darüber reden wir später, 007«, sagte M, bevor sie zu Elektra hinüberging.

»Sieh dir das an.« Elektra zeigte auf ein blinkendes rotes Licht. »Da stimmt etwas nicht. Der sollte nicht da sein.«

»Wer?«

»Eine Art Inspektionswagen. Er sucht in der Pipeline nach defekten Schweißnähten und erledigt alle möglichen Aufgaben, ähnlich wie ein normaler Roboter. Er funktioniert automatisch, aber es war kein Einsatz vorgesehen ...«

»Laß ihn abschalten«, bemerkte Bond.

Ein Techniker betätigte zwei Schalter, aber das Licht blinkte weiter. Verwirrt versuchte er es mit anderen Knöpfen, aber ohne Erfolg. »Das verstehe ich nicht. Er reagiert nicht.«

Neben ihnen tauchte Christmas Jones auf. »Alles sauber. Keinerlei Anzeichen von …«

Bond schnitt ihr das Wort ab. »Die Bombe ist in der Pipeline.«

»O mein Gott!«

Alle Augen verfolgten die Route von dem blinkenden Licht bis zu der großen Anzahl von Bohrtürmen am östlichen Ende der Karte.

Robinson sprach aus, was ihnen allen gleichzeitig klargeworden war. »Der Inspektionswagen bewegt sich auf das Ölterminal zu.«

»Wo die Bombe am meisten Schaden anrichten kann«, ergänzte Bond. »Laß deine Mitarbeiter dort evakuieren, Elektra.«

Sie blickte ihn zornig an. »Jetzt glaubst du mir also?«

Bonds Gesichtsausdruck verriet, was sich in seinem Inneren abspielte. War sie ehrlich?

Elektra wandte sich dem Techniker zu. »Geben Sie den Befehl zur Evakuierung durch, und verlassen Sie dann diesen Raum.« Sofort griff sich der Mann das Telefon.

Bond blickte M an. »Es geht ihm um das Öl.«

»Natürlich«, gab sie zurück und studierte die Karte. »Er will die einzige Pipeline zerstören, auf die der Westen zur Sicherung seiner Reserven im nächsten Jahrhundert zählen kann.«

Noch immer nagten Zweifel an Bond. »Aber warum? Was hat er davon?«

M zuckte die Achseln. »Rache, wie Sie glauben? Wer weiß das schon bei einem Mann wie Renard? Wo immer er sich auch aufhält, stiftet er Chaos. Haben Sie eine Idee?«

»Vielleicht«, antwortete Bond, während er auf die Karte blickte. Dann wandte er sich an einen anderen Techniker. »Wie weit ist der Inspektionswagen von dem Terminal entfernt, und wie schnell ist er?«

Der Mann überprüfte seine Unterlagen, ehe er antwortete. »Noch etwa einhundertfünfzig Kilometer. Die Geschwindigkeit beträgt etwas über hundert Stundenkilometer.«

»Dann bleiben uns nicht einmal mehr neunzig Minuten«, sagte Bond, dessen Gehirn auf Hochtouren arbeitete. Wenn er in der Lage wäre, *vor* dem Inspektionswagen in die Pipeline zu gelangen, könnte er vielleicht aufspringen und sich um die Bombe kümmern. »Gibt es noch einen weiteren Inspektionswagen?«

»Ja, an verschiedenen Stellen der Pipeline.« Nachdem der Techniker einen Schalter betätigt hatte, blinkte ein weiteres Licht auf der Karte auf. »Einer ist davor geparkt.«

Großartig. Bond wandte sich Robinson zu. »Können Sie mich schnell dorthin bringen?«

Bevor Robinson antworten konnte, ergriff Christmas das Wort. »Einen Augenblick. Wollen Sie das versuchen, was Sie meiner Meinung nach im Sinn haben?«

»Was brauche ich, um eine Atombombe zu entschärfen?«

»Mich«, antwortete sie selbstgefällig.

11
Hochdruck in der Pipeline

Der Eurocopter flog über die Pipeline, bis er die Zugangsluke erreicht hatte, die dem geparkten Inspektionswagen am nächsten lag. Gleich nach der Landung sprangen Bond, Christmas und Robinson aus dem Hubschrauber.

Bond und Robinson drehten am Rad der Luke und öffneten sie. Zuerst stieg Christmas, die einen Rucksack mit Werkzeug dabeihatte, in die Pipeline, dann Bond.

»Ich warte auf eine Nachricht von Ihnen.« Robinson reichte Bond ein Funkgerät. »Viel Glück.«

Das durch die offene Luke fallende Licht erleuchtete die Pipeline gerade genug, um nach ein paar Metern den Inspektionswagen finden zu können. Der Wagen war rot und erinnerte an einen Pfannkuchen auf Rädern; es gab zwei Sitze und einen Stauraum für die Ausrüstung sowie schwere Gegenstände. Das Gefährt war schmierig und dreckig.

»Sie fahren«, sagte Bond, während sie einstiegen. »Wir müssen voll beschleunigen, bevor der andere Inspektionswagen uns einholt.« Er blickte flüchtig auf die Uhr. »Meiner Meinung nach bleiben uns nur ein paar Minuten. Wissen Sie, wie man dieses Ding bedient?«

Christmas sah, daß es nur zwei Kippschalter gab – »Ein/Aus« und »Vorwärts/Rückwärts«. »Dafür braucht man nicht gerade einen Universitätsabschluß als Atomphysikerin«, spottete sie. Nachdem sie den Schalter betätigt hatte, bewegte sich der Inspektionswagen zuerst nur langsam vorwärts, gewann dann aber nach und nach an Geschwindigkeit. Die Scheinwerfer beleuchteten die dunkle Pipeline, aber dennoch kamen sie sich wie bei einer Geisterbahnfahrt vor. Fast rechnete Bond damit, von einem falschen Skelett erschreckt zu werden.

»Gibt es keine Möglichkeit, noch mehr zu beschleunigen?«

»Ich sehe keine. Das Ding beschleunigt automatisch. Solange wir nicht anhalten oder den Rückwärtsgang einlegen, wird der Inspektionswagen meiner Ansicht nach bald eine Geschwindigkeit von hundert Stundenkilometern oder mehr erreichen.«

Bond sah sich um, konnte aber in der Finsternis nichts erkennen. Rücklichter besaß das Gefährt nicht.

»Es wird nicht mehr lange dauern, bis wir ihn hören.«
»Noch ist es nicht soweit«, antwortete Bond.

Sie hielten sich unwillkürlich an den Seitenwänden des lauten, klappernden Gefährts fest, während sie schweigend abwarteten und beobachteten, wie die Tachonadel auf sechzig Stundenkilometer stieg. Einmal warf Christmas Bond einen Blick zu und studierte in dem trüben Licht sein Gesicht. Ein stattlicher Mann, dachte sie.

Allmählich lernte sie die unglücklichen Umstände zu schätzen, die sie zusammengeführt hatten.

In der Operationszentrale der Pipeline betrachteten Elektra und M besorgt die Wandkarte. M's Leibwächter, Gabor und zwei von Elektras Mitarbeitern standen in diskretem Abstand hinter ihnen.

»Bond ist in der Pipeline und Mr. Robinson auf dem Rückweg«, verkündete ein Techniker.

Sie beobachteten die zwei Lichter auf der Karte. Der Inspektionswagen mit der Bombe war schneller, und es würde nicht lange dauern, bis er das andere Gefährt eingeholt hatte.

M dachte, daß sie Bond voreilig abgekanzelt hatte. Obwohl er ihren Befehl ignoriert und Elektra allein gelassen hatte, hatte er überlebenswichtige Informationen beschafft. Und jetzt setzte er erneut sein Leben aufs Spiel, um eine entsetzliche Katastrophe zu verhindern. Kein Zweifel, er hatte Mut, auch wenn er jetzt natürlich nur sein Gesicht zu wahren versuchte, weil er Elektra King verdächtigt hatte, ihren Vater umgebracht zu haben. Was für ein Unsinn!

Sie beobachtete die junge Frau, um zu sehen, wie sie unter Streß reagierte. Elektra stand vor der Wandkarte und kaute an einem Daumennagel. Seit Bonds Abschied war sie sehr schweigsam.

Während sie warteten, erstattete der für die Untersuchung verantwortliche Polizist Elektra einen vorläufigen Bericht. Renards Anschlag hatte großen Schaden angerichtet.

»Nach unseren Erkenntnissen haben vier oder fünf Männer mit automatischen Waffen angegriffen«, sagte er. »Der Anschlag war sehr sorgfältig geplant, die Bande hat nicht einmal eine Stunde dafür benötigt. Sie haben zwei Wachposten und drei Techniker umgebracht. Mit Plastiksprengstoff haben sie die Energieversorgung unterbrochen und Fahrzeuge zerstört. Sie haben auch einen Inspektionswagen gestohlen.«

»Und ihn so manipuliert, daß man ihn von der Operationszentrale aus nicht stoppen kann«, ergänzte ein Techniker.

»Offensichtlich haben sie die Bombe in dem Inspektionswagen deponiert, ihn in Richtung Ziel in Fahrt gesetzt und danach im Kontrollraum Feuer gelegt«, schloß der Polizist.

»Danke«, sagte Elektra. »Ich würde es schätzen, wenn Sie uns jetzt allein lassen würden. Hier gibt es nämlich eine kleine Krise. Ich melde mich bald bei Ihnen, in Ordnung?«

»Ja, Ma'am.« Augenscheinlich verfügte Elektra King über eine große Autorität, selbst gegenüber der örtlichen Polizei. Der Polizist rief seine Leute zusammen und verließ mit ihnen den Raum. Jetzt waren außer M nur noch ihr Leibwächter, Elektra, Gabor und seine Leute sowie ein paar Techniker anwesend.

Ohne den Anschein zu erwecken, daß sie sich insgeheim verteidigen wollte, entschuldigte sich M bei Elektra mit einer Erklärung. »Wenn es nur die geringste Chance gibt, wird Bond es schaffen.« Sie schwieg einen Augenblick lang. »Er ist unser bester Mann.«

»Hoffentlich hast du damit recht«, antwortete Elektra nichtssagend.

M beobachtete weiter die Lichter auf der Karte, als ihr

etwas in den Sinn kam, das sie bisher nicht bedacht hatte. Woher wußten Renard und seine Leute, wie man den Inspektionswagen bedient? Hatte ihnen ein Mitarbeiter von King Industries geholfen?

Sie sah sich in der Operationszentrale um und fragte sich, ob irgendeiner der Anwesenden der Insider gewesen war, der Kings Reversnadel ausgetauscht hatte. Vielleicht Elektras Leibwächter oder einer der Techniker?

Plötzlich begann M sich unbehaglich zu fühlen. Sie hoffte, daß Robinson bald zurück sein würde.

Unterdessen warteten der beste Mann des MI6 und Christmas darauf, von dem anderen Inspektionswagen eingeholt zu werden. Der Tachometer zeigte eine Geschwindigkeit von etwa siebzig Stundenkilometern an. Schließlich durchschnitt ein Geräusch die angespannte Stille. In einer Kurve reflektierte die Wand der Pipeline Lichter. Als sie sich umblickten, sahen sie den Inspektionswagen mit der Bombe heranschießen.

»Schneller!« schrie Bond. »Geben Sie Gas!«

Christmas beugte sich vor, als ob der Inspektionswagen dadurch schneller würde, wenn sie sich gegen das Armaturenbrett preßte. »Verdammt, ich kann nichts tun.«

Bond stieg in den hinteren Teil des Inspektionswagens und streckte die Beine aus, während das dunkle Echo des Motorengeräuschs und die Lichter des anderen Wagens immer näherkamen ...

Beim Zusammenprall der beiden Wagen machte ihr Gefährt einen Satz nach vorn. So gut wie möglich federte Bond die Kollision mit seinen Füßen ab und stemmte sie dann gegen die Vorderseite des anderen Wagens, um dessen Geschwindigkeit zu verringern. Nach einem Augenblick fuhr der andere Inspektionswagen mit gleichmäßiger Geschwindigkeit hinter ihnen her, und Bond kletterte vorsichtig auf das andere Gefährt.

»Geben Sie mir Ihre Hand!« brüllte er. Während er Christmas herüberhalf und sie gerade ihr Gewicht auf den hinteren Wagen verlagerte, glitt ihr Fuß ab, und sie wäre beinahe zwischen die beiden Wagen gefallen. Gerade noch rechtzeitig konnte Bond sie an den Schultern packen und hochziehen.

»Danke!« Nachdem sie in Sicherheit waren, fuhren beide Wagen mit derselben Geschwindigkeit, aber die Fahrt war extrem holprig.

Christmas begann sofort, sich um die furchterregende und tödliche Bombe im hinteren Teil des Wagens zu kümmern. Sie nahm ihren Rucksack ab, zog einige Werkzeuge hervor und untersuchte die Bombe. Nachdem sie einen Palmtop-Computer von der Größe eines Transistorradios mit einigen Anschlüssen auf dem LCD-Display verbunden hatte, stellte sie rasch einige Berechnungen an.

»Es ist eine strategische Atombombe mit eher geringer Sprengkraft.«

»Wie können wir die Explosion verhindern?«

»Wir, Doktor Arkow? Kommen Sie her, und halten Sie mich fest.«

»Sie haben schon Hunderte von solchen Bomben entschärft, oder?«

»Schon, aber normalerweise wackeln sie nicht.«

»Das Leben ist eben voller kleiner Herausforderungen«, sagte Bond mit einem ironischen Lächeln.

Sie warf ihm einen vielsagenden Blick zu und machte sich dann wieder an die Arbeit. Bond hielt sie an der Taille fest, ohne daß sie protestierte. Der Timer der Bombe zeigte »1:45 Minuten« an, und die Sekunden verrannen.

»Weniger als zwei Minuten?« fragte Bond überrascht. »Dann wird das Ding schon vor der Ankunft am Ölterminal hochgehen. Haben die den Timer versehentlich falsch eingestellt?«

Mit einem Schraubenzieher versuchte Christmas eine Platte zu entfernen.

... 1:30 ...

»Keine Ahnung, aber ich will auf keinen Fall, daß uns das Ding in Stücke reißt.«

Sie schnitt Drähte in dem Sprengkopf durch.

... 1:20 ...

»Sehen Sie sich diese Schrauben an.« Bond zeigte auf die Stelle, wo sich das Plutonium befand. »Die Köpfe sind verkratzt.«

»Jemand hat an der Bombe herummanipuliert. Das Plutonium ist herausgenommen und dann wieder hineingelegt worden. Merkwürdig.«

Sie griff nach dem Werkzeug zur Extraktion des Plutoniumkerns, aber der Wagen fuhr plötzlich leicht bergab. Fast wäre Christmas hinuntergeschleudert worden, dann bekam Bond das Werkzeug in ihrer Hand zu fassen und zog sie wieder in den Wagen zurück. Beide seufzten erleichtert, bevor sie ihre Arbeit wieder aufnahm.

»In diesen Wagen bräuchte man Sicherheitsgurte.«

Während der Inspektionswagen weiterhin durch die Pipeline raste, hantierte Christmas mit ihrem Werkzeug und zog vorsichtig den Plutoniumkern heraus. Es dauerte länger, als Bond gehofft hatte.

... 0:55 ...

»Sehen Sie nur. Die Hälfte des Plutoniumkerns fehlt.«

Bond öffnete eine Plastiktüte, und sie verstaute das Plutonium darin.

»Jetzt gibt es keine atomare Explosion mehr?«

»Richtig. Aber es ist immer noch genug Sprengstoff in dem Gehäuse, um uns beide zu töten, wenn die Bombe hochgeht.«

Bond schloß die Tüte und verstaute sie in ihrem Rucksack.

... 0:44 ...

»Machen Sie sich keine Sorgen. Ich kann die Bombe noch rechtzeitig entschärfen.« Während er sich in der unheimlichen Pipeline umblickte, jagten die Gedanken durch seinen Kopf.

... 0:40 ...

Das Ganze war äußerst mysteriös. Der Timer war so eingestellt worden, daß die Bombe *vor* der Ankunft beim Ölterminal explodieren sollte, und weil die Hälfte des Plutoniums fehlte, würde sie in der Pipeline nur minimalen Schaden anrichten.

»Lassen Sie die Bombe hochgehen«, sagte er plötzlich.

Christmas wollte gerade einen Draht kappen und sah ihn erstaunt an. »Aber ich kann es verhindern.«

»Ich habe gesagt, daß Sie sie hochgehen lassen sollen.«

Christmas wollte ihren Ohren nicht trauen. Sein Blick richtete sich auf eine Inspektionsluke, auf die das Licht der Tunnelbeleuchtung fiel.

»Vertrauen Sie mir. Kommen Sie.« Er zerrte sie von der Bombe weg. »Bereiten Sie sich auf den Absprung vor.«

»Springen? Wohin denn?«

In dem Augenblick, als der der Wagen unter der Luke entlangfuhr, sprangen sie ab. Sie rollten noch einen kurzen Moment durch die Pipeline und mußten wegen des Staubes würgen, den die beiden Wagen aufgewirbelt hatten. Bond sprang auf und zog sie hoch. Dann rannten sie auf die Luke zu.

... 0:10 ...

Das Rad an der Luke ließ sich nicht bewegen, obwohl Bond alle Kraftreserven mobilisierte. *Komm schon, verdammt!* schrie er innerlich.

... 0:05 ...

Quietschend ging die Luke auf, und sie kletterten gerade in dem Moment hindurch, als die Explosion einen Teil der Pipeline zerstörte. Die Trümmer flogen in alle Richtungen, und sie spürten die Kraft der Erschütterung in der

Erde unter sich, während sie von der Luke wegrollten, mit dem Gesicht nach unten liegenblieben und ihre Köpfe mit den Händen schützten.

In der Operationszentrale der Pipeline sah man auf der Karte an der Stelle der Explosion rote konzentrische Kreise. Ein monotones Piepen hallte durch den großen Raum. Alle erstarrten und waren geschockt. Über sein Funkgerät lauschte Gabor angestrengt Robinsons Stimme, der mit dem Hubschrauber über dem Ort des Unglücks flog. Die anderen blickten ihn erwartungsvoll an. Schließlich nickte er.

»Die Bombe war ein Blindgänger, aber sie hat etwa fünfzig Meter der Pipeline zerstört«, erklärte Gabor.

»Wie schwer ist der Schaden?« wollte Elektra wissen.

Gabor zuckte die Achseln. »Das ist im Augenblick noch schwer zu sagen.«

»Und was ist mit Bond?« fragte M.

»Kein Lebenszeichen.«

M's Gesichtsausdruck verriet ihre Niedergeschlagenheit. Einen Augenblick später kam Elektra auf sie zu. »Es tut mir so leid.«

Die Chefin des MI6 nickte kurz.

»Ich habe aber ein Geschenk für dich«, sagte Elektra mit einem angedeuteten Lächeln.

In einem solchen Augenblick hielt M das für einen seltsamen Gedankensprung.

»Etwas, das meinem Vater gehört hat. Er hätte sich gewünscht, daß du es bekommst.«

»Das ist jetzt vielleicht nicht der richtige Zeitpunkt ...«

»Bitte.«

Elektra drückte M ein kleines Kästchen in die Hand und löste selbst die Schleife.

»Er hat oft davon gesprochen, daß du ihn voller Anteilnahme während meiner Entführung beraten hast, wie am besten vorzugehen ist.«

M öffnete das Kästchen, in dem sich das Original der Reversnadel befand.

»Sie ist sehr wertvoll. Ich konnte sie einfach nicht mit ihm in die Luft jagen.«

M blickte sie entsetzt an.

Elektra nickte Gabor kurz zu, der seine Waffe zog und M's Leibwächter aus nächster Nähe erschoß. Die Brust des Mannes war nur noch eine Masse von blutigem Gewebe. Die anderen Männer kreisten M ein und richteten ihre Waffen auf sie.

M's einzige Reaktion bestand darin, Elektra so anzusehen, daß einem das Blut in den Adern gefror. Also hatte Bond doch recht gehabt. Elektras Verhalten hatte sich total verändert. Jetzt war sie nicht mehr das verängstigte Opfer oder die hilflose Tochter ... Diese Harpyie mit dem blutrünstigen Blick hatte alles unter Kontrolle.

»Du hast meinem Vater geraten, kein Lösegeld zu zahlen. Der MI6 ... der große Beschützer der freien Welt. Und ich habe geglaubt, daß du zur Familie gehörst, M. Statt mich zu befreien, hattest du mehr Interesse daran, deinen Terroristen zu schnappen. Und mein Vater hat mitgespielt!«

»Wir hätten dich befreit, wenn wir ein bißchen mehr Zeit gehabt hätten.«

»Das ist ja prächtig«, fauchte Elektra. »Nachdem ich vergewaltigt und drei Wochen lang wie ein Tier behandelt worden war? Ich war fürchterlich aufgebracht, daß die Geldbombe euch nicht getötet hat, weil ich nicht geglaubt habe, daß ich eine zweite Chance kriegen würde. Aber dann ist mir durch dich die Antwort in den Schoß gefallen. Bond. Es war so einfach, ihn zu benutzen, um dich hierher zu locken. So wie du mich während der Entführung benutzt hast. Na, was für ein Gefühl ist das? Was für ein Gefühl ist es zu wissen, daß er mich richtig eingeschätzt hat? Wie du gesagt hast, er ist dein bester Mann. Oder sollte ich besser sagen, er *war* es?«

M versetzte ihr eine schallende Ohrfeige. Die Männer sprangen auf sie zu und hielten sie fest.

Elektra rieb sich die Wange, zeigte aber ansonsten keinerlei Gefühlsregung. »Bringt sie zum Hubschrauber«, befahl sie.

Gabor und ein anderer Mann packten M an den Oberarmen, aber sie schüttelte sie energisch ab. Noch immer blickte sie die junge Frau an, die sie so hintergangen hatte. Mit hoch erhobenem Haupt verließ M mit ihren Wächtern den Raum.

Der Anruf erreichte Renard in Truhkins Landrover auf der Fahrt nach Istanbul.

»Es ist vollbracht«, sagte Elektra. »Dein Plan war brillant.«

Renard seufzte erleichtert. Es tat gut, ihre Stimme zu hören. »Und was ist mit Bond?«

»Von dem wirst du nichts mehr hören. Er ist in der Pipeline ums Leben gekommen, als er versucht hat, deine Bombe zu entschärfen.«

»Das sind ja großartige Neuigkeiten.«

»Wenn wir uns treffen, habe ich noch eine weitere Überraschung für dich. Wann wirst du in Istanbul sein?«

Er war erfreut, daß ihre Stimme so glücklich klang. »Es wird nicht mehr lange dauern. Beeil dich, ich möchte dich sehen.«

»Wir sind unterwegs.«

Nachdem Renard die Verbindung unterbrochen hatte, wandte er sich Truhkin zu. »Wissen Sie genau, was Sie mit dem gestohlenen Plutonium zu tun haben?«

»Ja. Mit dem Extruder formen wir es zu einem Brennstab. Ich werde die Maße Ihres Mannes zugrunde legen.«

»Wie lange wird das dauern?«

»Ein paar Minuten, wenn wir den Extruder haben. Sobald wir in Istanbul sind, mache ich mich an die Arbeit. Wird der Extruder da sein?«

»Keine Sorge. Ist schon unterwegs.«

Renard war zufrieden. Er versuchte, sich zu entspannen, während Truhkin hinter dem Lenkrad saß. Dann blickte er sich nach dem gesicherten Kasten um, in dem sich die Hälfte des Plutoniums befand. Sein Inhalt bestimmt die Zukunft der Welt, dachte er. Letztlich würde er doch Teil dieser Zukunft sein. Sein ganzes Leben lang hatte er versucht, anders zu sein ... Er hatte für Sachen gekämpft, an die er glaubte, andere zu Gewalttaten angestachelt und Regierungen gezwungen, ihm zuzuhören.

In zwei Tagen würde er tot sein, aber Renard genoß es zu wissen, daß seine Liebe in der Frau weiterleben würde, für die er all das getan hatte. Einige mochten behaupten, daß Haß für die Zerstörungen und Menschenopfer verantwortlich war, die seine bevorstehenden Aktionen zur Folge haben würden.

Zum Teufel mit ihnen.

Es ging um Liebe.

Bond und Christmas lagen im Dreck und schnappten nach Luft. Die Sonne knallte auf sie nieder. Nicht weit entfernt schwelte die defekte Pipeline vor sich hin.

»Wollen Sie mir erklären, warum Sie das getan haben?« fragte sie. »Ich hätte die Explosion der Bombe verhindern können. Fast hätte sie uns umgebracht.«

»Ich habe uns umgebracht«, sagte Bond. »Damit sie glaubt, daß wir tot sind und sie davongekommen ist.«

»Wollen Sie nicht endlich mal im Klartext reden? Wer ist ›sie‹?«

»Elektra King.«

»Elektra King? Dies ist doch *ihre* Pipeline! Warum sollte sie sie in die Luft jagen wollen?«

»Weil sie dann noch unschuldiger wirkt.« Bond zuckte die Achseln. Ihm war zwar klar, daß er recht hatte, aber er kannte noch nicht die ganze Geschichte. Also begann er, laut zu denken. »Es ist Teil irgendeines Plans. Sie stehlen eine Bombe, deponieren sie in der Pipeline ...«

»Aber warum haben sie die Hälfte des Plutoniums zurückgelassen?« Sie hob die Tasche mit dem gefährlichen Material hoch.

»Sie wollten durch die Explosion verschleiern, wo der Rest des Plutoniums geblieben ist.«

»Aber was werden sie damit tun?«

»Sie sind hier die Atomphysikerin. Erzählen Sie es mir.«

»Ich weiß nicht«, sagte sie nachdenklich. »Es reicht nicht für eine Bombe. Aber ... was immer es auch ist, wir müssen das Plutonium zurückholen. Ich bin für das Testzentrum in Kasachstan verantwortlich. Irgend jemand wird mir dafür in den Hintern treten.«

»Das Wichtigste zuerst.« Bond schaltete das Funkgerät ein. »Bond an Robinson. Verstehen Sie mich?« Er hörte nichts als Störgeräusche.

»Übrigens ...« Christmas ergriff die Gelegenheit, um ihm eine Frage zu stellen. »Waren Sie und Elektra ...?« Bond warf ihr einen mißbilligenden Blick zu, aber sie ließ sich nicht beirren. »Ich will es einfach wissen, bevor wir weitermachen. Wie war das mit Elektra und Ihnen?«

Bond hatte nicht vor, darauf zu antworten. »Bond an Robinson. Melden Sie sich!« Dann drehte er den Spieß um. »Was hatten Sie in Kasachstan zu suchen?«

»Solchen Fragen weiche ich aus. Genau wie Sie.«

Bond wollte gerade »Touché« sagen, als das Funkgerät knisternde Geräusche von sich zu geben begann.

»Ich höre Sie, 007«, sagte Robinson. »Höchste Alarmstufe. M wird vermißt. Die Operationszentrale der Pipeline ist verwaist, der Helikopter von King Industries verschwunden und Elektra King nirgends zu finden. Wir wissen nicht, wo sie sind. Erwarte Anweisungen. Ende.«

Bond schloß die Augen. Eine schlimme Lage hatte sich

noch verschlechtert. Christmas war erschrocken. Bond verdrängte seine Gefühle und blickte auf die Pipeline.

»Was tun wir jetzt?«

Da kam Bond ein Gedanke. »Es gibt da ein entscheidendes Detail, das ich übersehen habe. Wir müssen uns darum kümmern.«

»Worum geht's? Um noch mehr Plutonium?«

»Nein. Um Beluga. Kaviar.«

12
Gefangene der Vergangenheit

Der Bosporus, die etwa dreißig Kilometer lange Meerenge zwischen dem Schwarzen und dem Marmara-Meer, ist der Ursprung vieler Sagen und Legenden. Auf der Suche nach dem Goldenen Vlies segelte Jason, ein Held der griechischen Mythologie, angeblich vom Ägäischen Meer kommend durch den Bosporus. Als einzige Verbindung zum Schwarzen Meer ist der Bosporus seit Menschengedenken ein Weg für Wanderbewegungen oder Invasionen der europäischen oder asiatischen Völker. Schon immer war die wunderbare Stadt Istanbul ein strategischer Knotenpunkt und Bindeglied zwischen den beiden Kontinenten. Die westliche Küste gehört zu Europa, die östliche zu Asien. An den hügeligen Küsten zu beiden Seiten gibt es Schlösser und extravagante Villen, Überbleibsel einer legendären Vergangenheit, aber auch modernere Urlaubsorte, in denen sich die Einwohner von Istanbul erholen.

Der Kiz Kulesi – oder »Jungfernturm« – auf einer kleinen Insel in der Nähe der asiatischen Küste ist eines dieser alten Baudenkmäler. Er ist auch als »Leanderturm« bekannt, gehen doch alle Namen auf Legenden zurück. Eine türkische Prinzessin wurde einst von ihrem Vater auf die

Insel verbannt, dem prophezeit worden war, daß seine geliebte Tochter an einem Schlangenbiß sterben würde. Doch die Prinzessin wurde auf der Insel vom Schicksal eingeholt, weil jemand vom Festland eine Schlange eingeschmuggelt hatte. Der Name »Leanderturm« geht auf die irrtümliche Annahme zurück, daß Leander hier ertrank, als er versuchte, durch die Meerenge zu seiner Geliebten zu schwimmen.

Tatsächlich hatte ein byzantinischer Herrscher im 12. Jahrhundert den Turm gebaut. Durch eine Kette direkt unter der Wasseroberfläche zwischen dem Kiz Kulesi und Sarayburnu konnte der Herrscher die Meerenge für die Schiffahrt schließen lassen.

In der Dämmerung legte ein Schiff am Kiz Kulezi an. King Industries hatte den Turm als Sitz des Firmenbüros in Istanbul gemietet, und nur sehr wenige Menschen wußten, daß das alte Bauwerk nicht leerstand. Es hatte Pläne gegeben, es für Touristen zu öffnen, aber derzeit schien der Turm nur ein vernachlässigtes und herrenloses Gebäude zu sein.

Renard verließ das Schiff, und einige seiner Männer folgten ihm, schwer bepackt mit Taschen und Kisten. Sie betraten den Turm, ein außergewöhnliches Gebäude mit Glasmalereien in den Fenstern, die Myriaden von Mustern auf die Kacheln und den Marmor warfen. In dem riesigen Raum gab es Säulen, Stahlgitter, Samtvorhänge und Blumen. Es war, als ob man ein Museum betreten hätte.

»Endlich!« Elektra King stürzte auf Renard zu, der sie leidenschaftlich umarmte.

»Au«, sagte sie, als Renard sie fest an sich preßte. Dann stieß sie ihn weg. »Du tust mir weh, weil du keine Ahnung hast, wie stark du bist.«

Renard hatte nicht erwartet, daß sie ihm die kalte Schulter zeigen würde. Er ließ sie los, und als er ihren Gesichtsausdruck sah, wußte er, daß sich zwischen ihnen etwas geändert hatte. Sie versuchte, es durch Flirten zu verbergen.

»Hast du mir etwas mitgebracht?«

Er lächelte, nahm einem seiner Männer eine Kiste ab und öffnete sie. »Die Macht, die Welt neu zu gestalten.« Er zog eine Kugel kobaltblauen Metalls hervor, und sie blickte sie fasziniert an.

»Ist ungefährlich. Mach ruhig, berühre dein Schicksal.«

Mit einem Finger strich sie über das Metall. »Es ist warm«, sagte sie etwas überrascht.

»Tatsächlich?« Sein Gesichtsausdruck verdüsterte sich, und das halbseitige Lächeln verschwand. »Ich muß es den Jungs geben«, sagte er nach einem Augenblick. »Sie werden es zu einem Brennstab formen.«

»Ich habe dir auch etwas mitgebracht.« Elektra versuchte, einfühlsam auf seine verborgene Frustration zu reagieren. »Erinnerst du dich nicht, daß ich gesagt habe, daß eine Überraschung auf dich wartet?«

Sie öffnete eine schwere Tür und führte Renard durch einen Gang in einen kleinen Raum. Eine Hälfte des Raums war mit Töpferwaren, Statuen und anderen alten Kunstwerken vollgestopft, die zweite durch Stangen abgetrennt. Dort saß M und schaute sie herausfordernd an.

»Dein Geschenk«, sagte sie. »Du hast es dem verstorbenen Mr. Bond zu verdanken.«

Renard trat vor und spähte durch die Stangen auf die Frau, die müde, aber ansonsten in guter Verfassung zu sein schien. »Ah, meine Scharfrichterin.«

»Zu viel der Ehre. Aber meine Mitarbeiter werden den Auftrag beenden.«

»Deine Mitarbeiter?« fragte Elektra. »Sie werden dich hier verrotten lassen, so wie du mich damals im Stich gelassen hast. Du und mein Vater, der der Meinung war, daß mein Leben nicht so viel wert wäre wie das Geld, das er in einer schlechten Nacht im Spielkasino verpulvert hat.«

»Dein Vater war kein ...«

»Mein Vater war ein Nichts!« stieß Elektra mit ungewohnt schriller Stimme hervor.

M erkannte, daß Elektra offenkundig eine Schwelle überschritten hatte. Jetzt, wo es mit der Maskerade vorbei war, hatte die Ärmste offensichtlich jeden Bezug zur Realität verloren.

»Mein Vater hat sein Königreich meiner Mutter gestohlen, und es war mein gutes Recht, es mir zurückzuholen!« Sie drehte sich auf dem Absatz um und verließ den Raum. Renard blieb allein mit M zurück.

»Hoffentlich sind Sie stolz darauf, was Sie aus ihr gemacht haben.«

»Tut mir leid, aber dieses Verdienst kommt Ihnen zu.« Erneut versuchte Renard zu lächeln, und M sah in dem trüben Licht sein schauerliches, halbseitig gelähmtes Gesicht, das an eine Maske der Commedia dell'Arte erinnerte. »Als ich sie entführt habe, war sie ... ein Kind. Und Sie haben sie der Gnade eines Mannes wie mir überlassen. Drei Wochen sind eine lange Zeit. Wenn ihr Vater das Lösegeld gezahlt hätte, wäre sie nie korrumpiert worden. *Sie* haben sie zugrunde gerichtet. Warum? Um mich zu schnappen? Sie ist fünfzigmal so viel wert wie ich.«

»Da muß ich Ihnen ausnahmsweise einmal recht geben«, antwortete M mit eiskaltem Blick.

Renard schüttelte den Kopf, amüsiert von ihrem Mut. »Ja. Und jetzt teilen wir ein gemeinsames Schicksal.« Er zog einen kleinen Reisewecker aus der Tasche, blickte auf seine Armbanduhr und stellte den Wecker.

»Seit Sie Ihren Mitarbeiter losgeschickt haben, um mich zu ermorden, habe ich beobachtet, wie langsam die Zeit vergeht und sich auf meinen Tod zu bewegt. Jetzt haben Sie das gleiche Vergnügen. Sehen Sie sich diese Hände an,

M. Morgen mittag läuft Ihre Zeit ab, und ich garantiere Ihnen, daß ich keinen Fehler machen werde. Sie *werden* sterben. Gemeinsam mit allen Einwohnern dieser Stadt und der strahlenden, funkelnden, vom Öl abhängigen Zukunft des Westens.«

Renard stellte den Reisewecker auf einen großen Stuhl, den M durch die Stangen nicht erreichen konnte. Nachdem er M noch einmal von oben bis unten gemustert hatte, verließ er den Raum.

Entsetzt starrte M auf den Wecker – es war acht Uhr abends.

Eine Stunde später war Renard in Elektras Schlafzimmer. Sie lag nackt auf dem Bauch, und Renard streichelte sie langsam. Die Spannung zwischen ihnen, die er vorhin empfunden hatte, war immer noch spürbar. Sie hatte kaum ein Wort mit ihm gesprochen.

»Deine Haut ist wunderschön«, flüsterte er. »So weich und so warm.«

»Woher willst du das wissen?« fragte sie unbarmherzig.

Betroffen zog er seine Hand zurück. »Warum verhältst du dich so? Was ist mit dir los?«

»Ich weiß es nicht.«

»Lüg mich nicht an. Es hat mit Bond zu tun, oder?«

»Wie bitte?«

»Ist es, weil Bond tot ist?«

Sie preßte die Zähne aufeinander und schwieg.

Renard war aufgebracht. »Du hast es so gewollt!«

Elektra zögerte erneut, während Renard wütend hin und her lief. Sie setzte sich auf und hüllte sich in einen seidenen Morgenmantel. »Natürlich habe ich es gewollt«, sagte sie, um ihn zu beruhigen.

Er wandte sich zu ihr um. »War er ein guter Liebhaber?«

»Was hast du geglaubt? Daß ich nichts empfinden würde?«

Renard lehnte sich gegen ihren Schreibtisch und schloß die Augen, um die Bilder zu verdrängen. Einen Augenblick später schlug er die Faust durch das handbemalte Holz. Elektra atmete hörbar aus, und er blickte auf seine Hand, in der ein großer Splitter steckte. Er betrachtete ihn neugierig.

»Nichts. Ich fühle absolut nichts.« Es war beinahe ein Winseln.

Elektra kam zu ihm, nahm seinen Arm und zog ihn zum Bett zurück. Nachdem sie zärtlich den Splitter herausgezogen hatte, griff sie in einen Eisbehälter auf dem Boden und strich mit einem Eiswürfel über die Wunde. »Und wie ist es damit?« Sie hielt den Eiswürfel an seine Wange, aber Renard schüttelte gequält den Kopf.

»Nichts.«

Dann strich sie mit dem Eiswürfel über ihren Hals, und Wasser rann zwischen ihre Brüste. »Aber das ...« Ihre Finger waren jetzt naß, und sie erregte sich selbst mit der eiskalten Flüssigkeit. »Fühlst du etwas?«

Sie bewegte das Eisstück ihren Körper hinab und öffnete die Lippen, weil sie das Gefühl genoß. Als sie noch etwas anderes tat, wurde das Lächeln auf Renards halbseitig gelähmten Gesicht breiter.

»Erinnerst du dich ...?« fragte sie mit sinnlicher Stimme.

Sie liebten sich – wenn man es so nennen wollte. Renard hatte sein Vergnügen, wenn auch nicht im herkömmlichen Sinn. Und Elektra gab ihrem Verlangen nach dem Mann nach, der sie einst gequält hatte. Sie war eine Gefangene ihrer Vergangenheit, aber diesmal lag die Macht in ihren Händen.

Als sie später nackt und engumschlungen auf dem Bett lagen, klingelte das Telefon. Sie schüttelte die Tristesse ab, die sie nach dem Sex immer ergriff, und ging zum Apparat.

»Ja?« Während sie lauschte, öffnete sich Renards gesundes Auge. »Verstehe. Danke.« Sie legte den Hörer auf. »Bond lebt. Er ist in Baku.«

Bakus »Stadt der Gänge« ist ein Gebilde von Strandpromenaden und Plattformen an der Küste über dem Meer, ein kurioses Bauwerk aus Schiffsanlegeplätzen, Lagerschuppen, Geschäften, Bars und Bordellen für die Seeleute, Fischer und die Arbeiter der Ölunternehmen. Wenngleich vom Grundriß her rechteckig, erinnerten die spiralförmigen Gänge an die Auffahrt in einem mehrstöckigen Parkhaus, wo die unteren Ebenen mit den oberen durch abschüssige Brücken verbunden sind. Auf den ersten Blick ließ das Gebilde mit seinen Gängen und Brücken, die sich hier und dort ohne offensichtlichen Grund verbanden, an eine Zeichnung von M.C. Escher denken. Tatsächlich handelte es sich um eine praktische, einfallsreiche und alte architektonische Struktur, bei der die Strandpromenaden und Gänge als Stützen dienten. Jetzt standen überall Ölfässer, Kisten mit frisch gefangenem Fisch, vergessene Maschinen und andere stinkende Gegenstände herum; aber am penetrantesten war der Geruch des Öls.

Valentin Zukowskijs Rolls Royce fuhr an dem Hafen vor, wo sich auf der obersten Ebene seine Kaviarfabrik befand. Wachposten kamen aus dem Fond, und ein Mann hielt ihm die Tür auf. Zukowskij stieg, angetan mit einem Smoking, aus und suchte den Horizont ab.

»Wartet hier.«

Mit seinem silbernen Spazierstock humpelte er auf die Gänge und seine Fabrik zu. Warum hatte sein Vorarbeiter Dmitri darauf bestanden, daß er sofort kommen sollte? Worin bestand die große Krise? »Immer ist irgend etwas«, murmelte er vor sich hin. »Zuerst ist es das Kasino, dann die Kaviarfabrik. Ich bin ein Sklave der freien Marktwirtschaft ...«

Der Stier, Zukowskijs Chauffeur, saß im Rolls Royce

und beobachtete, wie sein Chef das Gebäude betrat. Sein geübter Blick suchte die Umgebung nach etwas Ungewöhnlichem ab. Als er den hinter einer Reklametafel geparkten BMW Z8 erblickte, der offensichtlich nicht auffallen sollte, hob er die Augenbrauen.

Der Stier wählte eine Nummer und rief über sein Handy Elektra King in Istanbul an. Nach dem Gespräch blickte er auf die Uhr. Es wurde Zeit. Er griff nach dem neben ihm auf dem Sitz liegenden AK-47-Gewehr, versteckte es unter seinem Jackett und stieg aus.

Vor dem Eingang der Fabrik blieb Zukowskij stehen, um ein Schild zu bewundern und zurechtzurücken: »ZUKOWSKIJS BESTER – ZENTRALE FÜR WELTWEITEN VERTRIEB«. Er öffnete die Tür, trat ein – und blickte in den Lauf einer Walther PPK.

James Bond hielt Dmitri, einen kleinen Mann in einem Arbeitskittel mit dem Aufdruck der Fabrik, am Kragen fest. Der Mann wirkte hilflos und schien sich entschuldigen zu wollen. Christmas Jones schaute interessiert zu.

Zukowskij seufzte. »Könnten Sie nicht wenigstens mal ›Hallo‹ sagen?«

Bond ließ den Vorarbeiter los. »Verschwinden Sie durch den Hinterausgang.«

Während Dmitri losrannte, zielte Bond weiterhin auf Zukowskijs ziemlich stark ausgeprägte Knollennase. »Also«, begann er. »Was für Geschäfte machen Sie mit Elektra King?«

»Ich dachte, daß *Sie* derjenige wären, der sich mit ihr eingelassen hat.« Lächelnd blickte er Christmas an, die etwas überrascht war.

»Sie hat in Ihrem Spielkasino eine Million Dollar verloren, und Sie haben nicht einmal mit der Wimper gezuckt. Wofür hat sie damals bezahlt?«

»Keine Ahnung, wovon Sie reden.«

»Von dem Schuldschein über eine Million Dollar, an

den Sie durch das manipulierte Kartenspiel so bequem herangekommen sind. Wofür hat sie Sie bezahlt?«

Erneut blickte Zukowskij Christmas an. »Wenn ich Sie wäre ... Ein Verhältnis mit diesem Typ? Darauf würde ich nicht setzen.«

Mit seiner freien Hand schleuderte Bond Zukowskij gegen ein Faß mit Kaviar. Das Holz zersplitterte, und der Kaviar spritzte über den Boden.

Zukowskij war entsetzt. »Das ist Beluga im Wert von fünftausend Dollar! Und jetzt nicht mehr zu gebrauchen!«

»Nichts im Vergleich mit dem Schaden, den eine Atombombe mit einer Sprengkraft von zwanzig Megatonnen anrichtet.«

»Wovon reden Sie?«

Das Motorengeräusch eines sich nähernden Helikopters hielt Bond nicht davon ab, Zukowskij die Waffe gegen die Schläfe zu pressen.

»Ich arbeite für die Internationale Abrüstungsbehörde«, sagte Christmas. »Man hat uns eine Atombombe gestohlen ...«

Bond fiel ihr ins Wort. »Renard und Elektra stecken unter einer Decke.«

Zukowskij wirkte wirklich überrascht und irgendwie geschockt. »Das wußte ich nicht!« jammerte er.

»Was wissen Sie dann?«

Als Zukowskij gerade antworten wollte, hörten sie ein lautes Krachen. Überall zersplitterte Holz, die Wand und das Dach hinter ihnen wurden aufgerissen. Zukowskij klappte die Kinnlade herunter, als sie einen Eurocopter vom Typ »Squirrel« sahen, der mit einer riesigen, vertikal ausgerichteten Kreissäge die Fabrik zerstörte.

Bond schubste Christmas und den Russen an einen sicheren Ort, und die rotierenden Sägeblätter verfehlten sie nur knapp. Sie zerfetzten das Dach, und der Kaviar spritzte in alle Richtungen.

Bonds Leben hängt wie immer an einem hauchdünnen Faden.

Dass 007 für Elektra mehr als nur ein Bodyguard ist, sieht Renard gar nicht gerne.

Wie schnell sich die Verhältnisse umdrehen können, muss Bond am eigenen Körper erfahren.

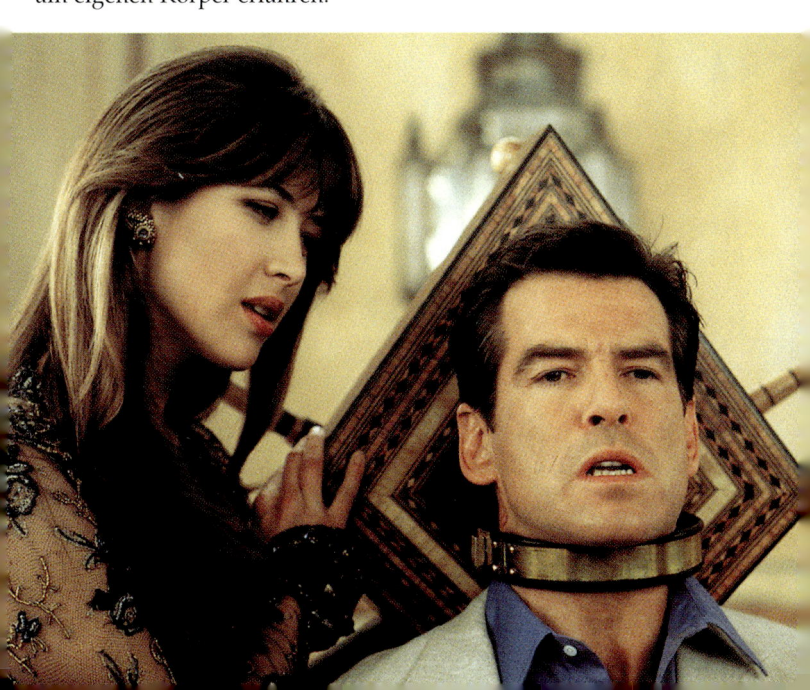

Die kleine Bootsfahrt auf der Themse hätte der Agent seiner Majestät sicher lieber alleine genossen.

Ob hoch oben in der Luft oder weit unten im U-Boot-Tunnel: Gefahren lauern überall.

Der große Showdown: Bond in der Höhle des Löwen.

An seiner Seite erweist sich Christmas als hilfreiche Überlebenskünstlerin.

Tag der Abrechnung: Die beiden großen Widersacher liefern sich einen erbitterten Zweikampf.

Bond stürmte aus dem Gebäude, wobei er Zukowskij und Christmas vor sich her stieß. Die Leibwächter des Russen schossen bereits auf den Hubschrauber. Zukowskij zog eine halbautomatische TEC DC-9-Handfeuerwaffe aus der Tasche und ballerte in die Luft. Doch der Helikopter kam weiter auf sie zu, während seine tödlichen Sägeblätter mit ohrenbetäubendem Krach alles, was in Sichtweite war, zerstörten.

Der Stier zog mit seiner AK-47 eine Show ab, indem er den Hubschrauber absichtlich verfehlte.

»Wieder rein!« brüllte Bond Christmas und Zukowskij zu. Draußen waren sie auch nicht besser dran. Während die anderen beiden in die zerstörte Kaviarfabrik zurückrannten, raste Bond eine Treppe hinab auf einen weiter unten gelegenen Gang zu. Sein Ziel war der BMW. Noch bevor er das Ende der Treppe erreicht hatte, wurde aus einem zweiten Squirrel-Helikopter über ihm eine Granate abgeworfen. Auch dieser Hubschrauber war mit der bizarren Kreissäge ausgerüstet, die unter dem Rumpf der Maschine angebracht war. Durch die Granate wurde ein Teil des Ganges vor Bond aufgerissen.

Wegen Feuer und Rauch saß er in der Falle. Es gab nur einen Ausweg – entlang der Pipeline zu fliehen. Also rannte er neben einem Abschnitt der Pipeline her und sprang dann auf einen weiteren Gang hinab. Jetzt waren die Rohre über ihm, aber die unbarmherzigen Sägeblätter des zweiten Helikopters zerfetzten sie. Gas strömte aus. Bond lief eine Treppe hoch, um sich in Sicherheit zu bringen.

In der Kaviarfabrik sahen Zukowskij und Christmas entsetzt zu, wie der erste Hubschrauber das Dach weiterhin in Stücke schnitt. »Ich habe Ihnen ja gesagt, daß ich auf ihn nicht setzen würde«, brüllte Zukowskij, während sie auf eine geschützte Stelle zu rannten.

Bond fand sich auf einer Rampe wieder, die zu der Plattform führte, auf der der BMW geparkt war. Er zog die Fernbedienung aus der Tasche und drückte auf ein paar Knöpfe. Nachdem der Motor angesprungen war, kam der BMW hinter der Reklametafel hervor und fuhr automatisch auf ihn zu. Er rannte zu dem Wagen, während ihm der zweite Hubschrauber folgte und den Gang hinter ihm aufriß. Als der Helikopter gerade abdrehte, sprang er auf den Beifahrersitz.

Jetzt hatte er eine Chance. Er aktivierte die Raketen und beobachtete gleichzeitig, wie der Helikopter hinter der Fabrik auftauchte. Er hörte ein fürchterliches, kreischendes Geräusch, und der Wagen machte einen Satz, als die Sägeblätter des ersten Hubschraubers das Verdeck des BMW in Längsrichtung halb aufschlitzten.

»Was Q wohl dazu zu sagen hat«, murmelte er vor sich hin. Dann drückte er einen Knopf, um eine Rakete abzufeuern. An der Seitenwand des Wagens tat sich eine Öffnung auf, und es kam eine knapp vierzig Zentimeter lange Infrarot-Rakete zum Vorschein. Die Flossen entfalteten sich, dann schoß die Rakete auf ihr Ziel zu.

Es war ein Volltreffer. Der erste Helikopter explodierte, und es fielen Wrackteile auf den Gang. Wegen der zerstörten Gasleitung brannte es ringsherum lichterloh.

Als Zukowskij und Christmas die Fabrik durch den Hinterausgang verließen, sahen sie, wie der noch intakte Hubschrauber vier bewaffnete Männer auf einem nahegelegenen Gang absetzte. Zukowskijs Wachposten rannten auf die Fabrik zu und nahmen sie unter Beschuß. Der Russe brachte Christmas in Sicherheit und feuerte zurück.

»Sagen Sie, was Sie wissen!« brüllte Christmas.

»Später! Jetzt kämpfe ich für den Kapitalismus!«

Bond sprang aus dem demolierten BMW und rannte auf die Fabrik zu, weil er sah, daß die anderen angegriffen wurden. Der zweite Helikopter saß ihm hart im Nacken, und die Männer in der Maschine eröffneten das Feuer auf ihn. Weil er kein leichtes Ziel abgeben wollte, stürmte er im Zickzackkurs voran. Er schaffte es, dem Gewehrfeuer zu entkommen, aber ein Granateneinschlag vor ihm zerstörte den Gang, und er wurde ins Wasser geschleudert.

Die bewaffneten Männer hatten Zukowskijs Wachposten inzwischen ausgeschaltet und näherten sich dem Russen und Christmas.

»Sofort zurück! Na los!« brüllte der Russe, während er Christmas in die Fabrik zurückstieß.

Zwei Angreifer folgten ihnen. Im Inneren der Fabrik ballerte der Stier mit seiner Waffe herum. Christmas kauerte hinter einem Tisch, und die Kugeln zischten über Zukowskijs Kopf hinweg. Im Eifer des Gefechts bemerkte keiner von ihnen, daß niemand auf den Somali zielte.

Plötzlich tauchte durch eine Falltür im Boden zwischen ihnen und den Killern Bond auf. Er erschoß sie, bevor sie begriffen hatten, was geschehen war.

Jetzt brannte die Fabrik. »Raus!« brüllte Bond den beiden zu. Er sah einen dritten Killer, der sich unter ihm im Keller versteckte, und schoß ihn nieder, während Zukowskij Christmas auf die Beine half und mit ihr nach draußen rannte.

Sie erreichten den Rolls Royce und sprangen hinein. Als Zukowskij gerade den Rückwärtsgang einlegte, zerfetzte der Helikopter die Strandpromenade hinter ihm. Christmas schrie auf. Zukowskij konnte nicht mehr bremsen, und der Wagen stürzte rückwärts ins Wasser.

In der brennenden Fabrik lieferte sich Bond mit den übriggebliebenen Killern ein wildes Feuergefecht. Einmal war er gezwungen, sein Magazin auszuwechseln, und die dadurch verursachte Feuerpause mußte einem der Angreifer ein trügerisches Siegesgefühl eingeflößt haben. Einer von ihnen verließ seine Deckung, um nachzusehen, ob Bond tot war. Dessen Kugel bohrte sich ihm genau zwischen die Augen. Der letzte Mann feuerte einen wahren Kugelhagel ab, aber Bond rollte über einen brennenden

Holzbalken, machte den Mann ausfindig und beförderte ihn mit zwei Kugeln ins Reich des Vergessens. Bevor er den Ort der Katastrophe verließ, bemerkte er an der Wand eine Pistole zum Abfeuern von Leuchtspurmunition. Er nahm sie mit und rannte nach draußen.

Fieberhaft blickte er sich nach Christmas und Zukowskij um, bis er sie schließlich hörte. Sie versuchten, sich schwimmend in Sicherheit zu bringen, aber noch immer wurde aus dem Helikopter über ihnen geschossen. Bond sprang auf einen Gang in Höhe des Wasserspiegels und riß eine Gasdüse auf. Von der Plattform aus winkte er dem Piloten zu. Er wartete, bis der Hubschrauber sich über der Gasdüse befand und schoß dann mit der Leuchtspurpistole. Das Gas entzündete sich, und die Stichflamme verwandelte den Helikopter in einen riesigen Feuerball. Überall flogen Trümmer der zerstörten Maschine herum.

Nachdem Zukowskij sich auf einen Gang hochgezogen hatte, wollte er zur Fabrik gehen, als zwei Sägeblätter des Helikopters heranrasten. Er tauchte seitlich ab, direkt in ein Kaviarlager. Die Sägeblätter blieben hinter ihm in der Wand stecken.

Das Kaviarlager war wie Treibsand. Langsam ging Zukowskij unter, aber er versuchte, sich an einer Kiste festzuhalten, die durch die Explosion hierher geschleudert worden war.

Bond und die durchnäßte Christmas erschienen. »Also, wo hatten wir unser Gespräch unterbrochen?« fragte Bond.

Obwohl er sich an der Kiste festklammerte, war Zukowskij schon fast in dem Kaviar untergegangen. »Ein Seil! Bitte!«

»Nein. Die Wahrheit«, forderte Bond kalt. »Diese Sägeblätter waren für Sie bestimmt, Valentin. Sie wissen etwas, und deshalb will Elektra Sie töten lassen. Was ist es?«

»Ich gehe unter! Hilfe!«

Bond wandte sich an Christmas. »Was für ein Atomgewicht hat eigentlich Kaviar?«

»Wahrscheinlich so ähnlich wie Cäsium. Er scheint keine positive Auftriebskraft zu haben.«

»Dann *wird* er also untergehen.«

»Eher früher als später.«

»Aufhören! Holen Sie mich hier raus!«

»Zu schade, daß wir keinen Champagner haben«, sagte Bond.

»Oder saure Sahne«, fügte Christmas hinzu und unterdrückte ein Kichern.

»In Ordnung!« brüllte der Russe. »Manchmal kaufe ich Maschinen für sie.«

»Und die Zahlung am Spieltisch?«

»Da ging's um einen speziellen Job. Mein Neffe ist bei der Marine und schmuggelt Ausrüstung für sie.«

»Wo?«

»Holen Sie mich hier raus!«

»Noch nicht. Mit welchem Ziel?«

»Das ist eine Familienangelegenheit. Wenn Nikolai in Gefahr ist, spielen wir das Spiel nach meinen Vorstellungen oder überhaupt nicht.«

Bond rührte keinen Finger, und der Russe versank weiter.

»Okay!« brüllte er. »Istanbul! Und jetzt holen Sie mich hier raus!«

Nachdem Bond einen Augenblick lang darüber nachgedacht hatte, griff er nach Zukowskijs Spazierstock und hielt ihn dem Russen hin, damit er sich daran festhalten konnte. Etwas von der Delikatesse spritzte auf seine Jacke. Mit dem Zeigefinger wischte Bond den Kaviar ab und kostete.

»Exzellente Qualität, Valentin. Mein Kompliment.«

In diesem Moment stürmte der Stier mit gezückter

Waffe in den Raum. Als er sah, daß nur die beiden hier waren, entspannte er sich und half Bond dann, Zukowskij zu retten.

Keuchend fiel der Russe zu Boden.

»Dann wollen wir mal Ihren Neffen suchen«, sagte Bond.

13
Der Leanderturm

Es war kurz nach Mitternacht.

Renard stand auf einem Balkon des Leanderturms und spähte durch sein Fernglas hinaus auf den Bosporus. Hinter den eisernen Balustraden hatte man einen der spektakulärsten Ausblicke, den die Welt zu bieten hat. Auf einer Seite sah man die ruhigen Gewässer des Goldenen Horns, auf der anderen die tanzenden Wellen des ungeschützten Bosporus. Dazwischen lagen die Dächer, die hohen Minarette und die niedrigen Moscheen des Stadtteils Pera.

Gerade war ein Riesentanker in die Meerenge eingelaufen, der auf einen Hafen irgendwo auf der europäischen Seite zusteuerte. Unter seinem Rumpf, versteckt im Schatten des Tankers, befand sich allerdings noch ein weiteres Gefährt, das unbeobachtet in den Bosporus gelangt war.

Es war ein russisches Atom-U-Boot vom Typ Charlie II. Offiziell als ein SSGN eingestuft, als Atom-U-Boot mit Cruise Missiles, gehörte dieser Bootstyp wahrscheinlich zu den ältesten in der russischen Marine. Verglichen mit neueren U-Booten war es verhältnismäßig laut, aber dafür transportierte es acht SS-N-9-Raketen und verfügte über sechs 544mm Torpedorohre mit zwölf Geschossen. Unter Wasser erreichte das durch einen kraftvollen Druckwasser-Reaktor mit Dampfturbinen angetriebene U-Boot mit einer Schiffsschraube mit fünf Rotorblättern und 15.000 PS eine Geschwindigkeit von fünfundzwanzig Knoten.

Genau darauf hatte Renard gewartet.

Er schaltete das Walkie-talkie ein. »Es ist da.«

»Absolut pünktlich«, antwortete Elektra.

»Ich werde das Notwendige mit der Crew besprechen.«

»Jetzt liegt alles in deinen Händen, mein Liebster.«

Nachdem Renard das Funkgerät abgeschaltet hatte, spähte er erneut durch sein Fernglas. Da spürte er etwas in der Wunde an seiner Schläfe – die Kugel bewegte sich erneut. Er empfand keinen Schmerz, nur ein unangenehmes Druckgefühl. Die verdammte Kugel lebt! dachte er verwirrt.

Der Arzt hatte ihn gewarnt, daß sein Ende wahrscheinlich nahe war, wenn er eine stärkere Bewegung der Kugel spürte. Renard war klar, daß er sich sofort an einen Arzt wenden sollte, aber seine Mission war zu wichtig. Er hatte sich seinem Schicksal ausgeliefert.

Seine einzige Hoffnung bestand darin, daß ihm genug Zeit bleiben würde, um seinen Plan durchzuführen.

Tief unten im Turm ging M in ihrer Zelle auf und ab. Der Reisewecker außerhalb ihres Gefängnisses zeigte an, daß ihr noch zwölf Stunden blieben. Sie war fest entschlossen, in keinster Weise mit denen zu kooperieren, die sie gefangen genommen hatten, und sie versuchte, sich davon zu überzeugen, daß ihre Mitarbeiter vom SIS sie aufspüren würden. Wenn sie doch nur eine Möglichkeit finden könnte, Tanner und Robinson zu helfen ...

In dem Kerker mit den Steinwänden war es kalt geworden. Weil sie hin und her gelaufen war, war sie ins Schwitzen geraten, wobei sie zweifellos ein paar Kalorien verloren hatte, aber jetzt fror sie. Sie zog ihre Jacke an, die über der Lehne des einzigen, modernen Stuhls hing. Ansonsten gab es in der Zelle nur ein Feldbett, eine Zinnschüssel, einen Wasserkrug, ein Handtuch, einen Eimer und Dutzende nutzloser Antiquitäten.

Ihre Handtasche hatten sie ihr gelassen, nachdem sie sie durchsucht hatten. Alles, was man möglicherweise als Waffe benutzen konnte, hatte man ihr abgenommen, und jetzt waren ihr nur noch der Schlüsselbund, Papiertaschentücher, ein Lippenstift und der Paß geblieben. Lange hatte sie darüber nachgedacht, wie sie diese oder andere Gegenstände verwenden könnte. Mit den Töpferwaren oder einer kleinen Statuette konnte man vielleicht jemandem den Schädel einschlagen ... Die Zinnschüssel und der Krug waren zu leicht, als daß man sie als wirkungsvolle Waffen hätte einsetzen können ... Mit dem Handtuch konnte man jemanden erwürgen ... Wenn es soweit war, hätte sie mit Sicherheit keine Angst, um ihr Leben zu kämpfen ...

Sie steckte die Hände in die Taschen und fand in der rechten einen flachen, rechteckigen Gegenstand, der sich wie eine Kreditkarte anfühlte. Was war das?

Als sie den Gegenstand aus der Tasche zog, erinnerte sie sich. Es war der Positionssender, den Bond ihr gegeben hatte. Sie war überrascht, daß Elektras Männer ihn nicht gefunden hatten, aber als sie sie durchsucht hatten, hatte sie die Jacke nicht getragen. Sie hatten sich nicht die Mühe gegeben, sie zu überprüfen!

Sie sah sich den silbernen Positionssender von der Größe einer Chipkarte genau an, der an einer Seite mit zwei Kupferanschlüssen versehen war. Nach kurzem Nachdenken erkannte sie, daß es im Grunde genommen eine Karte mit einem positiven und einem negativen Anschluß war.

M blickte auf die Uhr.

00 Uhr 14.

Sie zog einen ihrer hochhackigen Schuhe aus, kniete

sich auf den Boden, streckte ihre Hand mit dem Schuh so weit wie möglich durch die Stangen und versuchte, mit dem Absatz das nächste Stuhlbein zu erreichen. Sie berührte den Stuhl und zog ihn etwas näher zu sich heran.

Schließlich gelang es ihr, den Absatz ganz hinter das Stuhlbein zu bringen und den Stuhl in ihre Richtung zu ziehen, aber das wackelige Ding stieß gegen eine Unebenheit im Fußboden und stürzte um. Der Wecker fiel zu Boden, und als er auf sie zu schlitterte, verursachte er ein Geräusch, das laut in dem steinernen Raum widerhallte.

M hörte Schritte vor der Tür. Schnell legte sie sich auf das Feldbett.

Die Schlüssel rasselten im Schloß, und Gabor steckte den Kopf durch den Türspalt. Der Stuhl fiel ihm nicht auf, als er einen prüfenden Blick auf die Gefangene und den Zustand ihrer Zelle warf. M hatte die Augen geschlossen und atmete schwer. Nichts schien zu fehlen. Befriedigt schloß Gabor die Tür wieder ab.

Einen Augenblick später kroch M wieder auf den Boden und griff nach dem Wecker. Nachdem sie die Rückseite geöffnet hatte, entdeckte sie zwei AA-Batterien, nahm sie heraus und legte sie auf das Bett. Dann holte sie die Schlüssel aus ihrer Handtasche. Mit dem dünnsten Schlüssel begann sie, die Ummantelung einer der Batterien abzuschälen, bis sie den Anschluß gefunden hatte. Anschließend wiederholte sie das Ganze mit der zweiten Batterie, diesmal allerdings am anderen Pol.

Jetzt mußte sie nur noch die Batterien mit den Kupferanschlüssen des Positionssenders verbinden, dann war sie vielleicht wieder mit von der Partie ...

Elektra King schlüpfte leicht fröstelnd in einen seidenen Morgenmantel. Weil sie ohnehin nicht schlafen konnte, konnte sie auch genausogut aufstehen.

Sie ging in ihrem Schlafzimmer auf und ab und blieb

dabei häufig stehen, um durch das Fenster auf den nächtlichen Himmel zu blicken. In weniger als zwölf Stunden würde alles vorbei sein. Bis dahin wäre sie sicher nach England zurückgekehrt, würde vor den Medien ein bekümmertes und mitfühlendes Statement abgeben und geloben, alles in ihrer Macht Stehende zu tun, damit King Industries dazu beitrug, der Welt nach dieser Katastrophe wieder auf die Beine zu helfen.

Katastrophe ...

Dieses Wort bezeichnete exakt, was geschehen würde. Sie lächelte boshaft. Es war ein brillanter Plan! Niemand würde irgendeine Spur bis zu ihr zurückverfolgen können. M wäre bis dahin tot, und ihre eigenen Leute waren loyal. Um Renard war es zwar schade, aber er hatte sich nun einmal dafür entschieden, den Plan bis zum tödlichen Ende durchzuziehen. Außerdem würde er sowieso nicht mehr lange leben. Wenn sie ihn auch vermissen würde, für ihr großes Ziel war er unbedeutend. Sie konnte schließlich nichts daran ändern, daß der arme Narr in sie verliebt war. Er hatte seinen Zweck erfüllt. Es wäre nett gewesen, ihn weiterhin in der Nähe zu haben, aber mit seiner Kopfverletzung und seinem Mangel an Gefühlsregungen konnte er sie jetzt nicht mehr wie andere Männer befriedigen – Männer wie James Bond. Was Renard betraf, hatte sie widersprüchliche Gefühle. Einerseits hatte er sie entführt, andererseits hatten sie eine beispiellose Nähe zueinander geteilt.

Und was war mit James Bond? Er war der einzig unbekannte Faktor bei der ganzen Sache. Wahrscheinlich war er nach Istanbul unterwegs. Es war ein kluger Entschluß gewesen, den Somali für sich arbeiten zu lassen. Alle waren käuflich, und er war keine Ausnahme. Der Mann mit den Goldzähnen hatte seine Anweisungen, und deshalb verdrängte sie die Gedanken an den MI6-Agenten so gut wie möglich. Nie im Leben würde James Bond sie rechtzeitig finden. Gemeinsam mit Millionen anderen Menschen würde er sein Leben lassen.

Einen Augenblick lang dachte Elektra über diesen Gedanken nach. Millionen Menschen würden sterben, und das war entsetzlich. Sie ballte die Fäuste und sagte sich erneut, daß im Lauf der Jahrhunderte aus allen möglichen Gründen Millionen Menschen gestorben waren. Außerdem konnte sie mit dem Reichtum, den sie in den nächsten zehn Jahren anhäufen würde, das gesamte Land neu aufbauen.

Vielleicht würde man sie sogar zu seiner Führerin küren ...

Als sie hinauf zu den Sternen sah, dachte sie an ihre Eltern. *Nun, Vater?* fragte sie leise. *Wie denkst du jetzt über deine »kleine Prinzessin«? Bist du stolz auf sie? Habe ich etwa keine Eigeninitiative gezeigt? Wenn du doch nur die neue Weltordnung erleben könntest, die deine Tochter allen anderen aufzwingt. Elektra King, die Königin der Welt ...* Der Klang dieser Worte gefiel ihr.

Dann hörte sie erneut das Wiegenlied, das ihre Mutter ihr vorgesungen hatte. Leise ertönte die Melodie in der Ferne über dem Bosporus. Elektra begann, sich hin- und her zu wiegen und leise vor sich hin zu singen.

Ich tue dies alles für dich, Mutter, dachte sie. *Für dich. Bist du nicht stolz auf dein kleines Mädchen? Lächle doch, Mutter. Deine Tochter liebt dich.*

Wie auf ein Stichwort durchbrach das erste Morgenlicht den düsteren Nachthimmel.

Mit mehreren Männern ging Renard zu dem Kai unter dem gewölbten Dach eines Gebäudes neben dem Turm. Es gab diese Bauten schon seit Jahrhunderten, um Schiffe zu schützen, die an der kleinen Insel anlegten. Als King Industries den Turm gemietet hatte, mußte man nur Licht installieren und ein Dock mit einer Plattform und Stufen einrichten, und schon verfügten sie über einen Anlegeplatz für ein Schiff. Oder für ein U-Boot ...

Renard sah auf die Uhr. Halb eins nachts. Etwas zu spät, aber Probleme würde es nicht geben.

Jetzt konnte man den langen schwarzen Rumpf des U-Boots und eine Menge Blasen erkennen, als das riesige Gefährt aufzusteigen begann. Schließlich durchbrach das Periskop die Wasseroberfläche, und das U-Boot lag still im Wasser.

Renard und seine Männer schritten die Stufen zum Kai hinunter und warteten, bis einen Augenblick später die Luke aufging und ein junger Kapitän erschien.

»Kapitän Nikolai ...« sagte Renard.

»Wir sind bereit, Ihre Ladung an Bord zu nehmen«, entgegnete der Kapitän. »Wir haben nur ein paar Stunden, dann wird man uns vermissen.«

»Sind Sie mit einer kleinen Crew hier?«

»Mehr können wir uns heutzutage sowieso nicht mehr leisten.«

»Natürlich ... Wir haben Brandy und Erfrischungen für Ihr Team.«

Nikolai strahlte, während zwei von Renards Leuten gefüllte Körbe brachten.

Renard war zufrieden. Das Geschäft, das Elektra mit dem Onkel des Kapitäns abgeschlossen hatte, zahlte sich jetzt aus. Nach dem zu urteilen, was er über Valentin Zukowskij wußte, war der Kapitän ihm sehr ähnlich. Der junge Russe war genauso geldgierig wie sein Onkel, und deshalb war es nicht schwer gewesen, ihn davon zu überzeugen, das U-Boot für ein paar Stunden von der Marine »auszuleihen«. Und wenn der Kapitän eines Atom-U-Boots beschloß, eine Weile abzutauchen, wer wollte ihn dann daran hindern? Es war schließlich nichts Ungewöhnliches, wenn U-Boote eine Zeitlang nicht zu lokalisieren waren.

Tatsächlich stellten sich Nikolai und sein Team als sehr nützlich heraus. Sie waren stark, eifrig und hungrig und würden zweifellos allen Befehlen gehorchen.

Zu schade, daß sie alle umkommen würden.

Eski, die Altstadt von Istanbul, erwachte im Morgengrauen mit der üblichen Betriebsamkeit, als die Straßenhändler ihre Karren auf den großen Bazar brachten. Hier findet man die Überbleibsel der wechselhaften türkischen Geschichte an einem Ort. Eski ist das alte Byzanz beziehungsweise Konstantinopel beziehungsweise Istanbul vergangener Jahrhunderte, und hier befinden sich die großen Paläste, Moscheen, Pferderennbahnen, Kirchen, die monumentalen Säulen und Märkte.

Nicht weit vom Großen Bazar entfernt lag eine alte Elektrizitätsstation. Seit dem Zweiten Weltkrieg war sie außer Betrieb, jedoch nie abgerissen worden, wahrscheinlich aus irgendwelchen historischen Gründen. Die Anwohner ignorierten sie, als ob das Gebäude nicht existierte. Aber als Valentin Zukowskij mit James Bond und Christmas dort nach der nächtlichen Reise von Baku aus eintraf, erklärte der Russe, daß der KGB das Gebäude während des kalten Krieges benutzt hatte.

»Jetzt nennt man ihn Nationaler Sicherheitsdienst«, sagte Zukowskij. »Derselbe nette Geheimdienst, aber mit neuem Namen.«

In dem Gebäude gab es jede Menge sowjetische Generatoren, altmodische elektrische Schreibmaschinen und Computer, Kopierer und zwischen zehn und vierzig Jahren alte Überwachungsgeräte. Männer und Frauen waren eifrig an ihren Arbeitsplätzen beschäftigt, als ob der kalte Krieg nie ein Ende gefunden hätte.

Zukowskij führte sie zu einem Nachrichtenoffizier, während ihnen der Stier mit einem braunen Aktenkoffer in der Hand dicht auf den Fersen folgte.

»Haben Sie ihn gefunden?«

»Nein. Nichts«, antwortete der Nachrichtenoffizier.

»Versuchen Sie es mit den Frequenzen für Notfälle«, schlug Bond vor.

»Sind Sie sicher, daß Sie keine Ahnung haben, was für eine Ladung Ihr Neffe an Bord nehmen will?« fragte Christmas.

»Nein, ich schwöre es«, antwortete Zukowskij. »Ich weiß nur, daß er eine Million Dollar dafür gekriegt hat – natürlich abzüglich meiner Kommission –, ein Schiff der russischen Marine auszuleihen und es aus dem Schwarzen Meer nach Istanbul zu bringen, um irgendeine Ladung an Bord zu nehmen. Worum es dabei geht, ist mir schleierhaft. Weil er Kapitän ist, könnte er damit davonkommen.«

Sie betrachteten eine große, mit mehrfarbigen Stecknadeln verzierte Karte des Bosporus und des Schwarzen Meeres.

Zukowskij seufzte. »Was für eine Tragödie. In den guten alten Zeiten gab es Hunderte von Orten, an denen ein U-Boot unbeobachtet auftauchen konnte.«

Bond ergriff Zukowskijs Arm. »Ein U-Boot! Warum haben Sie das nicht gleich gesagt?«

Der Russe zuckte die Achseln. »Habe ich das nicht? Ich dachte, Sie wüßten es. Mein Neffe ist Kapitän eines U-Boots.«

»Was für ein Typ?«

»Charlie ...«

»Also ein Atom-U-Boot.« Jetzt war Bond alles klar. »Ihr Neffe hat das U-Boot nicht ausgeliehen, um irgendeine Ladung an Bord zu holen. Renard will es in seinen Besitz nehmen.« Bond blickte Christmas an. »Es geht ihnen um den Reaktor.«

»Das ist es!« gab Christmas zurück. »Wenn man waffentaugliches Plutonium in den Reaktor des U-Boots füllt, gibt es eine sofortige Kernschmelze, und das U-Boot wird zu einer Bombe.«

»Und dann soll alles so aussehen, als ob es ein Unfall wäre«, sagte Bond.

»Aber warum?« fragte Zukowskij.

Bond zeigte auf die Karte. »Weil alle bestehenden Pipelines vom Kaspischen Meer in nördliche Richtung führen, wo das Öl in Tankschiffen geladen und über das Schwarze Meer nach Istanbul gebracht wird. Die Explosion würde Istanbul dem Erdboden gleichmachen und den Bosporus für Jahrzehnte verseuchen. Dann gäbe es nur noch eine Transportmöglichkeit für das Öl aus dem Kaspischen Meer.«

»In südlicher Richtung, durch die Pipeline von King Industries«, ergänzte Christmas.

»Elektras Pipeline.«

Plötzlich wurde Zukowskij die Dringlichkeit der Situation bewußt. »Wir müssen Nikolai finden und ihn warnen!«

»Ich habe hier was!« rief der Nachrichtenoffizier, der mit einem Blatt Papier in der Hand zu ihnen herübereilte. Der Stier beugte sich vor, um dem Gespräch zu lauschen.

»Eine der Frequenzen für Notfälle. Eine sechsstellige Nummer, die alle fünfzehn Sekunden wiederholt wird.

»Ein GPS-Signal«, erklärte Christmas. Mit dem Global Positioning System konnte man die Position eines Objekts exakt bestimmen. Meistens wurde es für Schiffe auf hoher See benutzt. »Was könnte das sein?«

Bond hatte einen dieser seltenen, unerklärbaren Geistesblitze. »Das kommt von M! Der Positionssender. Ich habe ihn ihr auf der Baustelle gegeben. Das muß sie sein.« Er griff nach dem Blatt Papier, verglich es mit der großen Karte und zeigte auf die Koordinaten.

»Hier.«

»Der Leanderturm«, sagte Zukowskij. »Kiz Kulesi.«

»Kennen Sie ihn?« fragte Bond. Während er sich dem Russen zuwandte, nahm er aus dem Augenwinkel wahr, daß der Stier sich aus dem Raum schlich. Der braune Aktenkoffer stand immer noch auf einem Stuhl.

»Wir haben ihn während des Kriegs in Afghanistan genutzt ...« sagte Zukowskij, während Bond spürte, daß etwas nicht stimmte. »Das ist ein sehr altes Bauwerk«, fuhr Zukowskij fort. »Es stammt aus dem Jahr ...«

Bond ließ ihn nicht ausreden. »Eine Bombe!« brüllte er, während er Christmas packte und sie hinter ein paar alten Generatoren in Deckung brachte. Dann zerstörte eine gewaltige Explosion das Gebäude, und innerhalb eines Sekundenbruchteils war die Luft von Staub und Rauch geschwängert.

Bond stand hustend auf und räumte die Trümmer zur Seite. Christmas war verblüfft, ansonsten aber ging es ihr gut. Andere, die sich in dem Raum aufgehalten hatten, waren tot, wieder andere bewußtlos, darunter auch Zukowskij.

»Raus hier«, befahl Bond, während er Christmas' Hand ergriff.

Auf der Straße war die Sicht gut, aber aus dem Gebäude drang Rauch. In der Ferne hörte man eine Sirene. Sie rannten zur nächsten Straßenecke und trafen auf Gabor und vier schwerbewaffnete Männer.

Instinktiv griff Bond nach seiner Walther, aber da hörte er, daß hinter ihm eine Waffe entsichert wurde.

»Lassen Sie die Pistole fallen«, befahl eine vertraute Stimme.

Als Bond sich umwandte, sah er den Somali mit seiner AK-47. »Ich bestehe darauf.« Der Chauffeur lächelte kalt.

»Natürlich«, antworte Bond, während Gabor und ein anderer Mann ihn und Christmas durchsuchten. »Was nun?« schien ihn Christmas fragen zu wollen, und Bond blickte sie finster an.

Eine schwarze Limousine bog mit kreischenden Reifen um die Straßenecke und hielt an.

»Wir machen jetzt eine kleine Reise«, erklärte Gabor. »Ich bin sicher, daß Miß King Sie sehen will.« Er winkte dem Somali zu und preßte Bond dann die Waffe in den Rücken.

»Ihrem Chef wird es gar nicht gefallen, daß Sie ihn betrügen«, sagte Bond zu dem Somali.

Der große Mann grinste breit und enthüllte dabei seine glänzenden Goldzähne. »Zukowskij? Er war ein fürchterlicher Boß. Lange Arbeitszeiten und nicht viel Kohle. Jetzt habe ich einen neuen Job. Größere Verantwortung und bessere Bezahlung. Steigen Sie ein.«

Bond und Christmas setzten sich in den Wagen, links und rechts von Bodyguards bewacht.

14
Die letzte Drehung der Schraube

Am Leanderturm legte ein unverdächtig wirkendes Boot an. Eine Decke wurde zurückgezogen, und die gefesselten Gefangenen, Bond und Christmas, wurden von dem Somali und Gabor in ihr Gefängnis geführt.

»Vorwärts«, befahl der Stier, der Bond die Waffe gegen den Rücken preßte.

Bond blickte sich verstohlen um, bevor man ihn in den Turm brachte, aber er konnte keine anderen Schiffe ausfindig machen, von denen sie gesehen werden konnten.

Eins nach dem anderen, dachte er.

Sie betraten das alte Bauwerk und standen in der wunderschönen Eingangshalle. Das Licht, das durch die mit Glasmalereien verzierten Fenster fiel, verstärkte Bonds Sorge. Mit Sicherheit würde der Showdown hier stattfinden.

Das Geräusch von Fußtritten auf der Steintreppe riß ihn aus seinen Gedanken. Elektra begrüßte sie viel zu siegessicher.

»Willkommen in Istanbul, James«, sagte sie. »Hattest du eine angenehme Reise? Ich hoffe, daß man dich bisher noch nicht mißhandelt hat.« Ihr Blick fiel auf Christmas. »Du hast eine neue Freundin? Wie nett. Wir werden dafür sorgen, daß sie genauso erstklassig behandelt wird wie du.«

»Was für ein herzlicher Empfang«, erwiderte Bond.

Elektra blickte ihre beiden Gefangenen kalt an. »Bringt sie nach oben«, befahl sie Gabor. »Keine Sorge, James. Ich werde gleich heraufkommen und dich angemessen begrüßen. Aber zuerst muß ich mich um etwas anderes kümmern.«

Bond blickte sie nur finster an, dann wurde er vorwärtsgestoßen.

In einem anderen Raum sah Renard auf die Uhr und nickte seinen Leuten zu. »Das sollte reichen. Gehen wir.«

Nachdem sie durch einen Gang zu dem versteckten Kai gelaufen waren, betraten sie über eine Brücke das U-Boot. Sie kletterten durch die offene Luke und stiegen in das unheimliche, dunkle Schiffsinnere hinab. Es war wie in einem Grab: Das Licht war grünlich und fahl, die Stille nervtötend.

Renard ging zur Messe, wo Kapitän Nikolai und mehrere andere Männer über dem Tisch hingen oder auf dem Boden lagen. Überall sah man halb aufgegessene Sandwiches und leere Brandy-Gläser. Ein Mann hatte sich übergeben und lag in seinem Erbrochenen. Alle hatten die Augen weit aufgerissen, und ihre Gesichter waren zu Masken der Angst erstarrt.

»Das Gift hat schnell gewirkt«, bemerkte einer von Renards Leuten.

»Nehmt sie mit und werft sie ins Meer«, befahl Renard.

»Durchsucht das ganze U-Boot, damit uns keiner entgeht.«

Während sie Nikolai wegtrugen, fiel seine Kapitänsmütze zu Boden. Renard setzte sie auf – sie paßte perfekt.

»In zwei Stunden werden wir starten. Bis dahin könnt ihr darüber nachdenken, wie reich ihr sein werdet«, sagte er zu seinen Männern.

Einer reichte ihm den schweren Bleikoffer. »Das Plutonium, Sir.« Der Mann hatte Mühe, den Bleikoffer zu tragen. Renard dagegen nahm in an sich, als ob er federleicht wäre. Jetzt war er stärker denn je zuvor. Er reichte Truhkin den Bleikoffer, der sich alle Mühe gab, sich nicht anmerken zu lassen, wie schwer er war.

»In der Kammer vor dem Reaktor finden sie den Extruder«, sagte Renard. »Sie sollten sich an die Arbeit machen.«

Truhkin grunzte und verließ den Raum. Nachdem sie das Schiff durchsucht hatten, ging Renard an Land, wo Elektra auf dem Kai auf ihn wartete. Er befahl seinen Männern, ihre Sachen aus dem Turm zu holen und in zehn Minuten zurück zu sein.

»Der Reaktor ist bereit«, sagte er zu Elektra. »Alles verläuft nach Plan. Ist dein Hubschrauber startklar?«

»In einer halben Stunde holt er mich ab.«

Renard blickte sich im Raum um und sah, daß sie allein waren. Dann ging er auf sie zu und blickte ihr in die Augen. Vor diesem Moment hatte er sich seit Wochen gefürchtet. Liebevoll strich er über ihr Haar. »Das ist das Ende«, sagte er sanft.

»Nein. Es ist der Beginn. Nie wieder wird die Welt so sein wie zuvor.«

»Ich wünschte, wir könnten sie gemeinsam sehen.«

Sie zögerte. »Ich auch …«

Er spürte, daß sie ihm gegenüber keine Gefühle zeigen wollte. So sehr er sich auch wünschte, sie in die Arme zu nehmen und zu küssen, er widerstand seinem drängenden Bedürfnis. Wenn sie das Ganze lieber auf die coole Tour erledigen wollte, dann sollte es so sein.

Renard nahm die Kapitänsmütze ab. Trotz seiner ausdruckslosen gelähmten Gesichtshälfte war es ihm unmöglich, seine Trauer zu verbergen. Er wollte ihre Wange berühren, zog aber seine Hand zurück und beschloß statt dessen, sich von ihr zu verabschieden. »Die Zukunft gehört dir. Genieße sie.«

Nachdem er ihr die Kapitänsmütze gegeben hatte, wandte er sich um und ging wieder zum U-Boot.

Elektra sah ihn mit gemischten Gefühlen gehen. Einerseits wollte sie ihn schlagen, andererseits in ihren Armen wiegen. Während er durch die Luke kletterte, hielt er inne und warf ihr einen sehnsüchtigen Blick zu. Sie hätte schwören können, daß Tränen in seinen Augen standen.

Elektra spürte, wie sich in ihrem Brustkasten etwas zusammenzog, und ein paar schreckliche Sekunden lang mußte sie dagegen ankämpfen, zu ihm zu rennen.

Renard murmelte »Leb wohl« und verschwand dann im U-Boot. Fast unfreiwillig schrie Elektra auf. Sie fühlte sich, als ob ein Teil ihres Geistes aus ihrem Körper wich. Zum Teufel! dachte sie. Sie stand über diesen Dingen! Das war jetzt nicht der richtige Zeitpunkt, Schwäche zu zeigen. »Gefühle« waren jetzt fehl am Platz.

Kalt verdrängte Elektra alles, was ihre Seele noch an Emotionen empfinden mochte. Von diesem Augenblick an war ihr Herz eiskalt. Es war ein verwirrendes und unangenehmes Gefühl, und es ärgerte sie, diese Erfahrung machen zu müssen. Sie mußte ihren Zorn abreagieren, bevor er sie auffraß, und sie wußte auch schon wie.

Gemäß Elektras Anweisungen brachte Gabor Bond und Christmas in ihr Schlafzimmer, wo er Bond zwang, sich auf einen geschnitzten Holzstuhl mit gerader Rückenlehne zu setzen. Mit an den Armlehnen angebrachten Handschellen wurde er gefesselt. In der Nähe stand Christmas mit vor dem Körper zusammengebundenen Händen. Ein Wachposten beobachtete jede ihrer Bewegungen.

»Und was passiert jetzt?« fragte Bond. »Das alte Spielchen: Schadenfreude, Folter, noch mehr Schadenfreude?«

Da betrat Elektra den Raum, warf die Kapitänsmütze zu Boden und ging zu Bond hinüber, um ihn auf die Wange zu küssen. Dabei beobachtete sie Christmas. »James Bond«, sagte sie süßlich. »Wenn du nur deine Nase aus der Sache herausgehalten hättest, hätten wir uns vielleicht in ein paar Jahren wiedergetroffen und wären erneut ein Liebespaar geworden.«

Christmas runzelte die Stirn, und Elektra wandte sich zu ihr. »Stimmt genau, meine Liebe. Ich habe ›Liebespaar‹ gesagt. Erzählen Sie mir nicht, daß Sie geglaubt haben, James für sich allein haben zu können. Haben Sie noch nichts davon gehört? James Bond ist das größte Schwein auf der Welt. Sexy, aber trotzdem ein Schwein.« Sie nickte Gabor zu. »Bringt sie zu Renard und laßt uns allein. Ich bin sicher, daß Renard sich während der letzten Stunde ihres Lebens gut mit ihr amüsieren wird. Sagen Sie *bon voyage*, meine Liebe.«

Als die Männer sie abführten, stand Christmas die Angst ins Gesicht geschrieben. Nachdem die Tür ins Schloß gefallen war, sah Bond durch das Fenster mit den farbenprächtigen Glasmalereien ihre Silhouetten und hörte das Echo ihrer Schritte.

Elektra ging zu einem großen Fenster, von dem aus man einen Blick über ganz Istanbul hatte. »Ein hübsches Mädchen. Hast du es mit ihr getrieben?«

Bond ignorierte ihre Frage.

»Du hättest mich nicht zurückweisen sollen, James. Ich hätte dir die Welt zu Füßen legen können.«

»Die Welt ist nicht genug.«

»Eine törichte Ansicht.«

»Das Motto meines Familienwappens«, erklärte Bond.

Stirnzunzelnd kam sie auf ihn zu. Langsam beugte sie sich über ihn und strich ihm durchs Haar. Sie roch stark nach Moschus. »Ist das hier nicht ein wunderschönes Gebäude? Mein Vater mußte einiges in Bewegung setzen, um es mieten zu können. Die türkische Regierung wollte es ihm nicht überlassen. Erst als er sie davon überzeugt hat, daß Öl wichtiger ist als ihre Vergangenheit, hat sie endlich nachgegeben.«

Sie knabberte an seinem Ohrläppchen. »Du *bist* attraktiv, James. Wirklich zu schade, daß wir bei dieser Sache auf verschiedenen Seiten stehen.«

»Noch ist es nicht zu spät, deine Meinung zu ändern.«

»Mach dir nichts vor, James. Du bist verdammt, und du weißt es.« Mit den Fingernägeln strich sie über seine Wange, entlang der kaum sichtbaren Narbe.

»Bei Ausgrabungen hier in der Nähe hat man ein paar hübsche Vasen gefunden, aber auch diesen Stuhl ...« Sie griff lässig an seinem Hals vorbei und zog einen Ledergurt aus der Rückenlehne, der mit einer hölzernen Schraube an dem Stuhl befestigt war. »Ich finde, daß wir die bekannten Methoden ignorieren sollten, oder?«

Mit lieblichem Blick legte sie den Gurt fest um seinen Hals und zog die Schraube dann ein wenig an. Sofort spürte Bond den Bolzen im Genick. Er sollte nicht nur erwürgt werden, sondern zugleich wollte sie sein Rückenmark durchbohren.

Er starrte sie an. »Wo ist M?«

»Von der wird bald nichts mehr übrig sein.«

»Und das alles nur, weil du Renard verfallen warst?« fragte Bond kühl.

»Noch sieben weitere Drehungen, und die Schraube wird dir das Genick brechen.« Sie stellte sich hinter den Stuhl und zog die Schraube weiter an. Jetzt war der Schmerz schon stärker. »Nicht ich war Renard verfallen, sondern er *mir*. Seit meiner Kindheit hatte ich schon immer Macht über Männer. Als ich begriffen habe, daß mein Vater mich nicht aus den Händen der Entführer befreien würde, war mir klar, daß ich eine neue Allianz schmieden mußte.«

Jetzt verstand er, was sie meinte. »Du hast ihn verführt.«

»Genau wie dich«, antwortete sie lächelnd. »Nur war es bei dir leichter.«

Sie nahm den Ohrring mit dem Juwel ab, und Bond konnte die häßliche Narbe an ihrem Ohrläppchen sehen.

»Ich habe ihm klargemacht, daß er mich verletzen muß, damit das Ganze echt wirkt. Als er sich geweigert hat, habe ich ihm gesagt, daß ich es selbst tun würde, und so geschah es dann.«

Erneut zog sie die Schraube ein weiteres Stück an.

Bond brach allmählich der Schweiß aus. Seine Augen verengten sich zu Schlitzen. »Dann ist es also wahr. *Du* hast deinen Vater umgebracht.«

»Er hat mich umgebracht! Zuerst hat er meine Mutter getötet, indem er sie so vernachlässigt hat! Nachdem er sich die Ölfelder der Familie unter den Nagel gerissen hatte, hat er sie im Stich gelassen. Sie ist als vereinsamte, unglückliche Frau gestorben. Und dann hat er *mich* an jenem Tag getötet, als er sich geweigert hat, das Lösegeld zu zahlen.« Bis jetzt hatte sie einen solchen Gefühlsausbruch vermeiden können.

Jetzt war Bond alles klar. Renard hatte sie entführt, weil er auf fünf Millionen Dollar Lösegeld hoffte. Als Sir Robert nicht zahlte, fühlte sie sich betrogen und entschloß sich zum Gegenschlag. Nachdem sie Renard verführt hatte, überzeugte sie ihn davon, einen Teufelspakt mit ihr zu schließen: Nach der Ermordung ihres Vaters würden sie das Unternehmen übernehmen.

»Als ich entführt wurde, hatte ich bereits Pläne, wie ich

meinen Vater loswerden konnte«, gab sie zu. »Gefesselt, geknebelt, mit Augenbinde, gegen meinen Willen – zuerst war ich verängstigt. Dann wurde mir klar, daß das alles ein Glücksfall für mich war. Ich war in der Lage, den armen Renard zu manipulieren. Ich habe schnell erkannt, was für Möglichkeiten sich mir durch seine Zuneigung bieten würden. Ihn konnte ich die ganze Drecksarbeit erledigen lassen. Er war ein bösartiger Killer, dennoch habe ich seine Schwäche erkannt und konnte sie ausbeuten. Wie jeder andere wollte Renard nur ein bißchen Liebe. Dafür tut ein Mann doch fast alles, oder etwa nicht?«

»Ging es nur um das Öl?«

»Es ist *mein* Öl! Meins und das meiner Mutter! Es zirkuliert in meinen Venen und ist dicker als Blut.« Ihre Augen glänzten. Sie ging zum Fenster und blickte auf die Wiege der Zivilisation. Die ganze Zeit über kämpfte Bond fieberhaft mit den Handschellen.

»Es hat dir bereits gehört, Elektra. Warum tust du das alles?«

»Ich werde die Landkarte neu gestalten, und wenn ich damit fertig bin, wird die ganze Welt meinen Namen kennen, den meiner Mutter und den Ruhm unseres Volkes.«

»Niemand wird glauben, daß die Kernschmelze ein Unfall war.«

Elektra wandte sich ihm erneut zu, beeindruckt, daß er den Plan durchschaut hatte. Wieder drehte sie an der Schraube. Jetzt konnte Bond nur noch mühsam atmen, und die Spitze der Schraube bohrte sich in sein Genick.

»Sie werden es glauben«, erwiderte sie überraschend zuversichtlich. »Alle.«

Eine weitere Drehung der Schraube. Bond litt Höllenqualen, und Schweißtropfen liefen ihm übers Gesicht, während er sich zu konzentrieren versuchte.

»Begreifst du es? Mir kann niemand widerstehen.« Nachdem Elektra den Ohrring wieder angelegt hatte, setzte sie sich rittlings auf seinen Schoß. »Nicht einmal du. Weißt du, was passiert, wenn ein Mensch erwürgt wird?«

»Noch ist es nicht zu spät, Elektra«, brachte Bond mühsam hervor. »Der Tod von acht Millionen Menschen läßt sich verhindern.«

Lächelnd drehte sie erneut an der Schraube. Als Bond zusammenzuckte, gab es ein häßliches, knirschendes Geräusch. Er schloß die Augen und zwang sich, so ruhig wie möglich zu bleiben. Mit der Zunge leckte Elektra ihm zärtlich die Schweißtropfen von der Stirn.

»Du hättest mich töten sollen, als du die Chance dazu hattest«, flüsterte sie. »Aber du konntest es nicht. Nicht bei mir, einer Frau, die du liebtest.«

Sie drückte ihr Becken gegen seins. Während sie sich schwer atmend hin- und herbewegte, spürte sie, wie sein Körper reagierte.

»Noch zwei weitere Drehungen der Schraube, James ... dann ist es vorbei.«

Sie drehte zum vorletzten Mal, und jetzt litt Bond an furchtbaren Schmerzen. Aber es gelang ihm zu sagen: »Du hast mir nie etwas bedeutet.«

Sie bereitete sich darauf vor, ein letztes Mal an der Schraube zu drehen, während Bond an seinen Handfesseln zerrte.

»Ein letztes Mal ...?« würgte er hervor.

Als sie den Höhepunkt erreichte, küßte sie sein Ohr. »Oh, James«, stöhnte sie fast traurig, während sie nach der Schraube griff.

Bond war kurz davor, das Bewußtsein zu verlieren, als Schüsse von draußen ihn wieder in die Realität zurückholten.

Elektra erstarrte, kam wieder zu Atem und lauschte. Dann stand sie abrupt auf und ging zum Fenster.

Draußen stieg Valentin Zukowskij aus einem Boot und

kam mit drei anderen Männern auf den Eingang des Turms zu. Der große Mann war angeschlagen und blutverschmiert. Alle vier schossen mit automatischen Waffen und töteten jeden in Sichtweite. Zwei von Elektras Wachposten blieben leblos zurück. Offensichtlich war Zukowskij entschlossen, in den Turm zu gelangen, und nichts würde ihn aufhalten.

Jetzt hörte man die Schüsse innerhalb des Gebäudes, und die Geräusche kamen aus Richtung der Treppe näher. Elektra griff gerade in eine Schreibtischschublade und zog einen 9mm-Browning hervor, als das Fenster mit den Glasmalereien zersplitterte. Gabor, von Kugeln durchsiebt, fiel durch das Fenster zu Boden, wo sein Blut über die Steine floß. Zwei von Elektras Team betraten rückwärts den Raum, während sie auf ihre Gegner auf der Treppe schossen. Aber gegen die Überzahl konnten sie nichts ausrichten; sie starben in einem Kugelhagel.

Dann stürmte Zukowskij durch das zersplitterte Glas in den Raum, an der Schulter verwundet, aber mit entschlossenem Blick. In einer Hand hielt er eine Waffe, in der anderen den Spazierstock. Er bemerkte Bond auf dem Stuhl und blickte Elektra an, die ihre Pistole hinter dem Rücken verbarg.

Erneut hörte man von draußen Schüsse. Zukowskij wandte sich um und sah seinen Leibwächter mit der AK-47 den Raum betreten.

»Boß«, sagte der Stier. »Ich bin glücklich, Sie lebend wiederzusehen. Diese Typen haben mich ...«

Der Russe erschoß ihn, ohne auch nur mit der Wimper zu zucken. Grunzend feuerte auch der Somali, traf aber nicht. Mit einem dumpfen Geräusch fiel er zu Boden.

Zukowskij wandte sich erneut Elektra zu. »Ich suche ein großes schwarzes U-Boot. Der Kapitän ist ein Freund von mir.«

Dann fiel sein Blick auf die Kapitänsmütze auf dem Boden. Sofort begriff er, was das zu bedeuten hatte. »Bringen Sie sie mir.« Er zielte mit der Waffe auf sie.

Elektra nickte und hob die Kapitänsmütze auf, wobei sie den Browning darunter versteckte.

»Sehr schade. Sie haben ihn knapp verpaßt.« Elektra feuerte dreimal durch den Stoff der Kapitänsmütze. Die Kugeln trafen Zukowskij in die Brust, und er wurde rückwärts gegen die Wand geschleudert. Ungläubig starrte er sie an und sank dann zu Boden.

Elektra ging auf ihn zu und kickte seine Waffe mit der Fußspitze weg.

Sekunden vor seinem Tod nahm der Russe noch einmal alle Kräfte zusammen und hob seinen Spazierstock einen Millimeter vom Boden hoch. Er legte den Griff auf seine Brust und richtete die Spitze direkt auf Bond. Elektra beobachtete ihn neugierig, während Zukowskij die Mitte des Stocks packte und den Mann auf dem Folterstuhl anstarrte.

Bond erwiderte seinen Blick. Zukowskijs Augen verengten sich zu Schlitzen, dann zog er den Stock etwas zurück, als würde es sich um eine Pump-gun handeln. Ein einziger Schuß ließ das Holz an der Rückseite von Bonds Stuhl zersplittern. Elektra bemerkte nicht, daß die Kugel an einer Seite die Handschellen zerfetzt hatte. Ein brillanter Schuß!

Die beiden Männer sahen sich ein letztes Mal an, und ihr Blick drückte gegenseitige Anerkennung aus. Sie waren alte Waffenbrüder gewesen und hatten sich respektiert. Dann erlosch Zukowskijs Blick, und sein Kopf sackte nach vorn.

Verwirrt starrte Elektra den Russen an. Sie hatte nur gesehen, daß die Kugel Bond verfehlt hatte.

Seufzend wandte sie sich wieder Bond zu. »Entschuldige mich einen Augenblick.« Sie griff nach einem Walkie-talkie. »Alles unter Kontrolle. Bist du soweit?«

»Ja«, antwortete Renard. »Ich hatte Angst, daß du ...«
»Mir geht's gut. Du solltest besser weitermachen.«
»In Ordnung. *Au revoir* ...«
»Bis dann.« Einen Augenblick war Elektra in Gedanken versunken und seufzte schwer. Dann legte sie das Walkie-talkie hin, warf einen flüchtigen Blick auf Zukowskijs Leiche und sah Bond an. »Zukowskij hat dich wirklich gehaßt, was?« fragte sie leicht verwirrt. Dann ging sie zum Folterstuhl zurück und setzte sich erneut rittlings auf Bonds Schoß. »Zeit für dein Abschiedsgebet.«
Nachdem sie ihn lang und leidenschaftlich geküßt hatte, griff sie nach der Schraube, um ihm zu töten.
Mit einer blitzschnellen Bewegung befreite Bond seine Hand, packte ihre Kehle und hielt sie fest. Ihre Gesichter waren nah beieinander, und aus Bonds Blick sprach Verachtung. Dann schleuderte er sie zurück; ihre Fingernägel kratzten dabei über sein Gesicht.
Ein paar Augenblicke lang war sie verdutzt. Schnell befreite Bond seine andere Hand und zerrte so lange an dem Gurt, bis er ihn abstreifen konnte. Als er wieder auf den Beinen war, hatte Elektra sich erholt, rannte aus dem Raum und dann die Treppe hoch. Bond ging zu Zukowskij, fühlte seinen Puls und griff dann nach der blutverschmierten Waffe.
Er nahm das Walkie-talkie und zögerte einen Moment lang. Sollte er sich um das U-Boot kümmern oder Elektra verfolgen?
Er entschloß sich für letzteres. Elektra war einfach zu weit gegangen.
Draußen am Kai dröhnten die Motoren des U-Boots auf.

15
Unheilige Allianz

Während das dumpfe Gröllen der kraftvollen Maschinen das U-Boot erfüllte, spürte Viktor Zokas, alias Renard der Fuchs, daß die Kugel in seinem Kopf zu vibrieren begann. Natürlich war ihm klar, daß dies nicht wirklich ein »Gefühl« war. Es war das Phänomen, vor dem der syrische Arzt ihn gewarnt hatte – eine Art Empfindung, die man beim Zahnarzt nach der Verabreichung von Novocain hat. In der Regel sagt der Zahnarzt dann: »Sie werden ein kleines Druckgefühl empfinden ...« Genauso war es jetzt bei Renard.

Während der letzten vierundzwanzig Stunden waren ihm einige körperliche Veränderungen aufgefallen, die er Elektra gegenüber nicht erwähnt hatte. Während seine Stärke und seine Unempfindlichkeit gegen Schmerzen von Tag zu Tag zunahmen, ließen sein Geruchs-, Geschmacks- und Tastsinn rapide nach. Dieser dämliche Arzt hatte ihm gesagt, daß seine Sinneswahrnehmungen direkt vor »dem Ende« mit fast absoluter Sicherheit kaum noch funktionieren würden. Die Diagnose des verdammten Arztes, der unfähig gewesen war, die Kugel aus seinem Kopf herauszuoperieren, hatte Renard überhaupt nicht gefallen, und er hatte ihn erwürgt ...

Renard blickte sich in der Operationszentrale des U-Boots um und fand die Mitglieder seiner Crew an ihrem Platz. Zwei Männer hier, einer in der Tankkammer, ein anderer im Torpedoraum. Sie glaubten, daß sie als reiche Männer nach Hause zurückkehren würden, und wußten nicht, daß sie auf Kollisionskurs mit dem Schicksal waren. Das U-Boot bewegte sich bereits, jetzt gab es kein Zurück mehr. Alles lief nach Plan, alles war in bester Ordnung.

Aber warum fühlte er sich so schrecklich? Was war los mit ihm? Mußte er sterben? War sein Ende nah?

Mit einigen einfachen Übungen mit den Fingern und Händen überprüfte er seine Reflexe. Es schien alles in Ordnung zu sein. Seine Augen funktionierten bestens, und auch sein Hörvermögen war nicht beeinträchtigt. Er fühlte sich einfach irgendwie außerhalb seines Körpers. Es war, als ob er seine leibliche Hülle verlassen hätte und auf die Welt hinabblicken würde. Nichts schien wirklich zu sein.

Nun, dachte er, wenn dies das Ende war, dann würde er vorher noch seine Mission beenden, auch wenn das bedeutete, daß er seinen Zeitplan straffen mußte.

Was mochte wohl gerade im Turm vorgehen? Obwohl sie behauptet hatte, alles unter Kontrolle zu haben, hatte Elektras Stimme am Funkgerät atemlos geklungen. War Bond entkommen? Mit Sicherheit nicht. Elektra hatte sich darauf gefreut, den MI6-Agenten eines langsamen und qualvollen Todes sterben zu lassen. Vielleicht war es einfach die Aufregung gewesen, daß ihr Ziel näherrückte.

Renard ließ das letzte Jahr Revue passieren und dachte darüber nach, wie er sich während dieser Zeit als Mensch verändert hatte. Bevor er Elektra King begegnet war, war er ein verbitterter, liebloser Mann gewesen, der nichts als Anarchie im Kopf gehabt hatte. Bei Frauen hatte er nie Erfolg gehabt. Einst hatte ihm ein Psychiater im Gefängnis erzählt, daß sein Hang zum Bösen etwas mit mangelnder Zuneigung während seiner Kindheit zu tun habe.

Renard dachte an seine Mutter, die als Prostituierte in Moskauer Bars gearbeitet hatte. Nie war sie zu Hause, um sich um ihn und seine drei älteren Schwestern zu kümmern, die alle einen anderen Vater hatten. Seinen eigenen hatte Renard nie kennengelernt.

Oft kam seine Mutter spät nachts nach Hause, betrunken und gereizt. Er konnte sich noch lebhaft an den Geruch von Alkohol und Tabakrauch erinnern, der die kleine Wohnung erfüllte, in der sie alle zusammen lebten. Immerzu brüllte sie irgend jemanden an: Eine seiner

Schwestern hatte die Wäsche vergessen, eine andere das Bad nicht gesäubert, und er hatte den Boden nicht gewischt.

Manchmal schwärzten ihn seine Schwestern wegen kleiner Missetaten an. Wenn seine Mutter ihn dann schlug, sahen seine Geschwister zu und lachten. Großer Gott, wie er sie alle gehaßt hatte ...

Er war kein Psychiater, aber auch so konnte Renard verstehen, warum er Probleme mit Frauen hatte.

Plötzlich schoß ihm eine andere Erinnerung durch den Kopf. Im Alter von vierzehn Jahren hatte er beschlossen, seine Familie zu verlassen und sich auf der Straße durchzuschlagen. Er schlich sich ins Schlafzimmer seiner Mutter, weil er glaubte, daß sie im Vollrausch bereits eingeschlafen wäre, aber sie wachte auf und erwischte ihn dabei, wie er Geld aus ihrer Handtasche stahl. Sie rannte hinter ihm her, und er stürmte ohne Mantel und ohne jede Habe nach draußen. Seitdem hatte er seine Mutter nie wiedergesehen.

Zwei Jahre später war er seiner ältesten Schwester begegnet, die ihn in ganz Moskau suchte. Es war reiner Zufall, daß sie sich in einer Suppenküche trafen, wo Mahlzeiten für Bedürftige ausgegeben wurden. Sie erzählte ihm, daß ihre Mutter in einem Lokal von einem betrunkenen Seemann ermordet worden sei. Seine drei Schwestern gingen ihre eigenen Wege und schlugen sich allein durch. Die beiden anderen arbeiteten als Prostituierte, sie hatte es geschafft, eine Stelle als Näherin zu finden. Alle waren pleite. Seine Schwester bettelte ihn an, ihnen zu helfen.

Weil er die früheren Grausamkeiten seiner Schwestern nicht vergessen hatte, weigerte Renard sich. Er brach mit seiner Familie und blickte nie mehr zurück.

Mit achtzehn Jahren wurde er von der sowjetischen Armee eingezogen. Überraschenderweise gewöhnte er sich an die harte Routine und machte sich mit allen Aspekten des militärischen Lebens vertraut. Bald kannte er sich mit Schußwaffen aus, konnte Sprengstoff herstellen und war ein Experte im Nahkampf. Er genoß die Übungen und erhielt zweimal einen Verweis, weil er »Simulationen« auf gefährliche Art und Weise mit der Realität verwechselt hatte. Einmal hatte er zwei Rekruten getötet und alles so manipuliert, daß es nach einem Unfall aussah. Es war eine befriedigende Erfahrung gewesen, so über Leben und Tod verfügen zu können. In vielerlei Hinsicht stellte er für die sowjetische Armee ein Problem dar. Seine aggressiven Neigungen verstörten die anderen häufig und waren asozial. Er war niederträchtig und schloß keine Freundschaften. Nachdem die Offiziellen begriffen hatten, daß ihnen hier ein kaltblütiger Killer zur Verfügung stand, entließen sie Renard aus der regulären Armee und versetzten ihn zu einer Spezialeinheit des Militärischen Geheimdienstes.

Diese Stellung entsprach Renards Vorlieben und seinem Temperament sehr viel mehr. Er verübte Anschläge und war bis zum Zusammenbruch der Sowjetunion Sprengstoffexperte. Zu seinen mannigfachen Verdiensten gehörte die Ermordung von vier MI6-Agenten, vier CIA-Leuten und sechs Mossad-Mitarbeitern. An seiner Zimmerwand in der Moskauer Kaserne hatte er eine Karte angebracht, in der er über seine Morde Buch führte.

Nach dem Ende der UdSSR entfernte er sich unerlaubt von der Truppe und verließ Rußland. Fast überall, wo er jetzt hinkam, eilte ihm sein Ruf voraus. Es war unglaublich leicht, Jobs als »freiberuflicher« Söldner zu kriegen. Besonders genoß er es, für antikapitalistische Gruppen zu arbeiten, die eine Renaissance des Kommunismus herbeisehnten. Das war wenigstens etwas, woran man glauben konnte. Jetzt äußerte er sich häufiger in der Öffentlichkeit und gab großspurige Statements und Warnungen von sich, wenn er eine Greueltat begangen hatte.

Nach einer besonders erfolgreichen Spionageoperation

im Dienste des Irans hatte man ihm gegen seinen Willen den Spitznamen »der Fuchs« verliehen. Seine Reputation beruhte auf seinem Faible für Geheimhaltung. Er war in der Lage, die gesichertsten Stellen zu infiltrieren und alle Arten von verdeckten Operationen und Gewalttaten auszuführen, ohne auch nur irgendeine Spur zu hinterlassen. Es dauerte nicht lange, bis er auf der FBI-Liste für weltweit operierende Terroristen und Anarchisten ganz oben stand. Er wurde nur einmal in Korea verhaftet und an Rußland ausgeliefert. Dort begegnete er dann dem Psychiater, der sagte, daß er ein Problem mit Frauen habe.

Seine ersten sexuellen Erfahrungen hatte Renard erst mit achtzehn Jahren gemacht, nach den üblichen Maßstäben also spät. Die Prostituierte verhöhnte ihn, riß Witze über sein sich lichtendes Haar und demütigte ihn schließlich genüßlich, weil er im Bett versagte.

Seine zweite Erfahrung war eine Vergewaltigung in Warschau, ein kriminelles Delikt, das zu seinem Glück nie aufgeklärt wurde. Von einer Bäckerei aus folgte Renard einem jungen Mädchen und mißbrauchte sie in einer Seitengasse brutal.

Es verschaffte ihm keinerlei Befriedigung.

Seine dritte Erfahrung auf diesem Gebiet überzeugte ihn davon, daß er bei Frauen einfach keinen Erfolg hatte und das akzeptieren mußte. Diesmal war es eine zehn Jahre ältere Söldnerin, eine verhärtete, idealistische Kommunistin mit einer häßlichen Schrapnell-Wunde im Gesicht. Davon abgesehen war sie nicht unattraktiv, und sie hatte ihn anzumachen versucht. Es gelang ihr, ihn zu verführen, aber im Bett agierten sie unbeholfen und befangen. Schließlich brachte er sie nach einem Streit um.

Von dieser Zeit an versuchte Renard, Frauen als Wesen mit eigener Sexualität zu ignorieren, aber er mußte feststellen, daß er sie stärker als je zuvor begehrte. Er starrte die Fotos von Supermodels an und begeisterte sich für schöne weibliche Filmstars. In seinen Fantasien träumte er davon, eines Tages eine wunderschöne Frau in der Hand zu haben.

Als er entdeckte, daß der wohlhabende Ölboß Sir Robert King eine Tochter hatte, wußte er, daß seine Träume wahr werden würden.

Zuerst sah er ihr Bild in einer britischen Wirtschaftszeitung. In dem Artikel ging es um King Industries und darum, wie Elektra in die Fußstapfen ihres Vaters zu treten gedachte. Auf dem Foto trug sie ein Business-Kostüm, aber mit kurzem Rock, und stand inmitten einer Gruppe von Arbeitern. Ihr Selbstvertrauen und ihre Autorität waren unschwer zu erkennen. Er verliebte sich auf den ersten Blick in sie.

Weitere Nachforschungen über Sir Robert King ergaben, daß er ein lohnenswertes Objekt zur Erpressung war. Renard heuerte vier Ganoven an, die ihm helfen sollten, und zog dann in ein verlassenes Landhaus in Dorset, um seinen Plan zu verwirklichen und fünf Millionen Dollar von Sir Robert King zu erpressen.

Aber Renard hatte noch ein anderes, wichtigeres Motiv. Er wollte Elektra King persönlich kennenlernen, ihre Haut berühren, den Duft ihres Haares spüren und sie küssen ...

Er beobachtete sie, wie sie in den Büros von King Industries in London ein- und ausging. Damals lebte sie in einer kleinen Wohnung im Stadtteil Mayfair, und es dauerte nicht lange, bis er alles über ihre täglichen Gewohnheiten, die sich kaum änderten, herausgefunden hatte. Als sie eines Morgens ihre Wohnung verließ, entführten Renard und seine Männer sie am hellichten Tag.

Während sie sich im hinteren Teil des Wagens wehrte und um sich trat, brachten sie sie nach Dorset. Nachdem er sie ein paarmal geschlagen hatte, beruhigte sie sich schließlich. Eingesperrt in dem kalten und feuchten Raum des Landhauses, wirkte sie verängstigt und verletzlich.

Und so wunderschön ...

Während der ersten paar Tage versuchte er, mit ihr zu reden, aber sie weigerte sich. Einmal spuckte sie ihn an. Er schlug sie und ging.

Am zweiten Tag ihrer Gefangenschaft schickten sie die erste Lösegeldforderung los, aber Sir Roberts Antwort lautete, daß er »mehr Zeit« benötige. Als Elektra davon hörte, war sie schockiert.

»Mehr Zeit?« fragte sie. »Wofür? Er *hat* das Geld!«

Von diesem Zeitpunkt an änderte sich ihr Verhalten. Wenn sie ihr Essen bekam, verlangte sie, daß Renard es ihr persönlich brachte. Manchmal bat sie ihn, sich zu setzen und sich während des Essens mit ihr zu unterhalten. Jetzt hatte sie keine Angst mehr vor ihm.

Renard genoß es, sie zu beobachten und ihr zuzuhören, also machte es ihm nichts aus. Ihm war klar, daß er sich in sein Opfer verliebt hatte, aber er gab sich alle Mühe, sich nichts anmerken zu lassen. Er begriff jetzt, daß Elektra ihn durchschaut und gewußt hatte, wie sie sich zu verhalten hatte.

Sie war die intelligenteste Frau, die ihm je begegnet war.

Nach sieben Tagen kam die Nachricht, daß Sir Robert »noch mehr Zeit benötige«, um das Lösegeld zu zahlen. Es war offensichtlich, daß er auf Zeit spielte. Ein Informant erzählte Renard, daß Sir Robert den MI6 um Hilfe gebeten habe. Als Elektra dies hörte, wurde sie wütend.

»Bin ich keine armseligen fünf Millionen Dollar wert? Die kann er doch aus der Portokasse zahlen!«

In dieser Nacht geschah etwas Außergewöhnliches, an das er sich sein ganzes Leben lang erinnern würde.

Elektra rief nach ihm und verlangte ausdrücklich, daß er einen Eisbehälter und eine Flasche Champagner mitbringen solle. Als er den Raum betrat, lag sie nackt unter der Bettdecke.

Langsam und sinnlich verführte sie ihn. Zuerst war er ängstlich, nervös und fürchterlich besorgt, daß er eine weitere schlimme Erfahrung machen würde, aber sie besänftigte ihn. Sie war keine Jungfrau mehr und kannte sich bestens aus.

Was ihn entspannte, war die Geschichte mit dem Eis. Er beobachtete, wie sie mit einem Eiswürfel über ihren Körper fuhr, so daß das Wasser über ihre weiche Haut rann. Auf diese Weise erregte sie sich selbst. Ihre Brustwarzen wurden hart, und sie stimulierte ihre Sinne. Renard war wie hypnotisiert, und zum ersten Mal in seinem Leben war er in der Lage, eine normale sexuelle Beziehung zu einer Frau zu unterhalten.

Von diesem Zeitpunkt an war er der Sklave und sie seine Herrin. Er fackelte nicht lange, bot ihr seine Unterwürfigkeit und Dankbarkeit an und versprach, alles zu tun, was ihr Herz begehre.

Dann unterbreitete sie ihm einen geschäftsmäßig anmutenden Vorschlag.

»Würde es dir gefallen, meinen Vater umzulegen?« fragte sie.

Sie erklärte, daß sie die Chefin von King Industries werden wolle, um das Öl ihrer Mutter wieder in ihren Besitz zu bringen. Ihre hochfahrenden Pläne dienten dazu, ein weltweites Ölmonopol zu schaffen.

Ein paar Tage lang dachte Renard darüber nach. In der Zwischenzeit erzählte Elektra ihm, welche Rolle er in ihrem Leben spielen würde und daß sie ein Liebespaar sein würden.

Sie sprach mit ihm über eine »neue Weltordnung«, in der sie die Herren sein würden. Um dieses Ziel zu erreichen, mußten Istanbul und der Bosporus vernichtet werden. Dadurch würden die bestehenden Ölpipelines in den Westen stillgelegt, so daß nur die von King Industries übrigblieb. Dann wäre sie die mächtigste Frau der Welt.

Elektra gab ihm die Chance, ihre rechte Hand zu sein und ihr zu helfen.

Zunächst ging es darum, ihre Flucht vorzutäuschen. Elektra vermutete, daß es nach drei Wochen Gefangenschaft am glaubwürdigsten wäre, daß sie Glück gehabt hatte und die Wachposten hatte ausschalten können. Sie hatte keine Angst, ihre körperlichen Reize einzusetzen, um einen Wächter zu verführen, ihm in die Genitalien zu treten und ihm dann die Waffe abzunehmen. Zu diesem Zeitpunkt würde Renard abwesend sein, damit er überlebte. Tatsächlich tötete Renard seine Männer, so sehr stand er unter ihrem Einfluß. Er hätte alles getan, worum sie ihn gebeten hätte.

Sie waren sowieso nutzlose Killer gewesen.

Als es an der Zeit war und so aussehen mußte, als ob sie geschlagen worden wäre, bewies Elektra großen Mut. Sie zwang ihn, ihr dreimal ins Gesicht zu schlagen, so daß ihre Nase blutete und sie ein blaues Auge hatte.

»Es muß Anzeichen für Folter geben, Renard«, beharrte sie. »Sonst wird mir niemand glauben, weil es zu einfach gewesen wäre.«

Sie bat ihn, mit einer Drahtschere ihr Ohr zu verstümmeln, aber Renard lehnte es ab, sie erneut zu verletzen.

»Mach schon, du quälst Menschen doch immer so«, sagte sie, aber er weigerte sich.

»Ich kann dir kein Haar krümmen«, erwiderte er. Diese Frau entzückte ihn, und es machte ihm nicht aus, das auch zuzugeben. Manchmal wollte er in den Londoner Straßen herumlaufen und herausschreien, daß er verliebt war. Er wollte seinen ehemaligen Kameraden beweisen, daß auch er eine Frau hatte. Wenn ihn jetzt nur seine dumme Mutter und seine Schwestern sehen könnten ...

»Wenn du es nicht tust, muß ich es selbst tun.«

»Es wird dir weh tun.«

»Das Leben hat keinen Sinn, wenn man sich nicht wirklich lebendig fühlt.«

Ohne zu zögern, stellte Elektra sich vor den Spiegel

und zerschnitt sich mit der Drahtschere das Ohrläppchen. Das Blut spritzte in alle Richtungen, aber der Schmerz ließ sie nicht aufschreien. Renard konnte sich später nicht mehr genau erinnern, aber vielleicht hatte sie sogar gelacht, als sie das Blut sah.

Nachdem er sie verbunden hatte, damit alles echt aussah, verabschiedeten sie sich voneinander. Er ging nach Rußland, und sie verließ das Landhaus mit den drei Leichen und hielt auf der nahegelegenen Straße einen Lkw an.

Danach mußten sie ihren Vater loswerden. Durch seine Beziehungen in Rußland war Renard in der Lage, Sir Robert einen unbrauchbaren Bericht des Russischen Ministeriums für Atomenergie zu verkaufen und eine »Wiedergutmachung« zu vereinbaren. Er versah das Geld mit Sprengstoff. Sie hatten sich darauf verständigt, mit dem Anschlag ein Jahr zu warten. So war es sicherer. In der Zwischenzeit hatte der MI6-Agent in Syrien Renard unglücklicherweise eine Schußwunde am Kopf zugefügt, aber für den geplanten Mord an Sir Robert hatte das keine Folgen.

Dann mußten sie ein Mittel finden, um an Plutonium zu kommen. Es gelang ihm, eine Transportmaschine der russischem Armee zu entwenden und unter den Augen des Militärs und der Internationalen Abrüstungsbehörde eine Atombombe zu stehlen. Seinem Ruf als »Fuchs« war er in dieser Hinsicht gerecht geworden. Elektra machte ihren Einfluß geltend und brachte ein russisches U-Boot in ihren Besitz. Alles klappte perfekt.

Wenn ihm bloß dieser verdammte MI6-Agent nicht die Kopfwunde zugefügt hätte, und wenn er doch in der Lage wäre, etwas zu empfinden, statt sich auf der Einbahnstraße zur Hölle zu befinden ... Dann hätte er gemeinsam mit Elektra auf dem Thron der Macht sitzen können, wenn erst einmal alles vorbei war. Vielleicht hätte er es bewerkstelligen können, daß sie ihn weiterhin liebte, und er hätte es nicht zulassen müssen, daß dieser Bastard Bond es mit ihr trieb. Und dennoch, Renard nahm diese Episode hin, weil er soviel Mitleid für sie empfand. Es war eine Chance für sie. Wenn er Elektra nicht mehr befriedigen konnte, warum sollte sie ihre Bedürfnisse dann verleugnen? Ihr sinnliches Verlangen war ausgeprägt, und er wußte, daß sie den britischen Agenten attraktiv fand. Diese Nacht, als sie gemeinsam im Spielkasino gewesen waren ... Er hätte Bond auf der Stelle umbringen können. Aber seine Liebe für Elektra hatte ihn davon abgehalten. Selbst wenn sie mit dem Feind schlief, wollte er ihr diese Nacht gönnen.

Jetzt saß er in dem auf das Abtauchen vorbereiteten U-Boot und wollte den Job zu Ende führen, den sie vor über einem Jahr begonnen hatten. Er fühlte nichts als eine überwältigende Trauer. Sie hatten sich voneinander verabschiedet, und er würde sie nie wiedersehen. Er würde mit dem U-Boot untergehen, hoffentlich ohne daß die Kugel in seinem Gehirn seinen Tod allzu schmerzhaft gestaltete. Es war das ultimative Opfer, das er für seine Liebe brachte.

Wahrscheinlich war das die edelste Tat seines Lebens.

Eines Tages, nachdem sie ein langes und fruchtbares Leben gelebt hatte, würden sie sich als Liebespaar in der Hölle wiederfinden ...

16
Countdown

Über die Wendeltreppe, die zu den Balkonen des Minaretts führte, jagte Bond hinter Elektra her.

»Du kannst mich nicht kaltblütig umbringen, James.« Die Steinwände warfen das Echo ihrer Stimme zurück.

Aber Bond zögerte nicht. Er umklammerte den blutigen Griff von Zukowskijs Waffe und rannte im Dämmerlicht weiter nach oben.

Als er an die Ecke eines Treppenabsatzes kam, hörte er unerwartet eine vertraute Stimme.

»Bond!«

Er hielt inne und trat gegen die Tür. Wenn man von der Zelle am anderen Ende des Raums absah, war der Raum leer. In der Zelle saß M. Sie sah müde aus und seufzte erleichtert.

Bond feuerte auf das Schloß der Zellentür, das sofort auseinanderflog. »Alles in Ordnung?«

»Ja. Ich ...«

Aber Bond raste bereits wieder hinter Elektra her.

»Kümmern Sie sich um das U-Boot!« rief M ihm nach. »Vergessen Sie die Frau! Bond!«

Elektra hatte den obersten Balkon erreicht, von dem aus man einen spektakulären Blick auf den Bosporus und die Stadt hatte. Sie blickte auf das Meer hinaus, als das U-Boot vom Kai ablegte. Hinter ihr tauchte Bond auf – es gab keinen Ausweg.

»Sag ihm, daß er anhalten soll.« Bond hielt ihr das Funkgerät hin.

Elektra drehte sich um.

»Ich sag's nicht noch mal. Sag ihm, daß er anhalten soll!«

Sie blickte ihn fragend an. Meinte er es wirklich ernst? Zögernd griff sie nach dem Funkgerät.

Das ist deine letzte Chance, dachte Bond. *Rette die Stadt und dich selbst.*

»Renard ...«

Bond wartete.

»Du wirst mich nicht erschießen«, flüsterte Elektra Bond zu. »Du würdest mich nicht treffen.«

Ihr Gesichtsausdruck wandelte sich in ein perverses

Grinsen, und sie schrie in das Gerät: »Untertauchen! Untertauchen! Bond ist ...«

Die Kugel schleuderte sie gegen das Geländer des Balkons. Elektra ließ das Funkgerät fallen und blickte Bond ungläubig an, weil er es doch getan hatte.

»Ich treffe immer«, sagte er.

Elektra King glitt zu Boden, von dem Gedanken an ihre eigene Sterblichkeit schockiert. Keuchend blickte sie zu Bond auf und versuchte, etwas zu sagen. Bond kauerte neben ihr nieder und lauschte, konnte aber nichts verstehen. Sie sprach, nein, sie sang ganz leise. Es klang wie ein Wiegenlied.

Nach einer halben Minute würgte sie einmal, dann erschauerte sie. Vielleicht drückten die Tränen in ihren Augen einen Anflug von Bedauern aus, ehe ihr Blick erstarb. Welche Dämonen sie auch immer gequält haben mochten, jetzt waren sie verschwunden. Sie versuchte, die Zeile des Wiegenlieds zu Ende zu bringen, konnte aber nur noch ein letztes Mal ausatmen.

Bond blickte in ihr liebliches Gesicht, das jetzt entspannt und friedlich wirkte, und strich ihr kurz über die Wange.

Hinter ihm stand M im Türrahmen, die alles mit angesehen hatte. Sie verdrängte ihre chaotischen, widersprüchlichen Gefühle, die danach verlangten, um das arme, gequälte Mädchen zu weinen. Bond hatte seine Pflicht getan, aber M konnte nicht anders, als still für Elektra Kings Seelenheil zu beten.

Bond beobachtete, wie der Bug des U-Boots in das Wasser des Bosporus eintauchte. Doch noch war die Luke geöffnet ...

Nachdem Bond über die Brüstung geklettert war, sprang er ohne weiteres Nachdenken dreißig Meter in die kalten Fluten hinab. In der Nähe des U-Boots tauchte er wieder auf, griff nach einer Leiter und zog sich hoch. Auf dem bereits überfluteten Deck sah er sich einem überraschten Crewmitglied gegenüber, das gerade die Luke schließen wollte. Nachdem er dem Mann den Deckel auf den Kopf geknallt hatte, stieg Bond in das U-Boot und schloß die Luke gerade noch rechtzeitig, bevor Wasser einzuströmen begann.

Er schlich durch das dunkle U-Boot. Renards kleine Crew war über das ganze Boot verteilt, und deshalb bestand die beste Taktik darin, kein unnötiges Geräusch zu verursachen. Er spähte in die Operationszentrale und sah Renard und einige seiner Männer. Auf der anderen Seite befanden sich die Vorräume des Maschinen- und Reaktorraums.

Bond ging zum Bug, stieg eine Leiter hinunter und erblickte eine Art Aufenthaltsraum. Ein Mann mit einer Zigarette im Mundwinkel arbeitete an einem Funkgerät, und Bond preßte ihm den Lauf seiner Pistole gegen die Schläfe.

»Ganz ruhig. Wie wollen Sie sterben? Durch die Glimmstengel?« Er zeigte auf die Zigarette. »Oder hierdurch?« Er preßte die Waffe noch fester gegen die Schläfe des Mannes. »Ein Wort, und ich blase Ihnen das Gehirn aus dem Schädel. Und jetzt führen Sie mich zu der Frau, die an Bord gebracht wurde.«

Dem Mann fiel die Zigarette aus dem Mund. Dann nickte er, führte Bond über eine weitere Leiter hinab in einen Mannschaftsraum und zeigte auf eine schwere Stahltür.

»Ist sie da drin?«

Der Mann nickte.

»Haben Sie den Schlüssel?«

Der Mann händigte ihn Bond aus.

»Danke. Dann wollen wir mal anklopfen.«

Erneut nickte der Mann zustimmend.

Bond knallte seinen Kopf gegen die Tür, so daß der

Mann das Bewußtsein verlor. Dann schloß er auf – und sah Christmas auf einem Feldbett sitzen.

»James!« sagte sie ungläubig.

Nachdem er ihre Fesseln gelöst hatte, legte er ihr die Finger auf die Lippen und ging mit ihr durch das dunkle U-Boot in Richtung Operationszentrale. Bald erreichten sie den Raum, wo der für die Tankkammern zuständige Mann arbeitete.

»Tankkammer vier und fünf fluten«, befahl Renard über die Bordsprechanlage.

»Flute Tankkammer vier und fünf«, antwortete der Mann, bevor er den Befehl ausführte. Sofort danach schlug ihn Bond mit dem Griff seiner Pistole bewußtlos.

»Wir müssen in den Reaktorraum«, sagte Bond. »Er liegt hinter der Operationszentrale, aber da ist Renard mit seinen Leuten.«

»Gibt es noch einen anderen Weg?« fragte Christmas.

»Wir gehen nach unten in den Raum mit den Torpedos.«

Plötzlich kam ein Mann durch eine Tür. Bond holte aus, aber der andere hatte gute Reflexe. Er wehrte Bonds Schlag ab und versetzte ihm dann einen heftigen Tritt gegen die Brust. Bond ließ die Waffe fallen und ging zu Boden. Hilflos mußte Christmas zusehen, wie die beiden Männer miteinander kämpften. Das Crewmitglied zog seine Waffe, aber Bond trat sie ihm aus der Hand. Dann versetzte er ihm einen harten Schlag ins Gesicht, und der Mann flog auf den Tisch, auf dem die Sprechanlage stand. Als er versuchte, Feueralarm auszulösen, packte Bond seine Beine und zog ihn vom Tisch hinunter, aber der andere schaffte es, ihm den Ellbogen in den Magen zu rammen.

»Tankkammern öffnen«, befahl Renard über die Bordsprechanlage.

Bond warf sich nach vorn und schleuderte den Mann

wieder auf den Tisch. Dann griff er nach dem Hörer der Sprechanlage und strangulierte ihn mit dem Spiralkabel.

»Tankkammern öffnen. Hören Sie mich?«

Bond zog das Kabel fester zu, und dem anderen traten die Augen aus den Höhlen. Nachdem er auf den Knopf des Mikrofons gedrückt hatte, sagte Bond mit verstellter Stimme:

»Tankkammern geöffnet.«

Schließlich sank der Mann zu Boden. Christmas war offensichtlich erschüttert. Nachdem er seine Waffe wieder aufgehoben hatte, ergriff Bond ihre Hand und zog sie weiter.

Ohne eine Ahnung zu haben, was im anderen Teil des U-Boots vor sich ging, verließ Renard vorübergehend die Operationszentrale und ging in den Maschinenraum, wo Truhkin eifrig mit dem Extruder beschäftigt war, der an eine gigantische V8-Maschine erinnerte. Behutsam hob er den Plutonium-Klumpen, der so groß wie eine halbe Grapefruit war, aus dem Metallkoffer und legte ihn in den Extruder, der das Material in die Form eines Brennstabes bringen würde. Renard zeigte sich befriedigt, daß alles planmäßig lief, und ging wieder in die Operationszentrale.

Bond und Christmas fanden eine Tür mit einem kleinen Fenster, durch das man in die Operationszentrale blicken konnte. An verschiedenen Konsolen arbeiteten fünf Mitglieder der Crew, zwischen denen Renard auf und ab ging.

»Gehen Sie bis auf dreißig Meter runter, und halten Sie das U-Boot ruhig«, ordnete er an.

Der Bond am nächsten stehende Mann bediente die Auftriebsregler. Auf der anderen Seite des Raums drosselte der Steuermann die Maschine. Renard spürte, wie sich die Position des U-Boots änderte, nickte und ging durch die Tür auf den Reaktorraum zu.

»Wenn wir sie zwingen können, zur Wasseroberfläche

aufzusteigen, wird das U-Boot von Spionagesatelliten registriert«, flüsterte Bond Christmas zu. »Das würde die Marine auf den Plan rufen. Warten Sie hier.«

»Wo gehen Sie hin?« fragte sie mit weit aufgerissenen Augen.

»Da rein.«

Renard war wieder rechtzeitig bei Truhkin im Maschinenraum, um zu sehen, wie der Plutonium-Brennstab aus dem Extruder kam.

Bond öffnete die Tür, betrat die Operationszentrale und schlug dem Mann an den Reglern für den Auftrieb den Griff seiner Walther auf den Kopf. Die restlichen Crewmitglieder wollten nach ihren Waffen greifen, aber Bond war schneller.

»Daran sollten Sie nicht einmal denken!«

Als er die Regler auf seiner Seite des Raums überprüfte, sah er vier Griffe für Notfälle. Wenn man sie herunterzog, wurden die Auftriebskammern zerstört. Bond griff nach den beiden für die vorderen Tanks und zog sie herunter.

Im ganzen U-Boot heulten Alarmsirenen, und überall hörte man das laute Zischen von Luft. Sofort begannen sich die vorderen Ballasttanks mit Wasser zu füllen. Bond vermied es bewußt, die Ballasttanks am Heck zu öffnen, so daß das U-Boot jetzt abrupt mit dem Bug voran nach unten tauchte.

Fluchend rannte Renard mit gezogener Waffe wieder in die Operationszentrale zurück, wo die Mitglieder seiner Crew wie erstarrt an ihrem Platz standen.

»Erschießt ihn!« schrie Renard, als er Bond sah.

Alle gingen in Deckung, als Renard und Bond aufeinander feuerten, aber durch die Neigung des U-Boots verloren sie das Gleichgewicht. Kugeln zerstörten die Kontrollkonsolen. Bond kroch auf die Tür des Reaktorraums zu, aber jetzt verloren auch die Crewmitglieder das Gleichgewicht und fielen zu Boden. Zwei feuerten auf

Bond, der gerade noch rechtzeitig aus der Schußlinie springen konnte. Die Kugeln trafen die Schalttafel mit den Auftriebsreglern, und Bond war gezwungen, sich mit Christmas wieder in den Flur zurückzuziehen.

»Wissen Sie auch, was Sie da drin getan haben?« fragte sie.

»Es ist so simpel, wie mit einem Fahrrad zu fahren.«

»Mit was für Fahrrädern fahren Sie?«

»Ich wollte ihn nur aus der Fassung bringen ...«

Sie rannten wieder in die Richtung zurück, aus der sie gekommen waren, aber zwei weitere Crewmitglieder tauchten am anderen Ende des Ganges auf und eröffneten das Feuer. Nachdem er Christmas zu Boden geworfen hatte, wollte Bond schießen, aber das Magazin der Walther war leer. Er reagierte schnell, warf sich auf Christmas und rollte mit ihr durch eine offene Tür zu ihrer Linken. Während sie sich umblickten, begriff Bond, daß sie sich im Torpedoraum des Bugs befanden.

Mit der Nase voran tauchte das U-Boot weiter in die Tiefe. Bond und Christmas glitten aus, während alle nicht festgeschraubten Gegenstände ins Rutschen gerieten. Als der Raum sich um neunzig Grad drehte, hielten sie sich am nächsten befestigten Objekt fest.

»Bringen Sie das Boot in horizontale Lage!« brüllte Renard einem Crewmitglied in der Operationszentrale zu.

Der Mann bediente die Auftriebsregler, aber es geschah nichts. Die Pistolenschüsse hatten alles zerstört. »Es funktioniert nicht!«

Das U-Boot neigte sich weiter, bis es vertikal im Wasser hing.

Fluchend kletterte Renard in den Maschinenraum zurück und schloß die Tür. Während die Crewmitglieder wieder auf die Beine zu kommen versuchten, bediente der Steuermann versehentlich den Regler für die Maschine, unter dem VOLLE KRAFT VORAUS stand. Als das U-

Boot auf den Meeresboden zuschoß, krachte er mit den anderen gegen die Wand.

Bond und Christmas fielen rückwärts gegen Regale mit Torpedos. Das Geräusch der Maschinen war ohrenbetäubend. Christmas schrie auf, während Bond sie festhielt und sich in dem Raum umblickte. In Netzen an einer Schott war Ausrüstung für den Notfall verstaut. Er zog an den Bändern, leerte das Netz und warf Christmas hinein.

»Schnell!« brüllte er und folgte ihr in das Netz.

Sie hatten sich gerade in Sicherheit gebracht, als das U-Boot in den sandigen Boden des Bosporus krachte.

Es wurde wie von der Gewalt eines Erdbebens erschüttert. Renard knallte hart gegen eine Wand des Maschinenraums, aber die Crewmitglieder in der Operationszentrale hatten nicht so viel Glück. Stühle und Tische hatten sich aus ihren Verankerungen gelöst und quetschten sie gegen die zerstörten Konsolen.

Nach wenigen Augenblicken war alles vorbei. Wenn man von den gelegentlichen Geräuschen des Schiffsrumpfs und dem Heulen der Alarmanlage absah, herrschte ein unheimliches Schweigen.

Als Renard benommen aufblickte, sah er, daß der Extruder Truhkin getötet hatte, aber er hielt den fertigen Plutonium-Brennstab noch in der geballten Faust. Renard stand auf und löste ihn aus der Hand des Toten. Dann vergewisserte er sich, daß die Tür zur Operationszentrale verschlossen war.

Bond und Christmas krochen gerade aus dem Netz, als ein entsetzliches, kreischendes Geräusch den Raum erfüllte. Ein Riß in der Wand am Ende der Regale mit den Torpedos wurde immer größer, und mit beängstigender Geschwindigkeit begann Wasser einzudringen.

»Hochklettern!« Bond half Christmas auf die Beine, und sie stiegen zur Operationszentrale hoch. »Bewegen Sie sich!«

Als sie den demolierten Raum erreicht hatten, strömte bereits Wasser durch die Tür, so daß sie nasse Füße bekamen. Gemeinsam bemühten sie sich, die Tür zu schließen, aber als sie es dann geschafft hatten, standen sie bereits bis zu den Knien im Wasser.

Renard kletterte zum Reaktorraum, öffnete, ohne zu zögern, den Deckel des Reaktors und wurde dabei in ein geisterhaftes blaues Licht getaucht.

Er war zwar kein Atomphysiker, aber er wußte genug über Reaktoren, um den Job zu erledigen. Der einzige wirkliche Zweck eines Reaktors war es, Hitze zu erzeugen, um kochendes Wasser in Dampf zu verwandeln. Der Unterschied zwischen einem Reaktor und irgendeiner anderen dampfbetriebenen Turbine bestand lediglich in dem Ausmaß an Energie, die in dem nuklearen Brennstoff im Herzen des Reaktors konzentriert war. Zudem war keinerlei Luft erforderlich.

Eigentlich war die Kernspaltung ein ziemlich simpler Vorgang. Dabei wurden Energie in Form von Hitze erzeugt und zwei Neutronen freigesetzt. Wenn diese Neutronen auf zwei Atome trafen, gab es vier weitere Neutronen, und so fort, bis das Resultat schließlich ein unkontrollierbarer Spaltungsprozeß war – eine atomare Explosion.

Renard wußte, daß in einem U-Boot die Menge der durch die Atomspaltung erzeugten Energie durch sogenannte »Regelstäbe« kontrolliert wurde, die aus einem Neutronen absorbierenden Material wie Kadmium oder Hafnium bestanden. Diese Regelstäbe wurden eingesetzt, damit die richtige Anzahl an Neutronen absorbiert wurde und die Kernreaktion kontrollierbar blieb. Diese Reaktion erzeugte immer noch große Hitze. Der aus kochendem Wasser gewonnene Dampf trieb die Turbinen des U-Boots an; dieser Prozeß konnte jahrelang sicher verlaufen.

Renard starrte auf den glühenden Reaktorkern, einen

Augenblick lang gebannt von der darin verborgenen Kraft. Er studierte ihn sorgfältig und nahm dann die aus Uran bestehenden Brennelemente heraus, die zu Platten geformt waren, so daß ein maximaler Hitzetransfer zu dem ersten Kühlwasserkreislauf gewährleistet war. Sie waren parallel nebeneinander auf einer Platte unten im Reaktorgehäuse angeordnet. Zwischen den Brennelementen befanden sich die Regelstäbe, die bei einem Reaktorproblem zum Einsatz kamen. Das Kühlwasser des ersten Kreislaufs zirkulierte um den Reaktorkern und leitete das erhitzte Kühlwasser in einen Dampfgenerator. Dieser schickte den Dampf in einen sekundären Kühlwasserkanal, wodurch zwei Hochdruckturbinen angetrieben wurden. Dann kondensierte der Dampf erneut zu Wasser, das wieder in den Dampfgenerator geleitet wurde. Durch die Turbinen wurde die Schiffsschraube angetrieben und das U-Boot mit Elektrizität versorgt.

Renard hielt den Plutonium-Brennstab in der Hand und bereitete sich auf das vor, was er tun mußte. Seine Aufgabe mußte etwas früher als vorgesehen erledigt werden ...

Erneut bewegte sich das U-Boot abrupt, und er wurde zu Boden geschleudert. Mit Mühe bewegte er sich zu dem Reaktor zurück, aber das war sehr anstrengend. Aus irgendeinem unerklärlichen Grund empfand er wirklichen Schmerz, der von seiner Kopfwunde herrührte. Nach so langer Zeit war es tatsächlich seltsam, etwas zu fühlen. Bewegte sich die Kugel in seinem Kopf? War die Zeit abgelaufen, die der Arzt ihm gegeben hatte? Nein! Er würde Elektras Plan verwirklichen!

Er starrte auf das violette und bläuliche Licht, magnetisiert von seiner Schönheit. Es war fast so schön wie sie ...

Nachdem er auf einen Knopf gedrückt hatte, schob sich langsam einer der als Neutronenabsorber agierenden Regelstäbe aus dem Reaktor. Er zog ihn heraus und schleuderte ihn quer durch den Raum. Dann griff er behutsam nach dem Plutonium-Brennstab und bereitete sich darauf vor, ihn in die frei gewordene Öffnung zu stecken.

Er lächelte, obwohl ihn der Kopfschmerz quälte.

In der Operationszentrale bemerkte Christmas ein Lämpchen auf einer Schalttafel. »Mein Gott, er hat den Reaktor geöffnet.« Bond studierte die Schalttafel, während sie ihm die Bedeutung weiterer Lämpchen erklärte. »Außerdem hat er sich eingeschlossen.«

»Und uns ausgeschlossen.«

»Er hat bereits einen der Regelstäbe entfernt. Er wird das Plutonium hineinschieben. Was sollen wir tun?«

Bond reagierte schnell und ging zu den Reglern in der Nähe der Tankkammern. Er nahm sich vier Sekunden Zeit, um sie zu studieren, und begann dann, Schalter zu bedienen. Er untersuchte eine Schalttafel, auf der auf russisch »Vorderer und hinterer Notausgang« stand. Als er sich im Raum umblickte, sah er, daß sich die Tür des vorderen Notausgangs hier befand, neben einem Schrank.

»Sehen Sie nach, ob Sie dort Wiederbeatmungsgeräte finden.«

Sie öffnete den Schrank und sah, daß sie alle zerfetzt worden waren. »Sabotage. Hier sollte niemand mehr lebend rauskommen.«

»Ich mochte die Dinger sowieso nie.« Bond drückte auf einen Knopf.

Weit oben im U-Boot öffnete sich die Tür des hinteren Notausgangs. Das Wasser flutete in einen Fluchtraum, aber wegen einer Innentür drang es nicht in das eigentliche U-Boot.

Plötzlich begriff Christmas, was Bond vorhatte, und sah ihn fragend an.

»Haben Sie eine bessere Idee?« Er öffnete die Tür zu dem vorderen Fluchtraum. »Zählen Sie bis zwanzig, und drücken Sie dann auf diesen Knopf. Dadurch wird die Innentür des hinteren Fluchtraums geöffnet. Sie kann nur für ein paar Sekunden geöffnet bleiben, oder wir werden sinken.«

»Aber was ist, wenn ...?«

»Zählen Sie bis zwanzig. Dann bin ich dort. Nach fünf weiteren Sekunden drücken Sie auf diesen Knopf. Dann wird das Wasser aus dem Raum gepumpt.«

Nachdem Christmas die Tür hinter ihm geschlossen hatte, bediente sie einen Schalter, wodurch sofort Wasser in die Kammer eindrang. Bond hielt den Atem an. Die Atmosphäre war extrem klaustrophobisch, aber er hatte sich auch zuvor schon in engen Räumen aufhalten müssen.

Auf der Schalttafel leuchtete ein grünes licht auf. Christmas drückte auf einen Knopf, und die Luke des vorderen Notausgangs öffnete sich. Bond schoß in das dunkle Wasser und begann seinen langen, qualvollen Aufstieg an der Außenseite des U-Boots.

»Eins, zwei ...« begann Christmas zu zählen.

Bond war desorientiert. Es gab nur sehr wenig Licht, und er hatte Schwierigkeiten mit dem riesigen, schwarzen, vertikalen Wal neben sich. Vielleicht hätte er völlig die Orientierung verloren, wenn er nicht seitlich den Kommandoturm gesehen hätte.

»Vierzehn, fünfzehn ...«

Seine Lungen schienen zu explodieren. Er mußte fast am Ziel sein! Wo war das verdammte Ding?

»Siebzehn ...«

Da war die offene Luke des hinteren Notausgangs. Nachdem er hineingetaucht war, verriegelte er sie.

In dem steigenden Wasser zitterte Christmas vor Kälte.

»Zwanzig ...« Sie drückte auf den Knopf. Die Innentür öffnete sich, aber die Kammer war voller Wasser. Jetzt mußte Christmas nur noch auf den Knopf drücken, damit das Wasser abgepumpt wurde.

Aber bevor sie es tun konnte, sprang mit einem gewaltigen Kreischen die auf Deck führende Luke auf. Das einströmende Wasser riß ihr die Beine weg.

In der oberen Kammer ging Bond die Puste aus. *Was, zum Teufel, war los? Drücken Sie auf den Knopf!*

Mühsam versuchte Christmas, zu der Schalttafel zurückzugelangen, aber sie stolperte über die Leiche eines Crewmitglieds. Entsetzt wich sie zurück, begriff dann aber, daß ihr der Mann nichts mehr tun konnte. Das Wasser stieg schnell und stand ihr schon bis zum Hals. Sie tauchte unter und drückte auf den Knopf.

Bond rollte in den Flur, als Christmas gerade die Tür schloß. Nach dem er sich ein paar Sekunden Zeit genommen hatte, um wieder zu Atem zu kommen, begann er mit seinem Abstieg in den Reaktorraum. Nach vier Minuten stand er vor der verschlossenen Tür.

Was nun? dachte er. Fluchend blickte er sich um und bemerkte ein Schild mit der Aufschrift »Nur für Notfälle«. Es gab eine lange Anleitung, wann und wie die Tür im Problemfall geöffnet werden sollte, und sie war deutlich sichtbar mit der Aufschrift »Gefahr« versehen. Bond zog an dem Hebel, und die Tür zum Reaktorraum flog aus den Angeln.

Bond schlich hinein und sah, daß Renard zusammengekrümmt und bewußtlos auf dem Boden lag. Der Plutonium-Brennstab lag neben ihm, und an seinem Gürtel war eine Pistole zum Abfeuern von Leuchtspurmunition befestigt. Bond steckte sie in seinen Hosenbund, ging dann zu den Reglern und sah auf einer Anzeige, daß die Temperatur im Reaktor viertausend Grad betrug und weiter stieg. Ein pochendes Geräusch hinter ihm erregte seine Aufmerksamkeit. Christmas blickte durch das Fenster der Tür zur Operationszentrale. Dort stand das Wasser bis zur Decke – sie würde jeden Augenblick ertrinken. Bond sprang auf die Tür zu und öffnete sie.

»Christmas!« Nachdem er sie hochgezogen hatte,

schloß er die Tür wieder. Dann gingen sie gemeinsam zu dem Reaktor und sahen hinein. »Solange das Kühlsystem nicht ausfällt, sind wir vor Strahlung sicher. Wenn er das Plutonium in den Reaktor gesteckt hätte, hätten wir die ganze Stadt abschreiben können.«

Plötzlich legte sich ein Arm um Bonds Hals und strangulierte ihn – Renard hatte das Bewußtsein wiedererlangt. Jetzt mobilisierte er die letzten Kraftreserven für seinen Überraschungsangriff auf seinen Feind. Christmas griff nach Renard, aber er stieß sie zurück. Beinahe wäre sie durch eine Luke gefallen, doch sie schaffte es, sich an einer Rohrleitung festzuhalten.

Bond rammte Renard den Ellbogen in den Magen und hatte den Eindruck, als ob er eine Steinwand getroffen hätte. Dann schoß er vor und schleuderte Renard über seinen Rücken. Der Terrorist krachte gegen eine Schalttafel. Bond sprang auf ihn und schlug ihm immer wieder ins Gesicht, ohne Renard eine Chance zur Verteidigung zu lassen. Er ließ sich von seinem Zorn überwältigen, um Renards übermenschliche Kraft zu übertrumpfen – Zorn über das, was er dem MI6 und Elektra angetan hatte.

Nachdem er eine Minute auf ihn eingeschlagen hatte, erwachte Bond aus seiner Trance. Renard war verdutzt, als er ihn wegstieß und wieder zum Reaktor ging, aber er erholte sich schnell. Sofort packte er Bond und schleuderte ihn wie ein Spielzeug quer durch den Raum. Dann wandte Renard sich um, um einen wirkungslosen Schlag von Christmas abzuwehren, und schickte sie mit einem Rückhandschlag über das Geländer. Sie knallte an die Wand, die jetzt der Boden war, und verlor das Bewußtsein.

»Bond!« brüllte Renard. »Sie haben sich entschlossen, mir auf dieser historischen Fahrt Gesellschaft zu leisten! Willkommen!«

Benommen schüttelte Bond den Kopf und sah dann knapp außer Reichweite den Plutonium-Brennstab auf dem Boden. »Wollen Sie wirklich wegen ihr Selbstmord begehen?«

»Für den Fall, daß Sie es vergessen haben sollten: Ich bin bereits tot.«

»Haben Sie die Neuigkeit nicht gehört? Sie auch.«

Renards Gesicht verzerrte sich zu einer grotesken Maske des Schmerzes, den er körperlich nie zu fühlen imstande sein würde. Sein Schrei hallte durch das ganze U-Boot, wie das Heulen eines verwundeten Tiers. Dann keuchte er vor Erschütterung. »Sie lügen!«

Bond griff nach dem Plutonium-Brennstab, kam wieder auf die Beine und knallte ihn dem anderen gegen die Schläfe. Das beeindruckte Renard kaum. Er packte Bonds Schultern und drückte ihn wiederholt gegen das Stahlgitter des Fußbodens, so daß Bond den Plutonium-Brennstab fallen lassen mußte. Dann schleuderte Renard den benommenen Bond durch eine Öffnung in dem Stahlgitter, zog sie zu und schob den Riegel vor. Verzweifelt mußte Bond beobachten, wie der Terrorist den Plutonium-Brennstab wieder an sich nahm.

Bond blickte sich auf der Suche nach einer rettenden Idee um. Da bemerkte er, daß sich einer der Schläuche des ersten Kühlkanals gelöst hatte. Weil der Dampf unter extrem hohem Druck stand, zuckte der Schlauch wie wild hin und her. Der Dampf war mehrere hundert Grad heiß und hatte große Antriebskraft.

Langsam schob Renard den Plutonium-Brennstab in den Reaktor, und das Licht verwandelte sich in ein noch tieferes Blau, eine schauerliche Beleuchtung. In dem Kühlsystem um den Reaktor begann das Wasser wie wild zu kochen.

Die Temperaturanzeige zeigte 4500 Grad an.

Bond sah, wie der Plutonium-Brennstab von der anderen Seite des Reaktors aus vorgeschoben wurde. Es gab nur eine Möglichkeit. Er riß einen Stoffetzen von seinem

Hemd ab und umwickelte damit seine Hand. Dann griff er nach dem zuckenden Schlauch und schloß ihn auf seiner Seite des Reaktors an. Der Druck nahm zu.

Während sich die Temperaturanzeige der roten Fünftausender-Marke näherte, schob Renard den Plutonium-Brennstab weiter in den Reaktor.

Schließlich schleuderte der unter hohem Druck stehende Dampf den Brennstab mit solcher Kraft aus dem Reaktor, daß er Renards Herz durchbohrte.

Entsetzt starrte der Terrorist Bond an. Der Brennstab steckte wie ein Speer in seiner Brust.

»Elektra erwartet Sie«, sagte Bond ruhig.

Renard brach neben Christmas zusammen, die gerade zu Bewußtsein kam. Nachdem ihre Gedanken wieder klar waren, stand sie auf und zog den Riegel vor dem Stahlgitter zurück, um Bond zu befreien. Dann fand sie in der Nähe des Reaktors den Regelstab, hob ihn vorsichtig auf und schob ihn wieder in die Öffnung.

Sofort begann die Temperatur zu fallen, aber die Wasserstoff-Anzeige an der Wand war im gelben Bereich und näherte sich dem roten. Christmas blickte auf die Nadel des Meßgeräts und ergriff Bonds Arm.

»Der Wasserstoffstand ist zu hoch. Ein Funken, und dieser Reaktorraum wird explodieren. Das wird eine Katastrophe geben!«

Bond dachte zwei Sekunden lang nach. »Wir müssen den Reaktor mit Wasser überfluten. Gehen Sie hoch in den Raum mit den Minen. Ich komme in einer Minute nach.«

Während sie in die nächste Kammer hochkletterte, öffnete Bond die Tür zur Operationszentrale, und das Wasser begann in den Reaktorraum zu strömen. Dann kämpfte Bond sich zur Luke des Maschinenraums vor und kletterte hinein. Er verschloß die Luke wieder, um sich vor dem Wasser zu schützen.

Schließlich folgte er Christmas in den Minenraum. Sie

zeigte auf ein weiteres H2-Meßgerät, dessen Nadel im roten Bereich stand.

»Dieser Raum ist eine einzige gigantische Bombe, die jede Sekunde explodieren kann. Sie wird die Minen zünden!« schrie sie.

»Ich weiß. Ich habe den Reaktor so versiegelt, daß ihm eine Explosion nichts anhaben kann. Es wird keine Strahlung austreten.«

Er winkte Christmas zu einem Torpedorohr. »Da rein!«

Sie zögerte.

»Oder haben Sie eine bessere Idee?«

Mit weit aufgerissenen Augen stieg Christmas in das Rohr. Nachdem Bond die Regler studiert hatte, schaltete er den Timer ein und folgte ihr. Die Luke hinter ihnen schloß sich automatisch.

Die Sekunden verrannen.

Dann öffneten sich die Startklappen, und Bond und Christmas schossen in das Wasser hinaus, entfernten sich von dem U-Boot und begannen aufzutauchen.

In dem mittlerweile menschenleeren Maschinenraum berührte ein zerrissenes Stromkabel die Schott.

Eine gigantische Explosion riß das U-Boot in Stücke, das langsam auf den Grund des Bosporus sank.

Bond und Christmas tauchten auf und schnappten nach Luft. Sie blickten sich um, konnten aber nirgends ein Schiff entdecken, das sie hätte retten können.

»Ich glaube nicht, daß ich mich noch sehr lange über Wasser halten kann«, schrie sie.

»Halten Sie sich an meinen Schultern fest.«

Jetzt sahen sie in etwa hundert Metern Entfernung ein Touristenschiff, und Bond griff nach der Pistole für Leuchtspurmunition, die er Renard abgenommen hatte. Nachdem er gefeuert hatte, winkten ihnen die Menschen zu, und das Schiff nahm Kurs auf sie.

17
Wiegenlied

Im Hauptquartier des SIS waren die Bauarbeiten an dem durch die Bombe zerstörten Flügel des Gebäudes in vollem Gange. Seit M's Abfahrt zur Burg Thane und ihrem anschließenden Flug in die Türkei war alles seinen gewohnten Gang gegangen. Bill Tanner hatte die Verantwortung übernommen. Nachdem seine Chefin als vermißt gemeldet worden war, war er gezwungen, ständig im Büro zu sein. Es war nicht das erste Mal, daß sich der Boß des Geheimdienstes in Gefahr befand, aber das erste Mal bei *dieser* M. Am schlimmsten war, daß Tanner völlig hilflos gewesen war, bis der Positionssender die Lage ihres Gefängnisses in Istanbul verriet.

Eine Stunde nach der Explosion des U-Boots hatten Mitarbeiter des MI6 den Leanderturm gestürmt. Sofort war M mit einem Flugzeug nach London zurückgebracht worden. Zunächst hatte sie sich geweigert, den Rückflug anzutreten, bevor man Bond gefunden hatte, aber der Premierminister hatte auf ihrer sofortigen Rückkehr bestanden.

Kurz bevor sie eintraf, hatte Tanner zum ersten Mal seit mindestens zwei Tagen wieder mehrere Stunden am Stück geschlafen. Als er erholt im Konferenzraum auftauchte, machte er den Eindruck, als ob in den letzten Tagen nichts Unvorhergesehenes passiert wäre.

Als M schließlich eintraf, wirkte sie so pragmatisch und kühl wie immer. Aller Augen waren auf sie gerichtet, aber sie nickte allen nur kurz zu – weitergehende Gefühlsäußerungen wären deplaziert gewesen. Schon ging es wieder an die Arbeit.

»Irgendeine Nachricht?« fragte sie Tanner.

»Noch nicht. Wir wissen nur, daß Bond und Dr. Jones von einem Touristenschiff an Bord genommen wurden, und haben keinen blassen Schimmer, wo sie sich jetzt aufhalten.«

James Bond hatte den Kapitän des Touristenschiffs überredet, sie zusammen mit den anderen Passagieren abzusetzen, so daß sie heimlich verschwinden konnten. Mit einem Taxi fuhren sie dorthin, wo Q's Stellvertreter den Aston Martin hingeschickt hatte. Er hatte Voraussicht bewiesen, weil er Bond ein zweites Auto zur Verfügung stellte. Sie mieteten sich in einer Villa mit Gästezimmern ein, die Bond kannte, zahlten im voraus bar für zwei Nächte, behielten sich aber die Möglichkeit vor, ihren Aufenthalt zu verlängern. Den Rest des Tages schliefen sie engumschlungen, abends aßen sie in einem in der Nähe gelegenen, exzellenten Restaurant *patlican kebap*, Lamm mit Auberginen.

Später, als sie am Geländer des wundervollen Dachgartens der Villa standen, von dem aus man auf die funkelnden nächtlichen Lichter von Istanbul blickte, drückte Bond Christmas fest an sich. Es war ein wunderschöner und romantischer Anblick, und Bond hatte nicht die Absicht, ihn sich entgehen zu lassen.

»Was für einen Anlaß gibt es denn?« fragte Christmas, als in der Ferne unerwartet Feuerwerkskörper explodierten.

»Ich bin mir nicht sicher«, antwortete Bond. »Trotzdem ist es sehr schön.«

»Ich kann mich nicht einmal entsinnen, welchen Monat wir haben, geschweige denn, welchen Tag.«

Bond öffnete eine Flasche Bollinger und füllte zwei Gläser. »Ich wollte immer schon einmal Weihnachten in der Türkei feiern.«

Sie blickte ihn mißtrauisch an. »Soll das ein Witz sein?«

»Ich mache nie Witze.«

Sie stießen an und tranken. Der Champagner war prickelnd, genau wie ihre Gefühle.

»Ist es dann nicht an der Zeit, daß du dein Geschenk

auspackst?« fragte Christmas mit einem zweideutigen Lächeln und legte sich auf die Kissen, die sie zuvor auf dem Dach verteilt hatte.

»Irgend etwas Neues?« fragte Tanner Q's Nachfolger und Stellvertreter. Seit einer halben Stunde saß er vor einem Monitor, auf dem seltsame Farben und Formen erschienen, bis sich schließlich ein erkennbares Bild abzeichnete.

»Ein Satellitenbild von Istanbul, das auf Wärme reagiert. In Bonds Aston Martin gibt es ein winzigen radioaktiven Faden, und ich habe versucht, den zu finden.«

M stand voller Erwartung hinter ihnen.

Der Stellvertreter Q's zoomte auf den Wagen, der irgendwo in der Nähe des Goldenen Horns geparkt war.

»Er muß irgendwo in der Nähe sein«, sagte Tanner.

»Wo?« fragte M.

Jetzt konzentrierte sich der Stellvertreter auf die Villa, vor der das Auto geparkt war. Die Kamera suchte und richtete sich dann auf den Dachgarten, wo augenscheinlich jede Menge Kissen herumlagen.

»Sie reagiert auf Körperwärme. Menschen müßten orangefarben wiedergegeben werden.« Er suchte weiter und zeigte dann auf den Bildschirm. »Da.«

Auf dem Dach war eine orangefarbene Gestalt zu erkennen.

»Haben Sie nicht gesagt, daß er mit Dr. Jones zusammen ist?« fragte M Tanner.

Das Bild begann intensiver zu glühen und sich dann rhythmisch zu bewegen.

»Es wird rötlicher«, sagte M. Dann begriff sie – es handelte sich um das Bild von zwei Menschen, die aufeinander lagen.

Nachdem er den Monitor ausgeschaltet hatte, räusperte sich Q's Stellvertreter. »Das könnte eine Vorankündigung des Jahr-2000-Problems gewesen sein.«

Weit von London entfernt, wo sich die historische Wiege der Zivilisation zwischen Europa und Asien befindet, scherte sich das Paar keinen Deut darum, ob jemand sie beobachtete. Statt dessen liebten die beiden sich leidenschaftlich und lösten die in den letzten paar Tagen angestaute Spannung.

»Ich glaube, ich habe mich getäuscht«, sagte Bond.

Christmas stöhnte leise. »Warum?«

»Weil ich gedacht habe, daß ›Weihnachten‹ nur einmal im Jahr kommt.«

Ihre Körper verschmolzen erneut, inspiriert von den krachenden Explosionen der Feuerwerkskörper. Beiden war nicht bewußt, daß irgendwo in der Stadt mindestens eine Mutter ihr Kind mit einem Wiegenlied in den Schlaf sang.

HEYNE BÜCHER

Colin Forbes

Harte Action und halsbrecherisches Tempo sind seine Markenzeichen.

Thriller der Extraklasse aus der Welt von heute - »bedrohlich plausibel, mörderisch spannend.«
DIE WELT

01/10830

Eine Auswahl:

Endspurt
01/6644

Das Double
01/6719

Fangjagd
01/7614

Hinterhalt
01/7788

Der Überläufer
01/7862

Der Janus-Mann
01/7935

Der Jupiter-Faktor
01/8197

Cossack
01/8286

Incubus
01/8767

Feuerkreuz
01/8884

Hexenkessel
01/10830

Kalte Wut
01/13047

HEYNE-TASCHENBÜCHER

HEYNE BÜCHER

David Morrell

Einer der meistgelesenen amerikanischen Thriller-Autoren.

»Aufregend, provozierend, spannend.«
STEPHEN KING

Schwur des Feuers
01/9569

Der Mann mit den hundert Namen
01/10112

Der Nachruf
01/10614

Der Blick des Adlers
01/13058

01/13058

HEYNE-TASCHENBÜCHER

Tom Clancy

Kein anderer Autor spielt so gekonnt mit politischen Fiktionen wie Tom Clancy.

»Ein Autor, der nicht in Science Fiction abdriftet, sondern realistische Ausgangssituationen spannend zum Roman verdichtet.«
DER SPIEGEL

01/13041

Eine Auswahl:

Tom Clancy
Gnadenlos
01/9863

Ehrenschuld
01/10337

Der Kardinal im Kreml
01/13081

Operation Rainbow
Im Heyne-Hörbuch als MC oder CD lieferbar

Tom Clancy
Steve Pieczenik
Tom Clancys OP-Center 5
Machtspiele
01/10875

Tom Clancys OP-Center 6
Ausnahmezustand
01/13042

Tom Clancys Net Force 1
Intermafia
01/10819

Tom Clancys Net Force 2
Fluchtpunkt
01/10876

Tom Clancys Power Plays 2
01/10874

Tom Clancys Power Plays 3
Explosiv
01/13041

HEYNE-TASCHENBÜCHER

HEYNE BÜCHER

Robert Ludlum

»Ludlum packt allein in einen Roman mehr Spannung, als dies einem halben Dutzend anderer Autoren zusammengenommen gelingt.«
THE NEW YORK TIMES

01/06941

Eine Auswahl:

Der Gandolfo-Anschlag
01/06180

Die Borowski-Herrschaft
01/07705

Das Omaha-Komplott
01/08792

Das Scarlatti-Erbe
01/09407

Die Halidon-Verfolgung
01/09740

Der Rheinmann-Tausch
01/10048

Die Lennox-Falle
01/10319

Der Ikarus-Plan
01/10528

Das Ostermann-Wochenende
01/05803

Das Jesus-Papier
01/06044

Das Parsifal-Mosaik
01/06577

Die Aquitaine-Verschwörung
01/06941

HEYNE-TASCHENBÜCHER